해 주세요! Please

1

해주세요! 1

초판 1쇄 발행 2020년 7월 24일

지은이 | Yulia

발행인 | 김성룡
기획, 편집 | (주)스마트빅(쉼표)
교정 | 김은희
표지디자인 | 우물
출판등록 | 제2014-000017호 (2011년 6월 30일)

펴낸곳 | 도서출판 가연
주 소 | 서울시마포구 월드컵북로 4길 77, 3층 (동교동 ANT빌딩)
전 화 | 02-858-2217
팩 스 | 02-858-2219
ISBN | 978-89-6897-071-9 03810

- 작가만의 글맛과 표현을 살리는 쪽으로 문장을 편집했습니다.

해주세요! Please

1

Yulia
장편소설

차 례

1. 결혼계약

은호는 마른침을 삼키며 마지막 남아 있던 옷을 벗었고 저도 모르게 눈을 질끈 감았다. 은호는 제발 이 시간이 빨리 지나가기를 간절히 바라고 있었다. 그런데 어쩐 일인지, 우재가 아무런 움직임도 없다. 뭐지, 싶은 마음에 은호는 눈꺼풀을 살짝 떠올렸다. 우재는 그저 굳은 얼굴로 은호의 새하얀 몸을 응시하고 있을 뿐이었다.

"뭐…… 뭐예요?"

기껏 용기 내서 벗었건만, 어째서 아무런 움직임도 없는 것인지

묻는 것이었다. 은호는 어쩐지 부끄럽고 쑥스러워져, 슬쩍 몸을 움츠렸다. 왜 이렇게 빤히 보고 있기만 하는 건지.

"저기……."

더 이상 참을 수 없었던 은호가 다시 입을 열자마자 우재의 커다란 손이 그녀의 팔목을 쭉 잡아끌었다. 순식간에 우재의 다리 사이에 은호의 몸이 갇혔다.

지금 이 순간, 부끄러움에 몸서리치고 있는 은호보다 더 혼란스러운 건 우재였다. 단아하고 참한 외모라고만 생각했던 유은호의 몸이 이렇게 미치도록 섹시할 줄은 차마 예상치 못했던 일이었다. 은호가 옷을 벗기 시작하면서부터 우재의 눈빛이 정염에 타오르기 시작했다. 스스로가 성욕은 없는 편이라고 생각해 왔던 우재였다. 그렇기에 이런 갑작스러운 흥분이 당황스러웠다.

"시작……하겠습니다."

우재는 은호의 허리를 감아 끌어안고 은호의 입술에 입을 맞췄다. 은호의 부드럽고 말캉한 입술의 촉감이 느껴지자 우재는 숨이 막히는 것만 같았다. 달큼하고 향기로운 내음이 입안 가득 퍼졌다.

"하……."

예상치 못한 깊은 키스에, 은호도 조금 숨이 막히는지 가쁜 숨을 내뱉았다. 그럼에도 우재는 그녀의 입술을 놓아주지 않았다. 그의 혓바닥은 입속 구석구석을 모두 다 헤집어 놓겠다는 양 움직였다. 마치 꽉 잠가 놓았던 욕망의 상자를 열어 버린 느낌이랄까. 키스만으로도 정신이 아찔해진 우재는 자기도 모르게 은호의 어깨에 손을 올려놓았다. 점점 아래로 손을 내리자, 부드럽고 물컹한 촉감이 전해졌다.

갑작스러운 자극에 놀란 은호가 신음을 내뱉었다. 은호는 자기 입에서 이런 소리가 나왔다는 게 믿기지 않는 듯 눈을 동그랗게 떴다. 온몸의 피가 전부 아래로 집중되는 생경한 느낌이었다.

"느끼고 있어요?"

우재의 질문에 은호는 아무런 대답도 할 수가 없었다. 느껴도 너무 느끼고 있다고. 어찌 대답하겠는가. 그러자, 대답 없는 은호의 상태를 확인하려는 듯 우재의 손길이 그녀의 아래쪽으로 향했다. 동시에 은호의 목덜미를 핥으며 빨기 시작했다.

"하…… 거…… 거긴……."

은호는 어쩐지 부끄러워 다리를 살짝 움츠렸다.

"앗……."

은호의 손가락이 우재의 어깨를 꽉 잡았다. 민감한 그곳에서부터 야릇한 기분이 퍼져 나갔다. 목덜미를 핥던 우재의 입술이 쇄골로, 더 아래로 천천히 내려오고 있었다.

"우…… 우재 씨……."

은호는 다급하게 우재를 불러 보았지만, 우재의 귀에 그런 다급한 목소리가 들릴 리 없었다. 이미 우재도 정신이 나갈 대로 나가 있는 상태였다. 은호의 몸을 문지르며 우재는 자신의 샤워 가운을 풀어헤쳤다.

은호는 어쩐지 점점 더 겁이 났다. 그녀는 마른침을 삼켰다.

"그럼 만지겠습니다."

정중한 말의 내용과는 달리, 우재의 목소리는 잔뜩 흥분해 있었다. 은호의 허락이 있기도 전, 다급하게 손을 움직여 그녀의 허벅지를 만졌다. 은호는 그 생경한 흥분감에 저도 모르게 몸을 떨었다.
"어때요?"
우재는 만지며 확인했으면서도 굳이 직접 은호의 말을 듣고 싶었다.
"그…… 그런 건 좀……."
제발 묻지 말라고 말하고 싶었다. 이럴 때까지도 사무적으로 굴면 어쩌자는 건지. 안 그래도 부끄러워 죽겠는데 말이다.
"흥분 많이 했어요, 유은호 씨."
우재는 계속해서 이리저리 문지르며 속삭였다. 움직이는 손가락이 은호의 이곳저곳을 자극했다.
"우…… 우재 씨……."
미칠 것 같았다. 몸이 부풀어 터져 버릴 것 같은 흥분에 은호는 저도 모르게 우재의 목덜미를 꽉 끌어안았다. 온몸에 뜨겁게 열이 올랐다.
"나도 많이 흥분했는데……."
"앗……!"
"혹시 처음이에요?"
민감한 은호의 반응에 우재가 물었다. 은호는 어쩐지 부끄러웠지만 조심스레 고개를 끄덕였다. 처음이니까 제발, 천천히, 하나씩 해 달라고. 그녀는 지금 처음 느끼는 이 야릇한 흥분에 어쩔 줄을 몰라 하고 있었다.
"그럼 천천히 할게요."
우재도 걱정을 하고 있었다. 과연 그녀가 자신을 감당할 수 있을까. 그러면서도 더욱더 흥분감이 고조되었다. 마치 사춘기에 안

달 난 소년처럼, 그 또한 처음 느끼는 이런 강한 흥분감이 생경하고 당황스러웠다. 그렇지만 싫지는 않았다. 이왕에 한 결혼인데, 이왕에 빨리 아이를 가져야 하는 상황인데 흥분도 안 되는 섹스를 억지로 하는 것보다는 훨씬 나은 일이 아닌가.

우재는 몸을 일으켜 은호의 몸을 한 번에 안아 들어 올렸다. 순식간에 우재에게 안겨 들려 버린 은호는 곧 침대 위로 천천히 누여졌다. 우재도 입고 있던 샤워 가운을 완벽히 벗어 버리고 은호의 허벅지 위에 올라타 앉았다.

은호는 다시 마른침을 삼켰다. 은호에게 있어 첫 섹스. 첫 경험. 긴장이 안 되면 이상한 거였다.

"조금…… 무서워요."

결국 은호는 솔직한 속내를 털어놓았다.

"천천히 할게요. 아프면 말하세요."

은호는 고개를 끄덕였다. 저도 모르게 침대 시트를 꽉 움켜쥐었다. 지켜보던 우재가 낮은 목소리로 말했다.

"긴장하지 말고. 힘 빼요."

"아!"

은호는 신음을 내뱉었다. 도저히 자신의 입에서 나온 소리라고는 믿기지 않는 음란한 소리였다. 그렇지만 멈출 수가 없었다. 우재도 미칠 지경인지 뜨거운 숨을 내뱉었다.

은호는 붉게 달아오른 얼굴로 입술을 깨물고 있었다. 자꾸만 제멋대로 이상한 신음 소리가 흘러나왔다. 거칠고 뜨거운 호흡이 가득 울려 퍼지고 있는 침실. 그렇게 두 사람의 자극적이고도 강렬한 첫날은, 밤새도록 계속되고 있었다.

* * *

한 달 전.

두 손은 가지런히 배꼽 아래에. 허리는 약 45도 각도를 유지하면서, 입꼬리는 살짝 당겨 올려 다정하고 상냥한 목소리로 인사를 건넨다. 역시, 프로다운 정갈한 인사다.

"본부장님, 안녕하십니까."

네이비색 페도라 모자에, 깔 맞춤한 유니폼을 단정히 입은 그녀는 올해로 2년 차 재이그룹 안내 데스크 직원 유은호다. 이렇듯 오늘도 정성을 다해, 인사를 해 보지만, 눈길 한 번 주지 않는 본부장 차우재. 그는 언제나 그랬듯 열심히 인사를 한 은호를 본 체도 하지 않고 쓰윽, 바삐 지나가 버렸다. 본부장을 필두로 한 여러 명의 임원진 무리가 우르르 엘리베이터에 오르자 로비가 다시 한산해졌다.

"에휴……."

은호 옆에서 같이 인사를 하던 동료 선정이 한숨을 내뱉었다.

"어떻게 한 번을 눈을 안 맞춰 주냐. 재수 없어."

혹여나 누가 들을세라, 은호가 두리번거리며 주위를 살폈다. 다행히 은호 말고는 아무도 못 들은 듯했다.

"하루 이틀 일도 아닌데 웬 투정?"

입이 댓 발 나온 선정을 보며 은호는 그저 웃었다.

선정과 은호는 동갑내기 친구이자, 입사 동기다. 2년 전, 갑작스럽게 본사 로비에도 안내 데스크가 설치되는 바람에 두 사람이 함께 계약직 직원으로 채용되었다. 덕분에 면접까지도 함께 본 두 사람은 급속도로 친해졌다.
"어쩜 2년 내내 인사를 한 번도 안 받아 주냐고."
"원래 그런 인간이잖아. 뭘 새삼스럽게."
"2년 동안 쳐다도 안 보는 인간한테 매번 인사하려니 갑자기 현타가 와서. 저 사람, 우리 얼굴은 알까?"
"아니. 아마 전혀 모를걸."
"잘생기긴 또 왜 저렇게 잘생겼냐, 쓸데없이."
친해지고 나서야 해 준 얘기지만, 선정은 사실 차우재 본부장 때문에 이 회사에 이력서를 냈다고 했다. 믿을 수 없는 이야기였지만 사실이었다. TV에 나온 인터뷰를 보고 곧바로 재이그룹에 이력서를 냈다나. 저런 비주얼의 상사가 있는 직장이라면 어디든 몸 바쳐 일할 수 있을 것 같아서. 하지만 그런 선정의 바람은 애초부터 허황한 것이었다.
재이그룹 경영본부장 차우재. 그로 말할 것 같으면 재이그룹 차명진 회장의 손자이자 유력한 차기 승계자다.
학창 시절에는 미친 듯이 공부만 해 아이비리그의 명문 대학교를 졸업하는 엘리트 코스를 차근히 밟았고, 졸업한 후에는 회사에 목숨 바쳐 일하는 중이었다. 놀고먹는 어지간한 재벌 3세와는 달리, 그는 모두에게 워커홀릭이라 불릴 만큼 일을 열심히 했다. 또, 열심히 한 만큼 성과도 좋아서, 서른두 살의 아직 어린 나이였지만, 단시간에 지금의 본부장 자리를 꿰찼다.
경영본부장. 단순히 차명진 회장의 손자여서 올라간 자리가 아니었다. 차명진 회장을 아는 사람이라면 누구나, 차우재의 성과를 인정할 수밖에 없었다. 그가 어디 손자라고 해서 허투루 자리를 내주는 사람이던가. 아무튼, 뛰어난 능력치를 가지고 있는 이 재벌 3세는, 비주얼까지 완벽함을 자랑했다. 190은 족히 되어 보이는 커다란 키에, 모델 같은 신체 비율. 남자다우면서도, 선이 굵은 북방계 미남형 얼굴. 아마도 차우재를 보면 신은 공평하지 않다는 걸 증명할 수 있을 것도 같았다.

다만 한 가지, 그에게 부족한 게 있다면 사람들과 어울려 지내는 친화력 정도랄까. 그는 오로지 일밖에 몰랐다. 오죽하면 은호의 귀에도 그는 업무에 관련된 이야기가 아니면 아무하고도 대화를 하지 않는다는 소문이 흘러들어 왔을 정도니 말이었다.

"그래도 뭐. 제가 재벌 3세랍시고 갑질하고 놈팽이처럼 구는 놈들보단 낫지, 안 그래?"

은호의 말에 또 금세 수긍을 한 선정은 끄덕끄덕, 고개를 끄덕였다.

"그나저나, 이번에 재계약이 잘돼야 할 텐데…… 진짜 이만한 일자리 찾기가 쉽지가 않아."

지금 차우재고 뭐고 간에, 은호는 2주 뒤에 있을 재계약 심사를 걱정하고 있었다. 혹여나 재계약 심사에서 탈락하면, 당장 엄마 병원비는 물론이고 생활비도 한 푼 없는 상태이니 큰일이었다. 은호는 한숨을 푹 내쉬었다. 그런 은호의 사정을 잘 아는 선정도 함께 한숨을 내쉬었다.

"에휴…… 너나 나나…… 왜 이렇게 인생이 힘들기만 하냐. 어디, 하늘에서 돈다발이라도 좀 안 떨어지나."

은호는 종일 서 있느라 365일 퉁퉁 부어 있는 다리를 내려다보며 걱정 근심 가득한 얼굴이 되었다.

* * *

"이번 분기 매출 보고서입니다."

"그래. 흡족하구나."

우재가 내미는 보고서를 몇 번이고 훑어보며 차명진 회장은 매우 만족스러운 미소를 지었다. 정말이지 성에 안 차는 아들놈과는 달리, 똑소리 나는 손자였다. 어릴 때부터 사고 한 번 안 치고, 올곧게 자라 준 것만 해도 고마운데, 이렇게 성실하고 완벽히 회사 일을 해내는 것을 보면 그는 지금 당장이라도 우재에게 이 회장 자리를 내주고 싶을 지경이었다.

그럼에도 불구하고, 그럴 수 없는 건, 회장의 아들인 차준일 사장과 우재의 새엄마 이희옥, 그리고 우재의 이복동생인 차현석 전략실장 때문이었다. 그들이 눈을 시퍼렇게 뜨고 있는 데 비해, 우재의 힘이 너무 약했다. 사정 모르는 사람들이나 차우재가 재이그룹의 당연한 차기 회장이라고 생각할 따름이었다.

"이 자료도…… 좀 보시면, 아무래도 판매 실적으로 보나, 소비자 인지도로 보나 우리 재이의 물건이 경쟁사들보다 훨씬 더 앞서 있는 것을 확인하실 수 있을 겁니다."

우재는 비서가 함께 가져온 서류 더미들을 회장 앞에 올려다 놓으며, 며칠 밤낮으로 조사한 자료들과 기록들을 읊기 시작했다. 그러나 차명진 회장은 고개를 젓고 손을 내젓는다.

"그래그래. 일 얘기는 이쯤 하고, 우재야."

차명진 회장이 우재를 부른 것은 이런 일 얘기를 하려 함이 아니었다. 우재는 조금 아쉬운 듯 회장 앞에 놓여 있던 자료들을 다시 회수했다.

"이 할아비가 했던 부탁, 잘돼 가고 있는 게지?"

내내 자신감 넘치던 우재의 표정이 문득 어두워졌다.

"아까 오전에 현석이한테 전화가 왔다. 현정이가 임신을 한 것 같다더구나."

현석이는 우재보다 두 살 어린 이복형제이고, 현정은 그의 와이프다. 정략결혼으로 맺어진 두 사람은 1년 전 결혼식을 올렸다. 현정은 철강으로 업계 1, 2위를 다투는 금우그룹 둘째 딸이었다. 두 사람의 결혼에 가장 적극적이었던 건 역시나 새엄마인 이희옥이었다. 여자라곤, 결혼이라곤 관심조차 없는 우재를 제치고, 자신의 친아들이 승계의 정통성을 세울 방법은 오로지 결혼이었던 것이다. 게다가 심지어 그렇게 바라고 바라던 며느리의 임신이었으니 지금쯤 얼마나 방방 뛰어 대고 있을지, 우재는 보지 않아도 그 모습이 눈에 선했다.

"제발 빨리 결혼해서, 증손주 좀 이 할아비 품에 안겨 다오. 네가 그렇게만 해 주면 이 할애비, 여한 없이 가지고 있는 거 다 정리해서 너한테 넘기고 물러날 생각이다. 그러기만 한다면, 어느 누가 뭐라 하겠니?"

우재는 머리가 지끈거리기 시작했다. 그가 미친 듯 회사 일에 몰두하는 이유는 단 하나, 재이그룹의 공식적인 후계자가 되기 위해서였다. 억울하게 죽은 엄마를 위해서라도 우재는 꼭 이 회사의 주인이 되어야만 했다. 그래서 열심히 공부했고, 열심히 일했고, 열심히 성과를 냈다. 다른 곳 안 보고, 허튼짓 안 하고 그저 그 목표 하나만 보고 달렸다. 그런데 이제 와 관심도 없는 결혼을 하라니. 아이를 낳아 오라니. 그런 것들이 대체 회사 경영권 승계와 무슨 상관이 있다는 건지, 우재는 답답했다.

“이 할아비가 적당한 처자 짝지어 주겠다는 것도 마다할 정도면, 마음에 두고 있는 처자가 있는 게 확실한 게 아니냐. 그럼 얼른 진행해서, 올해 다 가기 전에 식 올려야 한다. 현석 어미한테도 네 결혼 준비 도우라 말해 놨어, 이미.”

“할아버지…….”

“이 할아비도 이젠 건강이 예전 같지 않아.”

“무슨 말씀이세요……. 이렇게 정정하신데…….”

말은 그렇게 했지만 우재의 마음 또한 다급했다. 정말이지 할아버지마저 잘못되는 날엔, 재이에서 우재의 편은 아무도 없었다.

우재는 마음이 무거웠다. 할아버지 말대로 늦어도 올해가 가기 전까지 누군가와 결혼을 해서 아이를 낳아야 했다. 정말이지 마음 같아선, 자신과 계약 결혼 할 여자라도 찾고 싶을 지경이었다. 한숨이 터져 나왔지만 우재는 애써 태연한 표정으로 회장실을 나섰다. 어딜 가서 갑자기 여잘 구하고, 어딜 가서 갑자기 결혼을 한단 말인가. 우재는 지끈거리는 관자놀이를 꾹꾹 누르며 발걸음을 옮겼다.

Rrrr.

때마침 휴대폰이 울렸다. 우재의 하나뿐인 친구 대현이었다. 본부장실로 올라오라 했지만, 갑갑해서 싫다는 대현 덕에 우재는 다시 1층으로 내려갔다.

우재는 왼쪽 팔목의 시계를 힐끗 내려다보았다. 아직 임원 회의 시간까지는 조금 여유가 있었다.

"뭐야, 이 썩을 년이!"

1층에 도착한 엘리베이터 문이 열리자마자 상스러운 욕지기가 들려왔다. 우재는 인상을 찌푸리며 소란한 그곳을 향해 발걸음을 옮겼다.

소란의 근원지는 안내 데스크였다. 안내 데스크 직원과 제법 나이가 지긋한 중년 여성이 실랑이를 하고 있는 듯했다.

"손님, 죄송합니다. 부사장님께서는 지금 자리에 안 계십니다. 다음에 약속을 하시고 방문해 주시면……."

"시끄럽고. 당장 올려 보내 달라고!"

"손님……."

"이년이, 진짜!"

짝!

로비에 있던 모든 사람들의 시선이 한곳으로 쏠렸다. 그냥 지나치려던 우재의 발걸음도 우뚝 멈춰 섰다. 욕을 하던 중년 여성이 안내 데스크의 직원의 뺨을 내리친 것이었다. 그제야 저 멀리서 제복을 입은 보안 요원들이 뛰어오고 있었다.

뺨을 맞은 직원은 고개를 푹 숙인 채, 그대로 땅을 응시하고 있었고, 중년 여성은 보안 요원들에 의해 정문 밖으로 쫓겨 나갔다. 그렇게 모두가 흩어지고 사라질 때까지 뺨을 맞은 여자는 여전히 바닥만 보고 서 있을 뿐이었다.

우재도 계속해서 그녀를 응시했다. 이상하게도 그 여자에게서 눈을 뗄 수가 없었다. 어찌나 세게 맞았는지 멀리서 보아도 맞은 볼이 벌겋게 부어올랐다. 눈물이 날 법도 한데, 어린 그녀는 울지 않았다. 그저 한참만에야 고개를 들었다. 그러곤 다시 정면을 응시한 채 입꼬리를 올려 미소를 지었다. 옆에 동료가 돌아왔는데도 그녀는 한마디도 하지 않고 그저 일을 할 뿐이었다. 마치 아무 일도 없었다는 양 그렇게.

지켜보던 우재는 저도 모르게 피식, 웃었다. 재밌는 여자라고 생각하면서.

그는 발걸음을 다시 성큼성큼 옮겨 걸었다. 보지 않는 척했지만, 우재는 그녀의 얼굴을 빠르게 살폈다. 역시나 얼굴이 시뻘겋다.

"본부장님, 안녕하십니까."

매일 듣던 목소리. 우재는 그제야 자신이 이곳을 지나칠 때마다 매번 이렇게 그녀가 인사를 건넸음이 떠올랐다. 단정하면서도 군더더기 없는 목소리였다. 여느 때처럼, 우재는 아무런 대꾸 없이 쓰윽 안내 데스크를 지나쳐 걸었다.

* * *

"이제 어쩔래, 차우재?"

대현이 우재를 놀리듯 물었다. 빨대로 오렌지 주스를 쭙쭙 빨아 마시며 그는 재밌다는 듯 웃고 있었다. 우재는 머리를 감싸 쥐었다.

"하…… 몰라……."

"으이구. 천하의 차우재가 모르는 것도 다 있으세요?"

"후……."

대현은 이런 우재의 고민이 그저 재미있기만 했다. 평생 공부, 일밖에 모르고 살아온 모범생 차우재에게 일생일대의 시련이 꽤 재

있는 구경거리로 느껴졌달까.

대현은 우재와 유학 시절부터 함께 공부하며 지내온 건일식품 회장의 셋째 아들이다. 격식 차리고, 과시하는 걸 별로 좋아하지 않는 성격인지라 그런 부분에서 우재와 성격이 잘 맞았다. 그래서 오죽하면 유학 시절, 두 사람이 함께 다니는 걸 내내 봐 온 친구들조차도 그들이 한국에서 로열패밀리에 속하는 재벌 3세들이라는 걸 전혀 알지 못했다.

"아님 나처럼 그냥 다 포기하고 편하게 살아. 재이그룹. 뭐…… 탐나긴 하지만 그래도 포기하면 마음 편하잖아?"

한숨을 쉬던 우재가 인상을 찌푸렸다.

"나 놀리냐?"

우재가 재이그룹 승계에 집착하는 이유를 대현 또한 잘 알고 있었다. 대현은 씨익 웃으며 어깨를 들썩였다.

"아님, 어디 가서 계약 결혼이라도 할 여자를 찾는 건 어때?"

대현이 무심코 말을 던졌다.

"하, 계약 결혼…… 그거 할 여자는 또 어디 가서 찾냐."

"하기야. 너랑 결혼하면 재이그룹 반은 자기 거가 될 수 있는데, 어떤 미친 여자가 계약서 한 장 쓰고 너랑 결혼한다고 하겠냐?"

대현은 고개를 절레절레 저었다.

"그냥 평범하고. 조용하고. 그냥 눈에 안 띄는 여자면 좋겠는데."

"욕심도 많으시군요, 본부장님."

우재의 중얼거림에 대현이 옷을 챙겨 일어났다. 그리고 우재가 건네줬던 서류 봉투를 흔들며 씨익 웃었다.

"하여튼. 고맙다. 나 먼저 간다."
그러곤 바쁘게 사라져 버렸다. 우재도 시계를 보며 천천히, 자리에서 일어섰다.

* * *

똑똑. 노크 소리가 들려오고, 밖에서 대기하고 있던 우재의 비서가 문을 열고 들어왔다.
"본부장님, 매거진K, 인터뷰 약속 하신 시간 다 됐습니다."
이달의 'Zoom人(인)'이라는 제목의 경제 매거진 인터뷰였다. 한 달 동안 재계에서 가장 영향력 있는 인물을 선정해 하는, 증권가에선 꽤 영향력 있는 잡지의 인터뷰.
우재는 약속 장소인 컨퍼런스 룸에 들어서며, 매고 있던 넥타이를 툭 풀었다. 오늘은 본사 이곳저곳을 잡지에 소개하며 멘트를 곁들이는 형식의 인터뷰인지라 조금 자유로운 분위기가 필요했기 때문이었다.
"의외네요. 재이그룹 이미지답지 않게 의외로 본사가 소박한 멋이 있어요."
기자는 우재와 나란히 걸으며 으레 인사치레 같은 이야기를 늘어놓았다. 그들은 2층에서 내려와 1층 로비로 향하고 있었다.
"차우재 본부장님 실례지만 올해 나이가 어떻게 되시나요? 동생인 차현석 전략실장은 작년에 결혼해서 벌써 아이 소식도 들려오던데……."
아마도 새어머니가 벌써 떠들고 다닌 모양이었다. 1층으로 향하는 계단을 내려가며, 우재는 저도 모르게 두 주먹에 힘이 들어갔다. 정말이지 이대로 있다가는 그동안 공들여 쌓은 탑이 한 번에 무너질 수도 있겠다는 생각이 들었다.

“본부장님도 혹시…… 은밀히 만나고 계신 연인이라도 있는 것 아닌가요? 이렇게 미남에, 능력도 뛰어난 분이 아직 아무 소식이 없다는 게 더 이상한 것 같은데…… 혹시 남자 좋아하시는 건 아니죠? 오호호…….”

기자는 농담처럼 웃으며 물었다. 기자의 이런 도발 역시 새어머니의 계산된 작전일지도 몰랐다. 차현석 전략실장의 결혼과 행복한 가정의 모습을 부각해 여론을 그의 편으로 형성하려는. 우재는 저도 모르게 인상을 찌푸렸다.

“네. 있습니다.”

더는 못 참겠다는 듯, 우재의 굵은 목소리가 계단을 울렸다. 전혀 예상치 못한 대답에 당황한 기자의 눈동자가 동그랗게 커졌다.

“네?”

“있습니다, 만나는 사람. 사랑하는 여자.”

에라, 모르겠다. 이제 우재는 될 대로 되라는 심정이었다.

* * *

“나 화장실 좀 다녀올게.”

선정의 말에 은호는 고개를 끄덕였다.

홀로 남은 안내 데스크. 로비를 드나드는 사람들은 그저 쌩쌩, 모두가 다 바쁜 걸음으로 은호를 지나쳐 갈 뿐이었다. 그럼에도 은호는 인형처럼 바른 자세로 정면을 보고 서 있어야 했다. 그게 은호의 일이니까. 그때, 엘리베이터 뒤쪽 계단에서 웅성웅성하는 소리들이 들려왔다. 누군가 엘리베이터가 아닌 계단으로 1층 로비에 내려오고 있는 모양이었다.

그 소리에 힐끗, 은호가 뒤를 돌아다보았다. 카메라와 조명을 든 남자 두 명, 녹음기를 들고 있는 여자 하나. 그리고 다른 한 명은 본부장 차우재였다. 아마도 언론사와 인터뷰를 하는 모양이었다. 은호는 다리가 아파 잠시 벗고 있던 구두를 얼른 다시 신으며 몸을 꼿꼿이 세웠다.

"이게 무슨 말씀인가요, 본부장님? 정말이세요?"

기자는 놀란 표정으로 재차 질문을 던지고 있었다. 우재가 만나는 사람, 사랑하는 여자가 있다고 대답한 직후의 일이었다.

"이렇게 밝히신다는 건, 혹시 결혼 날짜라도 잡힌 건가요? 대체 그분이 누구신가요? 이왕 이렇게 된 거 누군지 좀 밝혀 주세요!"

이 이야기가 사실이라면 기자로서는 정말 특종이었다. 단 한 번 스캔들도 없이 깨끗한 사생활을 유지하는 재이그룹 차우재에게 결혼할 여자가 있다니.

대중들에게 차우재의 인기는 꽤 대단했다. 실력 있고, 성실하고. 재벌 3세다운 인성은 물론이거니와 뭇 연예인 뺨을 칠 만큼 비현실적인 외모는 대중들 사이에서 화제가 되기에 충분했다. '훈남 재벌, 엄친아의 대명사' 같은 수식어가 우재를 늘 따라다녔고, 심지어 여고생들을 중심으로 우재의 팬클럽도 구성될 정도였다. 기자는 눈을 번뜩이며 우재를 몰아붙였다. 두 사람의 발걸음이 로비 중앙에 멈춰 섰다.

"아…… 그게……."

우재는 곧바로 후회했다. 대체 왜 자기가 조금 전 그런 거짓말을 해 버린 건지 스스로도 이해가 되지 않았다. 아마도 할아버지의 압박과 스스로 느낀 불안감, 이복동생인 현석에 대한 위기의식……. 뭐 이런 것들이 섞여서 머릿속이 뒤엉킨 모양이었다. 친구 대현의 말도 떠올랐다. 그때, 계약이라도 할 여자를 찾아야 한다던 그의 말을 우습게 넘겨 버린 걸 우재는 뒤늦게 후회하고 있었다.

이제 뭐라고 대답을 해야 하지. 대체 뭐라고 둘러대야 좋을까.

평생 거짓말도 제대로 해 본 적 없는 우재이기에, 이런 상황을 어떻게 모면해야 할지 정신이 혼미했다. 갈 곳을 잃은 눈동자가 이리저리 움직이기 시작했다. 그러다 문득 바로 앞 안내 데스크에 서 있는 은호의 얼굴이 눈에 들어왔다. 열 발자국쯤 떨어져 서 있던 은호도 두 손을 가지런히 앞으로 모은 채, 우재를 마주 보고 있었다.

여전히 은호의 한쪽 뺨은 붉게 부어 있다. 저 여자. 대현을 만나러 가던 길에 봤던 안내 데스크 직원. 중년 여자에게 뺨을 맞고도 울지도 않고 아무 소리도 내지 않았던 특이하고 또 희한했던 그 여자. 이 여자라면……. 왜 갑자기 그런 생각이 들었을까. 이 여자라면 우재가 원하는 계약 결혼을 할 수 있을 것만 같다는 생각이 들었다. 이 여자라면, 무슨 일이 있어도 울지 않고, 아무런 소리도 내지 않고 그저 정해진 계약의 조건들을 잘 이행해 낼 수 있을 것만 같았다. 아무런 근거도 없는 생각이었지만 우재는 번뜩 손가락으로 은호를 가리켰다.

"저기 저 사람입니다."
"네?"
우재가 가리키는 손가락을 따라 은호를 본 기자가 소리를 지르며 되물었다. 순식간에 카메라를 든 남자가 은호를 향해 렌즈를 들이밀었다. 놀란 기자도 얼른 은호를 향해 다가갔다. 은호는 그들이 자신에게 다가오자 당황스러움을 감출 수가 없었다. 그럼에도 그저 은호는 어색하게 웃으며 서 있었다. 저 멀리, 고객센터 팀장이 지나가는 것이 보였기 때문이었다. 언제 어디서나 어떤 상황에서도 프로답게. 그래야 재계약에 유리한 점수를 받을 수 있을 테니까.
"이 사람입니다. 유……은호…… 씨."
옆으로 다가선 우재가 얼른 은호의 가슴 한구석을 힐끗 커닝했다. 은호의 왼쪽 가슴에 붙은 이름표를 읽은 것이었다.
"네……?"
은호는 자신의 이름을 불러 주는 우재를 깜짝 놀란 표정으로 응시했다. 어떻게 내 이름을 알지? 그리고 뭐가 이 사람이라는 말인지. 은호는 여전히 어리둥절했다.
"다음 달, 저랑 결혼하게 될 제 연인."
어리둥절한 건 우재도 마찬가지였다. 이 정신없는 상황 속에서도 우재는 자꾸만 은호의 부은 뺨이 눈에 거슬렸다. 두 사람의 맞닿은 시선이 어색하게 흔들렸다.

* * *

"네……?"

대체 이게 무슨…… 말이냐고, 은호가 물을 새도 없이 조명이 켜지고, 플래시가 터졌다. 이게 대체 무슨 자다가 봉창 두드리는 소리인가, 싶어 은호는 계속 우재의 얼굴을 올려다보았다. 그 시선을 느꼈는지 우재가 조금 더 은호에게 가까이 다가와 귓속말을 했다.

"웃어요, 일단."

저 멀리, 지나가던 고객센터 팀장님도 자리에 멈춰 서 은호를 바라보고 있었다. 은호는 웃으라는 그 말에 웃을 수밖에 없었다.

"정말 놀랍네요. 안녕하세요, 유은호 씨. 반갑습니다. 저는 매거진 K의 김미진 기자입니다. 차우재 본부장님의 숨겨진 연인이 여기 계셨네요."

"아…… 저 죄송한데 오늘은 여기까지 하는 걸로 했음 좋겠네요. 여기, 유……은……호 씨도 오늘 이렇게 인터뷰를 하는 줄 예상 못 해서 좀 당황을 했습니다."

먹잇감을 발견한 듯한 기자의 눈빛에, 우재가 손을 내저으며 말했다. 그러자 기자는 주변의 스태프들과 눈빛을 주고받더니 고개를 끄덕였다.

"아, 예, 본부장님. 그럼 꼭 정식 인터뷰도 제일 먼저 저희 매거진 K랑 해 주셔야 합니다?"

차우재의 숨겨진 연인이 본사 안내 데스크 여직원이었다는 사실. 그리고 그 여자랑 내달 결혼을 약속하고 있다는 특종. 이것만으로도 기자는 만족스러운지 활짝 웃으며 능청을 떨었다. 그러곤 그들은 잽싸게 사라져 버렸다. 결국 안내 데스크 앞에는 우재와 은호만 덩그러니 남겨졌다.
"대……체…… 이게……."
은호가 먼저 입을 열었다.
"나랑 얘기 좀 합시다."
우재가 은호의 손목을 덥석 잡아끌었다. 은호는 뭐라 대꾸할 새도 없이 우재가 이끄는 대로 비상구 계단으로 향했다. 우재는 연방 주위를 두리번거리더니 아무도 없다는 걸 확인했는지 그제야 한숨을 푹 내쉬었다.
"후……."
어디서부터 설명을 해야 할까. 어떻게 말을 해야 할까. 온통 의문투성이의 얼굴로 자신을 올려다보고 있는 눈앞의 은호를 보며 우재는 저도 모르게 두 얼굴을 감싸 쥐었다.
이 여자. 이름도 오늘 처음 알았고, 얼굴도 데면데면한 이 여자와 결혼이라.
그러다 문득 우재의 머릿속이 번뜩였다.
그래, 어쩌면 차라리 잘된 일일지도. 이름도, 얼굴도 처음 알게 된 이 평범하다 못해 존재감 없는 여자랑 결혼을 하자. 어차피 한 번 치러 내야 할 결혼이라면 이런 조용하고 눈에 안 띄는 여자와 결혼을 해서 구색을 맞추고, 다시 일에 전념하는 편이 편할지 몰랐다. 괜히 어느 대단한 집안이나 특별한 여자를 만나 결혼을 한다면, 더 일이 커질지도 모를 일이었다. 차우재가 어차피 누군가를 좋아하게 되거나 사랑하게 될 일은 전혀 없을 테니까 그저 간단하고 심플하고, 수수한 상대가 제격이었다. 우재는 오히려 지금이 꼬인 상황이 자신의 모든 걱정을 한 번에 해결해 줄지도 모른다는 생각이 들었다.

"유은호 씨?"

"네……."

다시 우재가 말문을 열었다.

"나랑 결혼해 주십시오."

드디어 내가 미쳤나. 아님 이 사람이 미친 건가. 은호는 너무 놀라서 차마 목소리도 나오지가 않았다. 그저 멍한 표정으로 우재를 응시할 뿐이었다. 설마 이거 그냥 꿈인가. 그렇지 않고서야 왜 차우재 본부장이 나에게 이런 말을 하지? 은호의 미간이 일그러졌다.

"나랑…… 결혼해 주세요."

멍하니 우재를 보고 있던 은호가 별안간 피식, 헛웃음을 지었다. 말도 안 되는 이 상황에 저도 모르게 웃음이 터진 것이었다.

"미안합니다. 갑자기 당황하게 해서."

우재는 넋 나간 은호를 보며 정중히 사과를 건넸다. 어쨌거나 은호에겐 너무나 당황스러운 상황일 테니 말이다.

"그런데, 나는 지금 유은호 씨 도움이 필요해요. 유은호 씨가 나랑 결혼을 해 줘야 합니다."

"본부장님, 대체 무슨 말씀을 하시는지 모르겠는데……."

이젠 조금 화가 나려고 하는 은호였다. 장난을 하는 것도 정도가 있지. 사람을 이렇게 면전에서 바보 만들어도 되는 일인가. 은호의 표정이 딱딱하게 굳어졌다.

"결혼이라뇨? 본부장님이랑 저랑 갑자기 왜 결혼을 해요? 본부장님 저 아세요?"

"모릅니다. 그래서 더 유은호 씨랑 결혼을 하고 싶습니다."
"저기요. 하……."
"이왕 이렇게 된 거, 솔직하게 말하죠. 사실 나, 유은호 씨가 아니어도 아무 여자하고나 결혼이라는 걸 빨리 해치우고 싶습니다. 그래야 내 경영권 승계 문제도, 복잡한 집안 문제도 모두 다 해결할 수 있거든요. 근데 아까 그 기자랑 인터뷰를 하던 도중, 유은호 씨가 눈에 보였고, 그래서 그냥 나랑 결혼할 여자가 저 여자라고 말해 버린 겁니다."
은호는 뭐 이런 놈이 다 있나, 싶은 생각마저 들었다. 아무 여자하고나 결혼을 빨리 해야 한다는 말도 이해가 안 가고, 그때 마침 자신을 발견했다는 말도 도통 이해가 가지 않았다. 이런 게 재벌들의 사고방식인가. 오로지 다 자기중심적으로 생각하고 행동하면서, 상대방의 입장이나 마음은 전혀 고려치 않는 이기적인 인간들. 은호는 두 주먹을 불끈 쥐었다.
"죄송한데요. 저는 본부장님이랑 결혼할 생각 눈곱만큼도 없고요, 결혼할 아무 여자 찾으시는 거면 밖에 널린 게 여자니까 딴 데 가서……."
"유은호 씨, 원하는 거 있습니까?"
우재는 은호의 말을 자르고, 단도직입적으로 물었다.
"유은호 씨가 원하는 거, 그게 뭐든 다 내가 해 주겠습니다. 유은호 씨는 그냥 나랑 결혼만 해 주세요."
뭐든? 은호는 저도 모르게 꿀꺽, 마른침을 삼켰다. 그게 뭐든이라고 했나, 방금? 그래. 이 정도 능력을 가진 재벌 3세라면 정말로 은호가 원하는 뭐든 다 들어줄 수 있을지도 몰랐다.

"워…… 원하는 거……요?"

"네. 말하세요. 뭘 원하는지."

은호의 머릿속에 순식간에 많은 생각들이 스쳐 지났다. 역시나 돈. 돈이다. 은호가 지금 이 순간 간절히 원하고 바라는 건 돈이었다. 엄청나게 밀린 엄마의 병원비도, 동생 지호의 뒷바라지도 가뿐하게 해결 가능할 만한 돈. 그런 돈이라면 차우재에게 아무것도 아닐 푼돈일 것이다. 선정의 말대로 이런 게 진짜 하늘에서 돈다발이 떨어지는 일일지도 모른다는 생각이 문득 들었다. 은호는 입술을 꼭 깨물었다.

"정말…… 내가 원하는 거 뭐든 다 들어줄 수 있어요?"

우재는 진지한 표정으로 고개를 끄덕였다.

"네. 당신이 나랑 결혼만 해 준다면."

* * *

안내 데스크로 돌아온 후에도 은호는 지금 자신이 무슨 일을 겪고, 무슨 말을 듣고 온 건지 정신이 하나도 없었다. 자기와 결혼하는 대가로 원하는 걸 들어주겠다고? 대체 그런 제안을 왜 나한테? 그 말을 어디까지 믿고, 믿지 말아야 할지.

'퇴근하고 본부장실로 올라와요. 그때 자세히 이야기합시다.'

은호는 저도 모르게 한숨을 푹 내쉬었다.

"고민 있어? 웬 한숨? 너 얼굴색도 안 좋다? 되게 창백해 너. 어디 아픈 건 아니지?"

화장실에 다녀온 선정이 은호를 의아하게 살폈다. 은호는 거의

울 것 같은 얼굴로 그녀에게 방금 전 일어났던 일들을 설명했다. 갑자기 로비로 본부장이 내려왔고. 기자 앞에서 자기랑 결혼할 거라고 인터뷰를 했다고. 기자가 가고 나서 자기에게 원하는 걸 해 줄 테니 결혼해 달라고 말했다고.

"뭐래. 너 졸았냐? 꿈꿨어?"

너무 말이 안 되다 보니, 선정의 반응이 영 시큰둥했다. 그녀는 주머니에서 휴대폰을 몰래 꺼내 데스크 아래로 액정을 내려다보았다.

"그래…… 안 믿기겠지. 나도 꿈인 줄 알았다."

이렇게 근무시간 중 몰래몰래 인터넷 뉴스를 확인하고 댓글을 다는 게 그녀의 유일한 낙이었다.

"본부장님이 왜 너랑 결혼을 하냐. 이게 미쳤나…… 무슨……."

별안간 선정의 눈동자가 터질 듯 부풀어 올랐다. 포털 사이트 첫 페이지에 제법 큰 글씨로 박혀 있는 그 이름. 유. 은. 호.

떨리는 손가락으로 기사를 클릭하자 방금 전 은호가 했던 이야기들이 그대로 적혀 있었다.

[재이그룹 차우재 본부장, 내달 결혼 직접 발표!]

[상대는 재이그룹 본사 안내 데스크 계약직 여직원.]

[사랑에 빠진 재벌 3세와 신데렐라가 된 그녀, 드라마 같은 그들의 러브 스토리!]

"뭐…… 뭐야 이거? 야, 유은호. 이게 뭐…… 뭐야?"

놀란 선정이 은호의 어깨를 툭툭 쳐 댔다. 그제야, 지나다니는 직원들의 시선과 주변 공기가 달라졌음을 은호도 느꼈다. 이 사람, 저 사람 지나가며 은호를 힐끗거렸다. 그리고 저 멀리서 고객센터 팀장님과 홍보실의 실장이 사색이 되어 안내 데스크를 향해 뛰어오고 있었다.

"유…… 유은호 씨!"

창백한 얼굴의 그들이 은호의 팔을 잡아끌었다. 은호는 또 영문도 모르고 그들에게 이끌려 10층 직원 면담실에 감금되어야만 했다.

* * *

저녁 7시.

은호는 비서를 따라 본부장실로 들어서기 전 숨을 깊게 들이마신 뒤 쓰고 있던 페도라 모자를 손에 들고 안으로 또각또각 들어갔다. 모자를 든 손이 조금 떨렸다.

우재는 여전히 컴퓨터 모니터만 응시하고 있었다. 아마도 은호가 들어왔다는 것도 모른 채 일에 열중하고 있는 것 같았다. 은호는 크흠, 크흠, 하고 헛기침을 했다. 그제야 우재의 시선이 은호를 향했다.

"아, 거기 앉아요."

2년간 이 회사를 다녔지만, 본부장실은 처음이었다. 아니, 본부장실이 있는 이 꼭대기 층에 올라와 본 적도 없었다. 은호는 어색하게 소파에 앉았다. 우재도 서류 봉투를 하나 들고 와 은호 앞에 마주 앉았다.

"생각해 봤어요? 뭘 원하는지?"

우재는 아마도 무조건 은호가 이 제안을 받아들일 거라고 생각하는 모양이었다. 그도 그럴 것이, 이미 기사가 나는 바람에 온 동네방네, 차우재와 유은호가 결혼한다고 소문이 나 버린 상태였다. 게다가 이제 와 사실은 결혼 안 합니다, 할 수도 없을 만큼 반응도 뜨거웠다. 그렇지만 은호는 어쩐지 이런 자신만만한 우재의 태도가 못마땅했다.

"네. 생각해 봤는데요……."

"자. 읽어 봐요, 먼저."

우재는 들고 있던 서류 봉투를 은호에게 내밀었다.

"이게…… 뭐예요?"

"계약서."

계약서라는 말에 은호는 얼른 봉투를 열어 서류를 꺼냈다. 우재의 말대로 서류 제목은 '결혼 계약서'였다.

"계…… 계약서를…… 왜……."

"뭐든 확실한 게 좋죠. 유은호 씨도 나도 좋아서 하는 결혼도 아니고. 서로 필요에 의해 하는 결혼인데, 확실하게 물적 서류를 남겨 놔야 약속을 이행하는 데에도 도움이 될 거고요. 꼼꼼히 읽으세요. 빠진 내용 없나 확인해 보고."

우재의 목소리는 지극히 사무적이었다. 정말이지 계약이라도 하는 것처럼 날카로운 시선이었다.

"차우재를 갑, 유은호를 을로 칭한다."

계약서를 한 부 더 들고 있던 우재가 은호 대신 첫 줄부터 천천히 읽어 내려가기 시작했다.

"갑과 을은 계약일로부터 한 달 안에 혼인신고를 하고 결혼식을 올린다. 그 대가로 갑은 을이 원하는 모든 것을 경제적, 사회적,

지위적 능력을 다해 보상한다."

이 큰 전제를 시작으로 결혼 계약서의 내용이 시작되고 있었다.

"갑과 을은 다음의 조항들을 포함한 내용으로 이 결혼 계약에 동의한다. 하나. 갑과 을은 타인에게 이 계약에 관한 비밀을 유지해야 한다. 둘. 갑과 을은 혼인 관계를 유지하기 위한 생활에 최선을 다해야 한다. 셋. 그럼에도 불구하고 갑과 을은 각자의 사생활에 간섭하지 않는다."

또박또박, 굵은 목소리였지만 명쾌하게 읽어 내려가는 우재였다.

"넷. 아이는 가능한 한 빨리 가지도록 노력한다."

"자…… 잠깐만요."

가만히 듣고 있던 은호가 말까지 더듬으며 손을 들었다. 아이라니. 사랑 없이 하는 계약 결혼에 무슨 아이 이야기가 나온단 말인가. 당황한 은호가 얼굴을 찌푸렸다.

"아이라뇨?"

"내가 결혼을 하는 이유는, 아이를 낳기 위해섭니다. 무슨 문제 있습니까?"

아이는 한 번도 생각해 본 적 없었다. 사랑하지 않는 남자와 결혼하는 것도 내키지 않는데, 그 사람의 아이까지 낳아야 한다고?

"그래서 유은호 씨가 원하는 모든 걸 다 해 주겠다고 하지 않았습니까. 아이 부분에 합의할 수 없다면 이 계약은 무의미합니다."

은호는 고민에 빠졌지만 쉽사리 싫다고 거절을 할 수도 없었다. 우재의 말대로 백지수표 같은 계약서였다. '을이 원하는 모든 것'이란 포괄적인 문구가 더욱 그녀를 흔들고 있었다.

"그럼 계속 읽습니다. 넷. 아이는 가능한 한 빨리 가지도록 노력한다. 따라서 을의 배란일에 맞춰 주기적인 성관계를 한다. 단, 갑과 을 중 한 명이 원하지 않을 시에는 강제로 관계를 할 수 없다."

이런 적나라한 내용을 읽으면서도 얼굴색 하나 바뀌지 않다니. 은호는 무덤덤한 표정으로 읽어 내려가는 우재를 보며 혀끝을 찼다.

"다섯. 서로의 사회적 지위를 생각하여 계약이 유지되는 동안에는 스캔들에 휘말리지 않도록 주의한다. 특히, 외도 등의 사유로 상대방의 명예에 해를 끼쳤다고 판단되면 상대방은 언제든 계약을 파기할 수 있다. 여섯. 갑과 을 중 한 명이 위 모든 사항 중 하나를 어겼을 시, 상대방의 의사에 따라 계약을 파기할 수 있다. 일곱. 갑과 을은 서로 합의에 의해서도 이 계약을 파기할 수 있다. 여덟. 계약 파기 시, 양육권, 위자료 등을 포함한 모든 문제는 을이 원하는 대로 처리한다. 이상입니다."

우재의 시선이 다시 은호를 향했다. 은호는 하, 하고 한숨을 내뱉었다. 딱히 흠잡을 데 없는 계약서였다.

"참. 혹시 사귀는 남자 친구나, 결혼을 약속한 남자가 있는 건 아니죠?"

가장 중요한 질문을 참 빨리도 물어본다고 생각했다. 먹고살기 바빴던 은호에게 남자친구 따위가 있을 리도 없지만 말이다.

"아, 뭐. 있어도 큰 상관은 없어요. 말했듯이 서로의 사생활은 지켜 주기로 했으니까."

뭐야. 이럴 거면 뭐 하러 물어봐. 한숨을 내뱉은 은호는 잠시 고민을 하다가 입을 열었다.

"하나만 물어볼게요."

우재가 고개를 끄덕였다.

"왜 나인지 말해 주세요. 이렇게 말도 안 되는 계약서까지 써 가면서 왜 나랑 결혼 계약을 하려는지……."

"말했던 것 같은데요. 그냥 그때 그 순간 유은호 씨가 눈에 보여서라고. 나는 결혼을 한 뒤에도 내 인생에 아무 영향을 끼치지 않을 만한 그런 평범한 여자를 원할 뿐입니다. 제가 보기엔 유은호 씨, 꽤나 평범해 보이는데. 아닙니까?"

물론 뭔가 다른 대답을 기대했던 건 아니다. 네가 마음에 들어서라든지, 너한테 한눈에 반해서. 따위의 로맨틱한 답변을 기대한 건 더더욱 아니었다. 그렇다 하더라도, 아무리 사무적 관계라지만 이런 무례한 말을 아무렇지도 않게 하다니. 기분이 상한 은호는 쌩한 얼굴로 고개를 끄덕였다. 일이 이렇게 된 이상, 은호는 자신도 똑 부러지게 원하는 바를 말하고 얻어낼 생각이었다.

"좋아요. 그럼 제가 원하는 걸 말할게요. 돈이 좀 필요해요. 아버지는 어릴 때 돌아가셨고, 엄마가 항암 치료를 받고 계신데 병원비가 좀 많이 밀려 있어요. 수술도 해야 하고. 게다가 남동생은 아직 어려요. 이제 막 스무 살이고 야구 선수예요. 실력도 괜찮고 유망해서 서포트를 해 주면 금세 빛을 볼 수 있을 것 같은데 보시다시피…… 계약직인 제 월급으로는 엄마 병원비에 남동생 뒷바라지까지 어림도 없는 수준이죠."

듣고 있던 우재가 가볍게 고개를 끄덕였다. 은호가 무슨 말을 하는지 다 이해했다는 듯이.

"오케이. 그럼, 일단 어머니 병원비와 수술비 문제. 그리고 남동생 지원 문제를 해결해 주는 걸 계약금으로 생각합시다. 이제 사인하죠."

우재는 은호에게 펜을 내밀었다.

뭐야. 이게 이렇게 간단하게 오케이 할 정도로 보잘것없는 조건들이었나. 은호는 어쩐지 초라한 기분이었다. 이런 걸 금수저, 흙수저라고 하겠지. 아무리 발버둥 쳐도 벗어날 수 없는 현실들. 자신이 아등바등 애를 쓰고 발버둥을 쳐 봐도 절대 해결할 수 없는 일들을 이렇듯 아무렇지 않게 생각하는 그를 보니 문득 그런 기분이 들었다.

어차피 벗어날 수 없는 현실을 벗어나기 위해 택한 일이라면, 은호는 제대로 해낼 생각이었다. 이 사람, 차우재처럼 감정 없이 일로써 계약을 이행해 나간다면 딱히 어려울 일도 없었다. 차우재가 아니었다면 계약직 인생에 결혼 따위, 아이 따위 어차피 상상할 수도 없는 일이었을 것이다.

은호의 인생에 결혼이나 아이는 중요한 가치가 아니었다. 은호는 입술을 꾹 깨물고, 망설임 없이 계약서에 사인을 했다.

"그럼, 잘해 봅시다."

우재는 사인을 마친 은호에게 오른손을 내밀었다. 은호 또한 손을 내밀어 우재의 손을 맞잡았다. 이렇게 두 사람의 결혼 계약이 성사되었다.

* * *

다시 한 달 후. 드디어 결혼식을 올린 첫날밤. 도대체 은호는 한 달이 어떻게 흘러갔는지 기억도 나지 않았다. 정말이지 눈 깜짝할

새 지나가 버린 시간들.

결혼은 일사천리로 진행되었다. 양가 어른들께 인사를 올리고, 상견례를 하고, 드레스와 예물을 고르고 나니 식장에 들어와 있었다.

은호의 준비가 따로 필요한 것도 아니었다. 대부분의 것들은 비서와 원 실장이라 불리는 본가 소속의 직원이 알아서 잘 준비를 해 주었다. 은호는 그저 여러 가지의 선택지들 중, 가장 마음에 드는 것들을 몇 번 고르면 그뿐이었다. 은호가 원하지 않아도 모든 것은 최고급, 최상의 것들로 마련되었다. 그야말로 재이그룹 명성에 걸맞은, 성대한 결혼식이었다.

"편히 쉬어요. 난 할 일이 좀 많습니다."

호텔에 들어서며 우재가 무표정한 얼굴로 말했다. 은호는 어색하게 고개를 끄덕였다.

은호는 화려한 스위트 룸 이곳저곳을 구경하며 두리번거렸다. 도대체 이 룸에 방이 몇 개인지. 이곳저곳 둘러보느라 정신이 없었다.

신혼여행은 없었다. 일에 미친 워커홀릭 차우재에게 여행이나 여가는 시간 낭비의 다른 이름일 뿐이었다. 그저 결혼식이 끝난 뒤 서울에 소재한 이 호텔에서 하룻밤을 지내는 것으로 신혼여행을 대신했다. 그마저도 밤새, 우재는 노트북으로 밀린 업무만 하고 있을 뿐이었다.

새벽 1시. 룸에 들어온 지 세 시간이 지났지만 우재는 소파에 앉아 꿈쩍도 않고 노트북만 두드려 댔다. 처음엔 조금 쭈뼛거리며 소파에 앉아 있던 은호도 어느새 침실로 들어와, 푹신한 침대 위에 털썩 대자로 누워 버렸다. 이왕지사 이렇게 된 거, 난생처음 구경해 보는 호텔을 마음껏 즐기기나 하자는 심보였다. 은호는 침대를 뒹굴뒹굴하며 푹신한 구스 침구를 즐겼다.

"엄마랑 왔으면 좋았을 텐데."

그러다 문득, 엄마 생각에 씁쓸하게 읊조렸다. 지금쯤 엄마는 새신부가 된 딸이 행복한 밤을 보내고 있으리라 생각하시겠지. 어쩐지 우울해졌지만 은호는 고개를 저었다.

힐끗 협탁을 보니 그 위에 값비싼 와인 한 병이 놓여 있었다. 은호는 망설이지 않고 벌떡 일어나 잔에 와인을 따랐다. 알싸한 알코올 향이 코를 찔렀다. 한입 홀짝 맛을 보니 맛도, 향도 좋았다. 그녀는 그렇게 홀짝홀짝 와인을 마시기 시작했다.

* * *

한 모금, 두 모금. 한 잔, 두 잔, 마시기 시작한 와인이 어느새 바닥을 비워 가고 있었다. 그렇게 한 병을 다 마셔 버린 은호는 알딸딸한 기분에 조금 흥이 오르기 시작했다. 평소 술을 못 마시는 편은 아니었지만, 결혼식 내내 지속되던 긴장이 풀어지자 어쩐지 마음이 확 놓인 것이었다. 은호는 와인 냉장고를 열어 한 병을 더 꺼내어 들었다.

"하…… 행복하네."

혼잣말처럼 내뱉은 목소리가 울컥 떨리고 있었다. 어쩐 일인지 눈꼬리에서 눈물도 흘러내렸다. 돈에 팔려 한 결혼이라고 해도 할 말이 없는 상황에 은호는 자괴감이 들었다. 그렇다 해도 후회하지는 않았다. 스스로 한 선택이니까. 그저 좋은 거래였을 뿐이야. 은호는 자신을 그렇게 달래고 있었다.

틱톡, 하는 소리와 함께 시곗바늘이 새벽 2시를 가리켰다. 조금 흐릿해진 눈으로 시계를 응시하던 은호가 별안간 자리에서 일어섰다. 그러곤 우재가 일을 하고 있는 거실로 터벅터벅 걸어 나갔다.

인기척을 느낀 우재의 시선이 은호를 향했다. 은호의 볼이 발그레 달아올라 있었다. 우재는 어쩐지 은호를 처음 기억하게 됐던 그날의 모습이 떠올랐다. 누군가에게 맞아 시뻘겋게 부은 볼을 하고도 아무렇지도 않은 척 웃으며 인사를 건네던 그녀의 모습. 은호는 살짝 웃으며 우재를 응시했다. 탁. 우재는 보고 있던 노트북을 덮으며 가만히 그녀를 마주 보았다.

"술 마셨어요?"

우재의 질문에 은호는 고개를 끄덕였다.

"일은 다 끝나셨어요?"

어쩐지 살짝 어눌한 발음으로 은호가 물었고, 이번엔 우재가 고개를 끄덕였다.

"유은호 씨 얼굴 빨개요. 많이 마셨습니까?"

"네."

은호는 망설임 없이 고개를 끄덕였다.

"첫날밤인데…… 할 건 해야 하니까요."

예상치 못한 은호의 말에 우재는 하마터면 웃음이 터져 나올 뻔했다. 은호의 표정이 제법 결의에 차 있었던 것이었다.

"근데 차우재 씨는 일하느라 정신이 없네요, 그죠?"

취기가 오르는지 은호는 눈을 찡긋거리며 한숨을 내쉬었다. 우재는 벌떡 몸을 일으켰다.

"그래요? 그럼 먼저 씻고 올래요?"

무슨 용기에서였는지, 말도 안 되는 말을 내뱉고 난 은호는, 그제야 자신이 무슨 말을 내뱉었는지 후회를 하고 있었다. 아무리 계약 결혼이라곤 하지만 첫날밤부터 꿔다 놓은 보릿자루인 양 멍하니 혼자 노는 스스로가 초라해 홧김에 아무렇게나 내뱉은 말이었다. 자신이 그렇게 말한다 해도 차우재는 그저 일만 하고 앉아 있을 줄 알았던 것이다. 근데 이렇게 즉각적인 반응이라니. 은호는 마른침을 꿀꺽 삼켰다.

"아…… 아니…… 뭐…… 꼭 그런 뜻이 아니라……."

"내가 먼저 씻죠."

우재가 망설임 없이 욕실로 향했다. 은호는 소파 위에 털썩 주저앉으며 얼굴을 감싸 쥐었다. 당황스러움에, 술이 확 다 깨 버리는 기분이었다.

"내가 지금 무슨 말을 한 거야……."

탄식 섞인 혼잣말을 내뱉으며 은호는 빈 와인 잔을 원망스레 응시했다. 술이 원수였다.

* * *

"선정아!"

수화기 너머 들려오는 선정의 목소리가 이토록 반가울 수가 없다. 은호는 얼른 수돗물을 틀었다. 쏴아. 물줄기 쏟아지는 소리가 욕실 전체에 울렸다.
[누구…… 은호니?]
선정의 목소리엔 피곤이 잔뜩 묻어 있었다. 아마도 자다가 전화를 받은 모양이었다. 새벽 2시가 넘었으니 당연했다.
"어. 나!"
[뭐야. 이 시간에…… 너 호텔에 있는 거 아니야?]
은호는 두 손으로 휴대폰을 꽉 움켜쥔 채 답답한 마음을 속사포처럼 쏟아냈다.
"응, 맞아. 호텔이야. 나…… 나 좀 도와줘. 도와주라, 선정아."
[왜 그래. 무슨 일 있어?]
다급한 은호의 목소리에 걱정이 됐는지 선정의 목소리도 덩달아 심각해지고 있었다.
"나…… 나 지금 욕실인데 너무 무서워서 떠오르는 사람이 너밖에 없었어."
[왜 그래, 응? 무슨 일인데?]
"나…… 나…… 나, 어떻게 하는지 몰라…… 한 번도 안 해 봤어. 너무 무섭고 겁나…… 지금 당장 밖에. 우재 씨가……."
[뭐?!]
당황스러운 외침이 수화기 너머에서 들려왔다. 잠시 정적이 흘렀다. 별안간 선정이 푸하하, 하며 웃음을 터뜨렸다. 은호는 눈을 질끈 감았다.
"나 지금 심각해. 웃을 일 아니라고."
[뭐야, 진짜. 유은호 너 헛똑똑이였네?]
"하…… 선정아."

은호는 발을 동동 구르며 선정의 이름을 불렀다. 그럼에도 선정은 계속해서 웃고 있었다.

[너. 키스는 해 본 적 있어?]

그러더니 문득, 선정이 질문을 던졌다. 잠시 망설이던 은호가 작게 대답했다.

"아니……."

[남자랑 손은 잡아 본 적 있냐?]

있었던가, 없었던가. 딱히 기억이 나지 않는 걸 봐선 손잡아 본 적도 없었나 보다. 은호는 초조한 목소리로 아니라고 답했다.

[에휴. 어쩐지 급하게 결혼한다 싶긴 했지만…… 본부장님도 그렇지. 어떻게 진도 하나 안 빼고 덜컥 결혼부터 하냐.]

선정은 여전히 이해할 수 없었다. 불과 며칠 전까지만 해도 이름도 모르고, 얼굴도 모르던 은호를 어느 날 갑자기 결혼 상대로 지목한 본부장도, 또 그런 그에게 동조해 결혼식장에 들어선 친구 은호도. 그저 갑자기 사랑에 빠져 결혼했다는 말을 믿기엔, 의심스러운 점이 한두 군데가 아니었다.

"어떡하지……?"

[어떡하긴 뭘 어떡해. 그냥 해야지.]

"그러니까, 그냥 어떻게 하냐고…… 나 정말 하나도 모르는데. 바보 같아 보일 거 같아."

[뭐 어때. 하나도 모르면 본부장님이 하나씩 가르쳐 주시겠지.]

"하……."

[그냥 몸과 마음을 모두 내려놔. 네 몸은 너의 것이 아니다, 하는 마음으로 본부장님한테 몸을 맡겨.]

은호는 선정의 말이 도통 무슨 소린지 알 수가 없었다.
[본부장님이 못 하는 게 어딨냐? 다 알아서 잘해 주실 거야. 어?]
“그래도…….”
[그니까 빨리 나가. 밖에 기다리고 있다며, 지금.]
“못 나가겠단 말이야…….”
[그럼 욕실에서 밤새우시든지. 암튼, 난 졸려서 끊는다.]
“선…… 선정아…… 선정아!”
매정하게도 단번에 끊겨 버린 전화를 보며 은호는 입술을 꾹 깨물었다. 이럴 줄 알았으면 좀 공부라도 하고 오는 건데. 이렇게 당황스러울 줄 알았나, 뭐. 워낙 결혼 준비에 정신이 없어서 첫날밤 생각까진 미처 하지 못한 게 실수였다. 은호는 눈을 질끈 감았다. 그래 뭐, 남들이라고 다 하려고. 일단 나가자. 나가면 뭐 선정의 말대로 차우재가 알아서 다 하지 않겠는가. 나이도 무려 여덟 살이나 많은데. 알아도 나보다는 더 많이 알고, 능숙해도 나보다는 더 능숙하겠지. 은호는 이제 될 대로 되라는 심정이었다.
욕조에 걸터앉아 있던 그녀는 벌떡 일어났다. 그러곤 굳게 닫혀 있던 문을 벌컥 열어젖혔다.
욕실을 나선 은호는 시선을 어디에 두어야 할지 몰라 안절부절못했다. 우재도 가운을 입은 상태였지만, 살짝 벌어진 앞섶으로 그의 탄탄한 가슴근육이 적나라하게 눈에 들어왔다. 얼핏얼핏 보이는 단단한 복근까지. 평소의 수트발이 그냥 나온 것이 아님을 확인하는 순간이었다. 은호는 꿀꺽, 저도 모르게 침을 삼켰다.
“벗어요, 옷.”

먼저 입을 뗀 건 우재였다. 은호가 도무지 움직일 생각을 않고 계속 그 자리에 서 쭈뼛거리고 있었기 때문이었다. 우재의 말에 은호가 화들짝 놀라며 눈을 동그랗게 떴다.

"네……?"

"섹스. 안 할 거예요?"

우재는 그런 은호가 재밌다는 듯 입꼬리를 올렸다. 저가 먼저 말을 꺼낸 주제에, 이런 당황스러운 순진함이라니.

"아……."

은호는 떨리는 손으로 묶여 있던 매듭을 톡 당겨 풀었다. 스르륵, 샤워 가운 앞섶이 풀어 헤쳐졌다. 심장이 미친 듯 뛰어 대기 시작했다. 이 샤워 가운을 벗어야 하는데, 쉽게 손이 움직여지질 않았다. 부끄럽고 민망해서 도저히 옷을 벗을 수가 없는 기분이었다.

"유은호 씨?"

이번에도 기다리다 못한 우재가 먼저 은호를 불렀다. 은호는 알겠다는 듯 그를 보며 입술을 달싹였지만 정작 얼어붙은 손은 도통 움직일 생각을 않았다.

"혹시 내키지 않으면……."

망설이는 은호를 보며, 우재가 다시 뭐라 말을 하려던 찰나. 은호는 눈을 질끈 감으며 샤워 가운을 완전히 벗었다. 가운 안으로 브래지어와 살구색 팬티가 드러났다.

우재는 저도 모르게 말문이 막히는 기분이었다. 상상했던 것보다 훨씬 더 여성스럽고 풍만한 몸매에 숨이 턱 막혀 버린 것이다. 우재는 은호의 몸에서 도무지 눈을 뗄 수가 없었다.

"하나 남았네요."

은호가 자신의 팬티를 내려다보며 마른 입술을 달싹였다. 꽤 뜨거운 첫날밤을 맞은 두 사람이었다.

* * *

"하…… 이…… 이상해요. 그만…… 그만해요……."

온몸에 전율이 흐르고, 몸이 터질 것 같은 낯선 느낌. 그 느낌이 두려워진 은호가 우재의 어깨를 적극적으로 밀어냈다. 우재는 더 이상 멈출 수도 없을 만큼 흥분한 상태였지만, 간신히 뛰는 가슴을 진정하고 은호의 표정을 살폈다.

"뭐가 이상하다는 겁니까?"

"그…… 그게…… 너무 이상해요. 그러니까 그만…… 그만해요, 오늘은."

그만하자니. 쾌락의 끝을 볼 것 같은 기분인데. 우재는 저도 모르게 하, 하고 한숨을 내뱉었다. 은호의 얼굴은 금방이라도 울 것 같은 표정이었다.

"그만……해요, 제발."

울먹이는 은호의 목소리에 우재는 탁 맥이 풀려 버렸다. 결국 우재는 고개를 끄덕이며 은호의 몸에서 내려왔다. 이렇게 성적으로 흥분해 본 게 얼마 만이던가. 근데 이렇게 만들어 놓고 그만하라니. 우재는 흥분이 가시지 않는 몸을 보며 얼굴을 감싸 쥐었다.

"미…… 미안해요. 근데…… 너무 느낌이 이상해서 어쩔 수가 없었어요. 오늘은 정말 못 하겠어요."

은호는 이불을 끌어당겨 제 몸을 가렸다. 아직도 몸은 달아오른 상태였지만, 정말이지 이상해도 너무 이상해서 계속 하기가 무서워졌다.

우재는 바닥에 아무렇게나 나뒹굴고 있는 샤워 가운을 주워 입었다. 그러곤 이성을 찾으려는 듯 테이블 위 물을 한 컵 따라 벌컥벌컥 들이켰다. 충족되지 못한 욕구 덕에 목이 바짝바짝 마르는 것 같았다.

"후……."

어딘가 조금 굳은 듯한 우재의 표정을 살피며, 은호는 매우 미안한 얼굴이 되었다.

"그래요. 첫날부터 무리할 순 없죠."

흥분이 조금 가라앉은 것인지 우재가 다시 무심한 얼굴로 고개를 끄덕였다. 괜찮다는 뜻이었다.

"그럼 오늘 피곤했을 텐데, 먼저 자요."

우재는 무뚝뚝한 말투로 은호에게 말했다. 당신은 안 자고 뭐 하려는 거냐고 물으려던 은호는 아차 싶었다. 상대가 뭘 하든 간섭하지 않는 것이 이 결혼 계약의 조건이었다.

두 사람이 첫날밤을 치를 장소로 택한 이 최고급 호텔 룸엔 방이 여러 개였다. 우재는 침실에 그렇게 은호 홀로 남겨 둔 채, 노트북을 들고 가장 멀리 떨어진 작은 방으로 들어가 버렸다.

"하……."

홀로 남겨진 은호는 그제야 참았던 숨을 내뱉을 수 있었다. 하루 종일 잔뜩 신경 쓰느라 힘을 주고 있던 온몸의 긴장도 서서히 풀리는 기분이었다. 차우재와의 결혼 그리고 첫날밤. 은호는 이 모든 것들이 믿어지지 않았다. 혹시 이대로 자고 일어나면 모든 게 꿈이었던 게 되지는 않을까 싶을 정도였다. 은호는 목 끝까지 가리고 있던 이불을 스르륵 내렸다. 그러자 그녀의 나신이 드러났다. 몸이 여전히 뜨거웠다. 은호는 그 느낌이 이상해 저도 모르게 어깨를 살짝 떨었다. 은호는 절레절레 고개를 저었다. 역시나, 너무 이상해서 어쩔 수가 없었다고 생각하면서.

* * *

둘의 신혼살림은 차명진 회장이 지내는 본가 안채에 차리기로 했다. 본가의 안채라고는 하지만, 워낙에 대궐 같은 집인지라 단독 건물만 해도 다섯 채였다. 그중 건물 하나를 쓰기로 한 것이니 결국 둘만 따로 사는 집이라 해도 틀린 말은 아니있다.

"그래, 그래. 어찌, 간밤에 두 사람 사이가 더 돈독해졌는지 모르겠구나?"

호텔에서 돌아온 두 사람은 곧바로 집으로 돌아와 할아버지에게 나란히 큰절을 올렸다. 할아버지는 아주 흐뭇한 표정으로 그들을 반갑게 맞았다.

차명진 회장은 처음부터 은호를 마음에 쏙 들어 했다. 우재의 새어머니인 희옥이 보잘것없는 계집애라며 은호를 못마땅해 할 때에도 며느리에게 버럭 소리를 지를 만큼 그는 은호가 마음에 들었다. 그럼에도 할아버지를 제외한 다른 식구들은 여전히 영 은호가 내키지 않는 표정이었다. 아버지인 차준일 사장도, 새어머니인 이희옥도, 이복동생 부부도 분위기가 좋지 않았다. 특히나 희옥은 임신까지 한 둘째를 두고, 그저 은호에게만 관심을 쏟는 회장에게 잔뜩 화가 나 있는 상태였다.

"원 실장, 어찌, 이 애들 신혼 방은 다 준비가 된 게야?"

제법 나이가 지긋한 원 실장이 웃으며 고개를 끄덕였다.

"네, 회장님. 준비는 다 해 두었습니다."

"그래. 지내다가 더 필요한 게 있거나, 바꾸고 싶은 게 있으면 그때그때 해도 괜찮지. 그렇지 않겠니, 아가야?"

희옥의 미간이 일그러졌다. 아가라니. 자신에게도, 둘째 손주며느리인 현정에게도 단 한 번도 이리 살갑게 '아가'라고 불러 준 적 없는 회장이었다. 그녀는 기가 막힌 듯, 하, 하고 작게 숨을 내뱉었다.

"그럼 피곤할 텐데 어서 가서 쉬거라. 저녁 먹을 때까지 푹 쉬어."

"네. 그럼 저희 가 보겠습니다."

할아버지의 말에 일어난 우재와 은호는 자신들의 장소인 안채로 향했다. 단단히 준비하라 일렀던 회장의 당부에 따라, 원 실장은 하나부터 열까지 자신이 직접 신경을 써 안채를 꾸몄다. 안채에 들어서자 문밖에 나와 있던 대여섯 명의 직원이 우재와 은호를 향해 인사를 건넸다.

은호의 눈이 휘둥그레 커졌다. 어찌, 이곳이 할아버지가 머무는 본채보다 더 화려한 것 같은 느낌이었다. 한옥 스타일의 본채와 달리, 이곳은 마치 베르사유의 궁전을 보는 듯했다. 최고급 앤티크 가구들과 구경도 못 해 본 진귀한 물건들이 여기저기 장식된 집. 은호는 저도 모르게 입을 벌리고 두리번거릴 뿐이었다. 그 곁에 서 있던 우재는 가만히 은호의 모습을 응시했다.

"여기 직원들이 큰사모님 불편함 없게 잘 모실 겁니다."

원 실장은 직원들을 소개하며 은호에게 말했다. 모시다니. 은호는 그 황송한 단어에 두 손을 내저으며 웃었다.

"아…… 아니에요. 제가 잘 부탁드립니다. 귀찮더라도 잘 도와주세요."

"큰사모님 취향을 제가 아직 잘 몰라, 가장 무난한 것들로 꾸며봤는데 어떠십니까. 마음에 안 드시는 것들 말씀해 주시면 다시 바꾸겠습니다."

원 실장이 정중하게 묻자 은호는 또 손을 내젓는다.

"마음에 안 들기는요! 이렇게 궁전 같은데……."

우재는 은호의 솔직한 말에 저도 모르게 픽, 웃음이 터졌다.

"그럼, 편히 쉬십시오. 필요한 게 있으시면 불러 주세요."

그렇게 원 실장과 직원들이 우르르 나가고, 이 큰 공간에 우재와 은호가 또 덩그러니 남았다. 은호는 이곳저곳이 신기한 듯 눈을 동그랗게 뜨고 구경을 시작했다.

"와…… 차우재 씨 집 진짜 엄청 나네요."

"이젠 유은호 씨 집이기도 하죠."

우재의 대답에 은호가 씽긋 웃으며 '그런가?' 하고 그를 돌아보았다.

"유은호 씨 어머니께는, 안 가 봐도 됩니까?"

"네. 신경 쓰지 마세요. 안 그래도 차우재 씨 바쁜데 우리 엄마까지 챙길 필요는 없죠. 나 혼자 내일 잠깐 병원에 다녀오면 돼요."

은호는 별일 아니라는 듯 무심하게 말하고 있었지만, 사실은 계속 병원에 혼자 있을 엄마를 매우 걱정하고 있었다. 병원비 하나 해결 못 하는 못난 딸이었어도 언제나 퇴근길에 빠짐없이 병원에 들러 엄마랑 시간을 보냈던 그녀였다. 이제 자주 오지 못할지도 모른다는 은호의 말에 엄마는 안 와도 된다며 호통을 쳤지만, 역시나 은호는 엄마가 마음에 걸렸다.

"차우재 씨도 이제 그만 가 봐요."

은호는 다시 시선을 돌리며 말했다. 우재는 아까부터 안절부절, 계속해서 울려 대는 휴대폰을 손에서 놓지 못하고 있었다. 아무래도 회사에서 계속 전화가 오는 모양이었다. 은호가 그걸 모를 리 없었다.

"그거. 회사에서 차우재 씨 찾는 전화 아니에요?"

"아…… 네. 뭐."

또다시 휴대폰이 울리고 있었다. 은호의 말에 우재는 고개를 끄덕였다.

"그럼. 전 잠깐 회사 나갔다 오겠습니다. 저녁 식사 시간까지 돌아올 테니까 혼자 좀 쉬고 있어요."

우재는 울리는 휴대폰을 받으며 다시 서류 가방을 챙겨 들고 바쁜 걸음을 재촉했다. 은호는 홀로 거대한 궁전에 남겨진 공주가 된 기분에 씁쓸함을 느끼며 휴대폰을 들었다. 엄마에게 전화를 걸기 위해서였다.

"응, 엄마. 나야. 지금 집에 들어왔어. 오늘은 몸은 좀 어때?"

[나야 뭐…… 매일 똑같지. 넌 어떠니? 집은 괜찮아? 아니지…… 뭐 이런 걸 물어. 보나 마나 대궐 같은 집이겠지.]

"응. 엄청 대궐같이 크고 좋아."

[그래, 어르신들께 인사는 올렸고?]

"응."
[차 서방은?]
"우재 씨는…… 회사에 일이 좀 바빠서…… 회사 나갔어."
[차 서방이 고생이구나. 은호 네가 차 서방 힘들지 않게 좀 많이 도와줘.]
"내가 뭐 도울 게 있나. 알아서 일 잘하는 사람인데……."
어쩐지 엄마 목소리를 들으니, 눈물이 터질 것만 같았다. 엄마를 속여 가면서까지 한 이 결혼이 과연 옳은 결정이었나 싶었다. 그럼에도 은호는 더 마음을 굳게 먹기로 결심했다. 엄마와 남동생을 위해. 하나뿐인 소중한 가족을 위해. 은호는 이 결혼 생활을 꼭 성공적으로 해내겠다고 다짐했다.

* * *

"큰사모님."
누군가가 은호의 몸을 살짝살짝 흔들어 깨웠다.
"큰사모님, 일어나세요. 식사 준비 다 됐습니다."
낯선 공기에 은호가 얼른 몸을 일으켰다. 주위를 둘러보니 이미 어둠이 짙게 내려앉은 시각. 한순간에 긴장이 풀려 버린 은호가 저도 모르게 잠이 들어 버린 것이었다. 은호는 눈을 비비며 자신을 깨운 그녀를 응시했다.
"지금 몇 시인가요……?"
"6시 30분입니다. 얼른 가셔야 해요. 모두들 벌써 기다리고 계십니다."

그제서야 은호는 벌떡 일어나 다시 본채로 향했다. 커다란 마당을 지나, 드넓은 수영장을 지나 한참을 걸었다. 집이 얼마나 큰지, 안채에서 본채 대문까지 걸어가는 데만 빠른 걸음으로 5분이 넘게 걸렸다. 마음이 급해진 은호는 잰걸음으로 서둘러 본채 식당에 도착했다.

최 팀장의 말대로 은호를 뺀 모두가 벌써 식탁에 둘러앉아 있었다. 차명진 회장과 차준일 사장 부부, 그리고 차현석 전략실장 내외와 우재까지. 은호는 민망한 마음에 고개를 살포시 숙이며 우재 옆에 앉았다.

"죄송합니다. 저도 모르게 깜빡 잠이 들어서……."

"어른들 기다리게 하는 거 예의 아니다. 도대체 뭘 어디서부터 하나하나 다 가르쳐야 하는지……."

시어머니인 희옥이 못마땅한 듯 은호에게 한마디를 했다. 옆에 있는 우재는 마치 남 일 보듯 무표정한 얼굴로 앉아 있을 뿐이었다. 어쩐지 은호는 그런 우재가 원망스러워졌다. 먼저 왔으면 좀 깨워 주기라도 할 것이지. 어쨌거나 은호는 다시 고개를 숙여 인사를 했다.

"죄송합니다."

"우리 새아가가 많이 피곤했던 모양이지? 괜찮다. 좀 늦을 수도 있지. 자, 어서 먹자."

차 회장이 유일하게 은호의 편을 들어 주었다. 그럼에도 은호는 여전히 목구멍에 뭐라도 걸린 듯 가슴이 갑갑했다. 화기애애해야 할 저녁 식사 자리가 살얼음판을 걷는 것 같은 느낌이 드는 건 왜일까. 원래 이 집은 분위기가 이렇게 차갑고 살벌한가. 그래서 차우재 씨 성격도 그렇게 차갑고 냉랭하구나. 은호는 눈치를 살피며 꾸역꾸역, 넘어가지 않는 밥을 삼켰다.

"그건 그렇고. 새아가야, 너도 현석 어미처럼 회사 일을 해 보련, 아님 현정이처럼 집에서 좀 쉬겠니?"

갑작스러운 질문에 은호는 잠시 머뭇거렸다. 우재의 새어머니인 이희옥은 차준일 사장과 재혼을 하자마자 회사 일에 뛰어들어 지금은 이사 자리까지 꿰차고 있었다. 그리고 결혼 전까지 일이라곤 해 본 적 없는 이복동생, 차현석의 와이프 김현정은 회사 일엔 전혀 관심이 없어 한다고 들었다. 그러므로 할아버지는 은호에게 너는 어떻게 하겠느냐 묻고 있는 것이었다.

"저는……."

사실 돈을 벌어야만 하기 때문에 일을 했던 것도 있지만, 은호는 일하는 게 좋았다. 은호의 밝고 긍정적인 에너지는 모두 일을 하면서 나오는 것들이었다. 본부장인 우재와 결혼을 했으니 이젠 더 이상 안내 데스크에 서서 일을 할 수는 없겠지만, 은호는 혹여나 자신이 할 수 있는 다른 일이 있다면 하고 싶었다.

"일을 하고 싶어요, 할아버님."

은호의 제법 당찬 목소리에 모두의 시선이 은호를 향했다. 현정은 기가 막히다는 듯, 하, 하고 헛웃음을 내뱉었다.

"오, 그래? 그럼 우리 새아가한테 어떤 일이 적합할꼬. 현석 어미야."

"예, 아버님."

"네가 새아가가 할 만한 일을 좀 찾아봐."

"네…… 찾아보겠습니다."

대답은 하고 있었지만 희옥도 영 못마땅한 표정이었다.

"그래. 뭐, 급한 건 아니니 당분간은 좀 쉬면서 집안 분위기도 익히고. 그럼 현석 어미가 적당한 자리 찾아 줄 테니까."

할아버지의 다정한 말에 은호는 힘차게 고개를 끄덕였다. 우재는 여전히 이 이야기들을 남 일처럼 들으며 그저 밥 먹는 데 열중할 뿐이었다. 그렇게 식사 시간이 끝나고, 안채로 돌아온 은호는 조금 뾰로통한 얼굴로 우재를 불렀다. 우재는 돌아오자마자 또 금세 노트북을 켜고 있었다.

"저기 우재 씨."

"네."

우재는 은호에게 눈길 한 번 주지 않고 모니터 화면을 응시했다.

"우재 씨는 어때요? 내가 회사에서 일하는 거."

"유은호 씨 원하면 하세요. 난 상관없으니까."

은호는 냉랭하기만 한 우재의 표정에 작게 한숨을 내뱉었다. 정말이지 아무 상관없다는 듯한 표정이었다. 걱정 어린 조언을 바란 건 아니지만, 그래도 같이 사는 사이인데 관심 있는 척이라도 해주면 어디가 덧나나. 은호는 털썩, 우재의 옆자리 소파에 앉았다.

"근데 원래 집 분위기가 좀 조용하고, 차갑고 이런가 봐요?"

그제야 우재는 별안간 제 옆자리에 앉는 은호를 응시했다. 자기가 이제 일하겠다는 신호를 계속 줬는데도 옆을 떠나기는커녕 옆자리에 앉는 은호가 당황스러웠던 것이었다.

"네, 뭐. 이게 차가운 분위긴지는 모르겠지만……."

우재의 성의 없는 대답을 다 듣지도 않고, 다시 은호의 말이 이어졌다.

"근데…… 큼…… 아무래도 좀 체한 것 같아요."

은호는 제 가슴을 통통 두드리며 인상을 찌푸렸다. 우재도 덩달아 얼굴을 찌푸렸다. 그는 지금 이게 뭐 하는 건가, 하는 눈빛으로 은호를 응시하고 있었다.

"최 팀장님 부르세요. 그래도 정 안 좋으면 강 박사님 부르시고."

"그 정도는 아니고요…… 그냥 좀 속이 더부룩한 정도인데…… 우재 씨가 여기 등 좀 두드려 줄래요?"

우재가 뭐라 대꾸할 새도 없이, 은호는 제 등을 우재 앞에 들이밀었다. 당황한 우재는 기가 막힌 듯, 하, 하고 작게 한숨을 내쉬었다. 그러면서도 그는 은호의 등을 콩콩 내리쳤다,

"자. 됐습니까?"

얼른 원하는 걸 해 주고 보내 버리자. 그래야 빨리 일에 몰두할 수 있을 것 같은 예감이 들었다.

"아, 네. 고마워요."

"그럼……."

우재는 노트북을 들어 보이며 은호에게 강한 눈빛을 보냈다. 이제 그만 가 달라는 눈빛이었다. 그러자 그 뜻을 알아챈 은호가 고개를 끄덕이며 자리에서 일어났다.

"아, 네……."

은호는 그렇게 홀로 침실에 들어왔다. 거실만큼이나 화려하게 꾸며진 침실. 족히 다섯 명은 누울 수 있을 정도로 큰 침대가 가장 먼저 눈에 들어왔다. 은호는 저도 모르게 털썩, 그 침대 위에 몸을 누였다. 긴장했던 몸이 스르륵, 침대로 녹아드는 기분이었다. 씻고 자야 하는데 하는 그녀의 의지와는 상관없이 은호는 그

대로 또 눈을 감아 버렸다. 아무래도 이 집에 뭔가가 있는 모양이었다. 사람을 쉽게 잠들게 만드는 뭔가가.

* * *

시간이 얼마나 지났을까. 우재는 뻐근한 어깨를 앞뒤로 흔들며 문득 시계를 응시했다. 새벽 2시. 이 정도면 내일 오전 회의 준비는 대강 마무리가 된 것 같았다. 우재는 피곤한 눈을 감으며 노트북 뚜껑을 덮었다. 그러다 문득, 침실 문을 쳐다보았다.

자나……?

은호는 침실로 들어간 이후론 아무 인기척도 없었다. 아무래도 새집에, 새 가족들까지. 어쩌면 좀 낯설 수도 있는 은호에게 우재는 자신이 너무 무관심했나 싶은 생각이 들었다. 어쨌거나 싫든 좋든, 앞으로 살을 맞대고 지내야 하는 사이인데 말이다. 우재는 은호가 잠들어 있는 침실로 발걸음을 옮겼다. 침대 위, 이불도 덮지 않고 쓰러져 잠든 은호의 모습이 눈에 들어왔다. 씻지도 않고 잠든 게 분명했다. 안내 데스크 직원이라기에 단정하고 차분한 스타일인 줄 알았는데.

우재는 솔직히 말하면 요 며칠 은호의 모습이 자신이 예상했던 것과는 달라 조금 당황하고 있었다. 유은호는 그의 생각보다 말도 많고, 시끄럽고, 왈가닥인 구석이 있는 것 같았다. 뭐 은호의 성격 같은 것 따위는 아무래도 상관없긴 했다. 중요한 건 계약이었다. 우재에겐 유은호가 무사히 자신의 아내 노릇을 해 주느냐, 자신의 아이를 낳아 줄 수 있느냐 하는 뭐 그런 것들이 중요할 따름이었다. 우재는 잠든 은호를 한참 내려보다가, 그녀의 웅크린 몸에 이불을 덮어 주었다.

"으음……."

그 따스한 손길에 은호의 몸이 뒤척거렸다. 어둠 속, 주홍빛 스탠드 불빛이 그녀의 얼굴에 깊은 음영을 드리우고 있었다. 우재는 가만히 은호의 얼굴을 살폈다. 기다란 속눈썹, 작고 오뚝한 코, 발그레한 뺨, 작고 앙증맞은 턱까지. 빼어난 미인은 아니었지만, 자꾸 눈이 가는 얼굴인 건 확실했다.

우재는 저도 모르게 은호의 얼굴에서 눈을 떼지 못했다. 그러다 문득, 우재의 손이 은호의 뺨을 매만지기 시작했다. 보드랍고 하얀 피부를 쓸어내리는 그의 손끝이 설핏 떨렸다. 어젯밤, 겨우 다시 잠가 놓았던 욕망의 상자 뚜껑이 다시 열려 버리는 듯한 이상한 느낌에 사로잡혔다.

"우재 씨?"

그 뜨거운 손길에 은호가 눈을 뜨며 물었다. 덕분에 새빨간 입술이 오물오물, 자극적으로 움직였다. 우재는 저도 모르게 꿀꺽 마른침을 삼켰다. 이상한 감정, 알 수 없는 욕망에 우재는 저도 모르게 은호의 입술 위에 제 입술을 포개었다. 당황한 은호가 눈을 동그랗게 떴지만, 우재는 그저 눈을 지그시 감을 뿐이었다.

뜨거운 혀가 은호의 입안으로 밀려들었다. 말캉하고 부드러운 움직임으로 은호의 입속 구석구석을 핥고 쓸었다. 은호는 저도 모르게 덮고 있던 이불을 꼬옥 두 손으로 움켜쥐었다. 우재의 손이 제 목선을 감싸며 더듬고 있었기 때문이었다. 그의 손길이 닿은 목이 불에 덴 듯 뜨거웠다.

"하……."

한참만에야 우재의 입술이 떨어졌고, 은호는 잠았던 숨을 가쁘게 몰아쉬었다. 아직은 닿을 듯 말 듯, 가깝게 다가선 우재의 입술새에서도 뜨거운 숨이 새어 나왔다.

"저기……."

어색해진 분위기와 뜨거운 공기의 흐름을 끊고, 은호가 먼저 말문을 열었다.

"미안합니다. 자는데."

뜻밖에 우재의 사과를 들으며 은호는 그의 시선을 피했다. 우재의 눈빛이 이상하리만큼 뜨겁게 은호를 내려다보고 있었던 것이었다.

2. 해요, 우리

"아…… 아니…… 뭐……."

우물쭈물, 뭐라 대답을 해야 할지. 괜찮다고 해야 할지 화를 내야 할지 고민하는 찰나, 다시 우재의 입술이 움직였다.

"근데, 유은호 씨."

"네?"

"지금 좀 안고 싶습니다."

허락을 구하는 불타는 눈동자가 은호를 잡아먹을 듯 뜨겁게 응시했다.

"네……?"

은호는 일할 때와 사뭇 달라진 우재의 눈빛에 당황했다. 우재의 눈빛은 흡사 짐승 같은 눈빛이었다. 차갑고 날카롭기만 했던 차우재가 이런 표정을 지을 수도 있구나 하는 생각에 은호는 저도 모르게 꿀꺽, 마른침을 삼켰다.

"나, 지금 좀 안고 싶어요, 유은호 씨를."

우재는 좀 급한 눈빛이었지만 은호의 대답이 있기 전까진 움직이지 않을 것처럼 이를 꾹 깨물었다. '상호 합의하에 섹스를 한다.'가 중요한 계약 내용이었던 만큼, 그는 은호의 동의를 기다리는 것이었다. 아무래도 첫날밤, 끝까지 성공을 못 했기에 이러는 걸까. 은호는 조금 겁이 났다. 또다시 그날처럼 이상한 기분을 느끼게 될까 봐.

"죄송……하지만……."

망설이던 은호가 작은 목소리로 대답했다. 아무래도 아직 마음이 준비되지 않았다. 그러자 우재도 천천히 몸을 일으켰다. 은호의 말에 알았다는 듯 고개를 끄덕이며 다시 예의 냉정한 표정을 지었다.

태연한 척하고 있었지만 사실 우재는 점점 더 안달이 나는 기분이었다. 평소 여자라고는 관심도 없고, 성욕이 들었던 적 또한 사춘기 때를 제외하면 손에 꼽을 정도로 적은 우재였다. 그런데 어째서 사랑하지도 않는, 비즈니스 관계일 뿐인 이 여자를 자꾸 안고 싶어지는 건지. 우재는 스자신에게 당황스러운 기분이었다. 내가 왜 이런 말을 내뱉은 걸까. 스스로도 자신의 행동을 이해할 수가 없다.

"그래요. 그럼 자요."
"저기……."
침실을 나서려는 우재를 불러 세우는 은호다.
"여기서…… 안 주무시고……."
머뭇거리는 은호의 질문에 우재는 사무적인 말투로 대답했다.
"섹스할 것도 아닌데, 우리가 같이 잘 필요는 없죠. 내 침실은 서재 옆에 따로 마련해 뒀습니다. 그러니까 유은호 씨는 앞으로 여기서 편히 자면 됩니다."
은호는 작게 한숨을 내쉬었다. 거절한 건 자신인데 왜 이렇게 마음이 무겁고 아쉬운지 모를 일이었다.

* * *

"나 왔어, 엄마."
은호의 목소리에 잠들어 있던 엄마가 스르륵 눈을 떴다. 오랜만에 보는 딸의 얼굴에 엄마는 기분이 좋은지 미소를 짓고 있었다.
"뭐 하러 왔어, 정신도 없을 텐데. 나중에 시간 날 때 한번 들르면 될걸."
"또, 마음에도 없는 말씀 하시네?"
은호는 챙겨 온 엄마의 속옷을 꺼내 서랍에 넣어 주며 씨익 웃었다.
"차 서방은?"
"아…… 회사에 급한 일이 있어서……."
"그래. 바쁜데 차 서방까지 올 필요는 없지. 잘했다."

엄마의 말에 은호는 어쩐지 씁쓸해졌다.

"뭐 얼마나 바쁘시길래 결혼하고 첫인사를 안 와? 벌써 얼마나 우리 집을 무시하면……."

곁에 서 있던 동생 지호가 잔뜩 부은 얼굴로 구시렁거렸다. 그러자 엄마의 시선이 아들을 나무라듯 응시했다.

"오겠다는 걸 내가 오지 말라고 했어. 워낙 급한 일인 것 같아서."

그런 지호를 나무라듯, 은호가 뒤를 돌아보았다. 아무래도 누나가 올 거니까 너도 꼭 오라고 엄마가 지호를 부른 모양이었다. 지호는 입을 삐죽거렸다. 땀에 젖은 유니폼에 먼지가 잔뜩 묻어 있었다. '재이 마린즈'라고 쓰인 구단 마크 위에도 시커멓게 흙먼지가 앉아 있었다.

"유지호, 잠깐 나 좀 보자."

병원 복도 끝. 동생을 불러낸 은호가 먼저 말문을 열었다.

"너 자꾸 엄마 앞에서 그런 식으로 말할 거야?"

쏘아붙이는 은호의 목소리에 지호는 고개를 푹 숙이고 아무런 말도 하지 못했다. 지호도 알고 있었다. 누나가 얼마나 자기를 희생하고 있는지를. 누나가 아픈 엄마와 아직 돈벌이도 못 하는 어린 남동생을 부양하느라, 저 하고 싶은 공부도 포기하고, 학교도 포기하고 곧바로 취업 전선에 뛰어들었다는 걸. 보통의 20대 초반 여자들처럼, 신나게 놀지도, 한번 마음 편히 맛있는 걸 먹어 보지도 못했을 거라는 걸. 지호도 다 알고 있었다. 그렇기에 지호는 더욱더 악착같이 야구를 했다. 빨리 성공해서, 돈을 벌어 그동안 누나에게 진 빚을 모두 다 갚아 주겠다고. 고생만 하는 누나를 행복하게 만들어 주겠다고. 그렇게 다짐했던 지호였다.

그런데 어느 날 그러던 누나가 결혼을 하겠다고 선언을 해 온 것이었다. 그것도 생판 처음 보는, 말도 안 되는 놈과. 재이그룹 회장의 손자, 그러니까 재벌 3세 본부장님이라고 했다. 처음엔 드디어 누나 인생에도 볕이 드는 날이 오는구나, 싶어 기뻐했던 지호는 처음 자신과 엄마에게 인사를 왔던 차우재를 보고 기가 막혔다. 차우재의 눈은 도무지 사랑에 빠져 결혼을 허락받으러 온 남자의 눈빛이 아니었다. 아니, 오히려 마치 계약서에 사인이라도 하러 온 사람 같아 보였다. 그런 차우재와 결혼하겠다는 누나를, 지호는 이해할 수가 없었다.

누나를 잘 아는 지호는 어렴풋하게 짐작만 할 뿐이었다. 누나가 또 엄마와 자신을 위해 희생하는구나. 저 남자에게 싼값에 팔려 가는구나.

"내가 뭐 틀린 말 했어? 무슨 대단한 업무를 보시길래 결혼하고 첫인사 자리에 장모님한테 코빼기도 안 비치냐고."

"지호야."

"누나 대체 이 결혼 왜 한 거야? 그놈한테 뭐 책잡힌 거라도 있어?"

"야, 유지호."

"마음에 안 들어, 그 새끼. 아무리 봐도 누나를 사랑하는 것 같아 보이지가 않는다고."

"너, 매형한테 그 새끼라니."

"누나도 그래. 누나 그놈 진짜 사랑하는 거 맞아?"

정곡만 콕콕 찔러서 말하는 동생의 이야기에 은호는 미간을 찌푸리며 허리에 손을 얹었다. 화가 나기 시작한 것이었다.

"안녕하세요, 누나."

한마디, 크게 성을 내려던 찰나였다. 등 뒤에서 귀에 익은 목소리가 들렸다.

"아, 석현아."

신석현. 지호와 같은 유니폼을 입은 석현이 은호를 향해 웃고 있었다. 석현은 지호와 함께 운동을 하는 동생의 절친. 둘은 은호의 회사인 재이그룹을 구단주로 하는 '재이 마린즈' 프로구단에 지난가을, 나란히 드래프트에서 선발되었다. 지금은 가장 떠오르는 유망주로 활약 중인 둘이었다.

석현은 아무래도 병실 밖에서 지호를 기다리고 있었던 모양이었다. 은호는 흥분한 마음을 가라앉히며 한숨을 내쉬었다.

"먼저 가라니까 아직 기다렸냐?"

지호는 여전히 퉁퉁 부은 얼굴로 석현에게 애꿎은 화풀이를 했다.

"너 기다린 거 아니거든? 은호 누나 얼굴 보고 가려고 기다린 거거든?"

석현은 지호에게 까칠하게 대답한 후, 은호를 보며 다시 웃었다.

"아…… 그래. 석현아, 오랜만이다. 점심…… 같이 먹고 갈래?"

"감사합니다, 누나."

"하여간, 저 새끼는."

살벌하던 분위기가 그래도 석현 덕에 조금 부드러워진 것 같았다. 세 사람은 다시 병실로 들어갔다. 은호는 챙겨 온 밑반찬과 음식들을 꺼내 놓았다.

"아, 맛있어. 울 엄마 음식보다 전 은호 누나 음식이 더 맛있어요."

지호는 고개를 절레절레 저으며 또 그 소리냐는 듯한 표정을 지었다. 석현은 지호와 동갑인 스무 살이지만, 훨씬 더 어른스러웠다. 은호는 싸온 음식을 허겁지겁 먹으며 연방 맛있다는 말을 반복하는 석현이 고마웠다.

"내가 누나 동생인지, 네가 우리 누나 동생인지 모르겠어. 넌 우리 누나가 그렇게 좋냐?"

지호가 중학교에 처음 입학했을 무렵, 어려운 가정 형편에 나쁜 친구들과 어울리며 엇나가려는 지호를 잡아 준 건 다름 아닌 석현이었다. 공부 안 할 거면 저랑 같이 야구나 하자고, 지호를 야구부에 데려갔다. 석현 덕분에 지호는 운동에 재미를 붙이고 성실히 학교에 다니게 되었다. 그런 점에서 은호는 석현이 동생 지호만큼이나 대견하고 기특했다. 고마운 마음에 자꾸 마음이 쓰이는 것 또한 어쩔 수 없었다. 석현이 웃으며 고개를 끄덕였다.

"근데 너, 왜 우리 누나 결혼식엔 안 왔냐? 누나가 너 안 와서 많이 서운해 했어. 그지, 누나?"

지호의 추궁에도 석현은 어쩐지 어색하게 웃을 뿐, 아무 대답을 하지 않았다.

"임정희 환자분?"

그때, 병실 문을 열고 간호사가 들어왔다. 그녀가 엄마의 이름을 부르자 은호가 네, 하고 답했다.

"병실 지금 옮기실 수 있죠?"

"네?"

병실을 옮기다니. 은호가 눈을 동그랗게 뜨고 되물었다. 옆에 있던 다른 환자들도 모두 의아한 눈빛으로 그들을 살폈다. 은호의 엄마는 벌써 5년째 이 6인실 병실에 머무는 중이었다. 어디로 병실을 옮긴다는 말일까.

"환자분 사위분한테 병실 옮긴다는 말 못 들으셨어요? 12층 1인실로 옮기실 거예요."

간호사의 말에 그 자리에 있는 모두가 다 놀란 얼굴이 되었다.

* * *

일주일이 지났다. 그 일이 있은 후로부터 우재는 한 번도 은호의 침실에 오거나, 먼저 그녀를 안겠다고 손을 뻗지도, 스킨십을 하지도 않았다. 아니, 전혀 은호를 쳐다보지도 않았다. 마치 투명인간 취급을 하는 듯했다. 원래도 사무적이고 딱딱했던 그가 더 차가워진 것 같았다.

어색해하는 은호를 배려해 할아버지는 은호에게 안채에서 너희들끼리 따로 식사를 하고 생활을 하라고 했다. 더 이상 식사 시간에 맞춰 본채로 건너오지 않아도 좋다는 말이었다. 그러나 오붓한 신혼 생활을 바랐던 할아버지의 기대와는 달리, 은호는 마치 자신이 이 집에 혼자 있는 것 같다는 착각마저 들 정도였다. 은호는 내내 혼자 잠을 자고, 혼자 식사를 하고, 혼자 놀아야 했다. 우재는 동이 트기 전 나갔다, 새벽녘이 돼서야 집에 돌아오곤 했다. 은호가 따로 말을 붙이거나 얼굴을 볼 새도 없었다.

은호는 한숨을 내쉬며 테이블에 올려 있는 우재와 자신의 결혼

사진을 가만히 응시했다. 자신이 결혼을 했다는 사실조차 희미해져 가는 것만 같았다.

꿈을 꾸는 것만 같다. 내가 정말, 결혼을 하긴 한 걸까.

오로지 은호가 이것이 꿈이 아닌 현실이라는 걸 자각할 수 있는 부분은 단 하나였다. 바로 엄마의 수술 날짜가 잡힌 것. 1인 병실로 옮긴 다음 날, 1년 치 스케줄까지 꽉꽉 차 있다며 진료조차 거부하던 의사가 은호의 엄마의 병실로 직접 진찰을 왔었다. 그러곤 곧바로 수술 날짜를 잡아 준 것이었다. 그 또한 우재가 한 일이리라. 그럼에도 아직, 은호는 그에게 제대로 고맙다는 인사조차 할 기회가 없었다.

"얼굴을 봐야 뭘, 인사를 하든가."

차 서방한테 고맙다고 전하라며 울던 엄마의 부탁이 떠올라, 은호는 저도 모르게 보고 있던 액자를 탁 덮어 버렸다.

타박타박. 홀로 구시렁거리던 은호의 귓가에 익숙한 발걸음 소리가 들려왔다. 새벽 1시가 다 된 시간이었다.

불 꺼진 집 안으로 우재가 걸어 들어왔다. 놀란 은호가 눈을 동그랗게 뜨고 들어오는 그를 응시했다. 우재는 아직까지 깨어 앉아 있는 은호가 이상했던지, 힐끗 그녀를 보곤 소파 위에 브리프케이스를 올려놓을 뿐이었다.

"왔……어요?"

우재는 짧게 '네.' 하고 대답을 했다. 막상 기다리던 우재가 나타나자 은호는 무슨 말을 해야 할지 몰랐다. 그저 아직도 어색하고 불편한 사람. 차라리 평소처럼 그냥 먼저 잘 걸 그랬나.

"무슨 할 말 있습니까?"

우물쭈물 제 앞에 서성거리는 은호를 보며, 우재가 먼저 물었다. 망설이던 은호가 작은 목소리로 말했다.

"고마……워요."

"뭐가 말입니까?"

"우리 엄마…… 병실 바꿔 준 것도, 수술할 수 있게 도와준 것도."

마음을 다해 고맙다는 말을 하는 은호를 보며, 우재는 그저 무덤덤한 표정이었다.

"그게 계약 조건이었는데요. 뭐가 고맙죠?"

그 말을 듣는 순간 은호는 불쑥 짜증이 치밀었다. 고맙다고 감사 인사를 하는 사람한테 뭐가 고맙냐고 되묻다니. 어쩐지 불쾌한 기분이 들었다.

"차우재 씨."

누르고 참아 왔던 감정들이 폭발할 것만 같았다. 아무리 갑과 을의 관계라지만 이건 너무하지 않은가. 인간으로서 최소한의 예의도 없는 인간 같으니라고. 은호는 하, 하고 숨을 내뱉으며 쏘아붙였다.

"원래 그렇게 매사에 부정적이고, 감정이 없고 그러세요?"

"네?"

우재의 미간이 설핏 일그러지고 있었지만, 은호는 하던 말을 계속했다.

"네. 차우재 씨 말대로 그게 아무리 계약 조건이었어도 나는 고마웠어요. 차우재 씨가 날, 그리고 우리 엄마를 배려하고 생각해 준 것 같아서. 그래서 어쨌든 고마운 건 고마운 거니까 고맙다고 말하는데 뭐가 고맙냐고 물으면 내가 뭐라고 대답해야 해요? 계약 조건 이행해 준 게 고맙다. 앞으로도 확실한 이행 부탁드린다. 뭐 이렇게 말해야 돼요?"

따발총 같은 그녀의 말에 우재는 기가 막혀 저도 모르게 헛웃음이 나왔다. 뭐 이렇게 감정적이고 욱하는 여자가 다 있지, 하는 기막힘이랄까.

"그리고, 차우재 씨 그렇게 안 봤는데 원래 그렇게 쪼잔해요?"

"그건 또 무슨 말입니까?"

은호는 이참에 며칠 내내 홀로 짜증났던 일들에 대해 다 말해 버릴 생각이었다. 아무리 계약 관계라지만 기분 나쁜 건 기분 나쁘다, 싫은 건 싫다 다 표현해야 직성이 풀리는 그녀였다. 더군다나 차우재는 지금 자기를 상대조차 안 해 주고 있지 않은가. 계약을 파기하는 한이 있어도 할 말은 해야겠다고. 은호는 이상하게 치미는 화를 스스로도 주체하지 못하고 있었다.

"내가 스킨십 거절한 게 그렇게 기분 나쁘고 마음에 걸렸어요? 그래서 나 투명인간 취급하고, 나 피하고 그랬어요?"

"네?"

"아무리 계약에 의한 관계지만 최소한 인간에 대한 예의는 지켜 주셔야죠. 왜 나 본체만체하고 아는 척도 안 하려고 하고 그러냐고요, 기분 나쁘게."

여전히 흥분해서 씩씩대는 은호를 보며 우재가 나지막한 목소리로 물었다.

"끝났습니까?"

"네……?"

"할 말 다 끝나셨냐고요."
"네…… 뭐……."
"그럼 저도 좀 말하겠습니다."
당황스러운 우재의 반응에 은호는 저도 모르게 고개를 끄덕였다.
"제가 한 일이 유은호 씨와 어머님께 도움이 될 만한 일이 됐다니 다행입니다. 뭐가 고맙냐고 물은 건, 당연히 내가 이행해야 할 계약 조건이었으니 고마워할 필요도 없고, 당당하게 누리라는 뜻이었습니다."
또박또박. 마치 브리핑을 하듯 정확하게 자신의 이야기를 하는 우재에게 은호는 어쩐지 말문이 막혀 버렸다. 어버버 하며 그저 그의 이야기를 들을 뿐이었다.
"그리고 유은호 씨가 내 스킨십 거절한 건, 전혀 마음에 담아 두고 있지 않습니다. 유은호 씨가 내키지 않으면 당연히 저도 스킨십을 할 생각 없고요. 다만 계약 조건상 유은호 씨가 우리 아이를 가지는 일이 중요하게 다뤄진 만큼, 걱정은 좀 됩니다. 그래도 나는 유은호 씨가 준비가 될 때까지 기다릴 생각이었습니다. 유은호 씨 말대로 기분이 나빴다거나 마음에 담아 뒀다거나 했던 거, 아닙니다. 내가 유은호 씨를 투명인간 취급하고 피했다는 생각이 들었다면, 사과할게요. 그럴 의도 전혀 없었습니다."
"아니…… 뭐……."
이성적인 그의 답변에 은호는 어쩐지 저만 바보가 된 것 같아 머리를 긁적였다. 말다툼하는데 이렇게까지 이성적으로 답변을 할 일인가 싶기도 하고. 은호는 오히려 자신이 화를 내곤 자신이 더 당황스러운 기분이었다.

"그…… 그랬다면 다행이고요."

은호의 말에 우재가 다시 브리프케이스를 집어 들었다.

"그럼 전 할 일이 남아서 좀."

그러곤 서재로 뚜벅뚜벅 들어가 버렸다. 은호는 괜스레 또다시 짜증이 치밀었다. 대체 하루 종일 일만 하고 또 일만 했으면서, 왜 집에 와서까지 할 일이 남아 있다는 건지. 이런 게 바로 날 투명인간 취급하는 거라고 쏴붙이고 싶은 심정이었다. 은호는 홧김에 우재를 따라 닫혀 있던 서재 문을 벌컥 열어젖혔다. 넥타이를 풀어내던 우재의 시선이 은호에게 와 닿았다.

"해요, 우리."

다짜고짜 들어와서 뭘 하자는 걸까. 우재의 미간이 살짝 움찔댔다.

"하자고요. 나 준비 다 됐다고요."

"뭘 말입니까?"

우재의 질문에 은호가 입술을 꾹 깨물었다. 그리고 잠시 뒤, 그녀는 굳게 결심한 얼굴로 외쳤다.

"섹스. 지금 하자고요, 우리."

* * *

홧김에, 호기롭게 소리는 질렀지만 막상 은호의 심장은 미친 듯 뛰고 있었다. 은호는 이 샤워실 문을 열고 나가면 자신을 기다리고 있을 우재의 모습이 상상돼 환장할 지경이었다. 내가 미쳤지.

어쩌자고 그런 말을 했을까. 그놈의 자존심. 자존심이 문제였다. 엄마는 언제나 그놈의 자존심만 좀 버리고 살면 더 행복할 수 있을 거라고 말하곤 했다. 엄마 말은 늘 옳았다.

샤워 가운을 걸쳐 입은 은호는 터져 나갈 것 같은 심장을 진정하며 심호흡을 크게 했다. 그래, 뭐 까짓 거. 어차피 다 하려고 마음먹고 이 계약에 동의한 거니까. 섹스가 뭐 별거라고. 요즘은 어린애들도 다 한다는데. 그냥 하면 그뿐이다.

“뭐 해요?”

그러나 정작, 샤워실 문을 열고 걸어 나간 은호는 그 자리에서 얼어붙어 한 발자국도 움직일 수가 없었다. 어찌 된 일인지, 지금이 첫날보다 더 떨렸다. 무슨 느낌인지, 어떤 행위를 하게 될지 대강 예측이 가능하기에 더 떨리는 것 같았다.

멍하게 서 있는 은호를 보며 우재는 피식, 웃음이 나왔다. 제게 당당하게 소리 지를 땐 언제고 지금은 꼭 비 맞은 강아지 같은 얼굴인 것이다.

“설마 아직도 준비가 안 된 거예요?”

그런 은호를 놀려 보고 싶은 마음이 스멀스멀 고개를 들고 있었다. 당황해서 새빨개지는 저 얼굴이 꽤 귀엽다는 생각이 들었기 때문이다.

우재의 말에 은호는 고개를 세차게 저으며 두 주먹을 불끈 쥐었다.

“그럴 리가요! 옷부터 벗음 돼죠?”

그러곤 입고 있던 가운의 매듭을 스르륵 풀었다. 그리곤 저도 모르게 눈을 질끈 감았다.

그녀의 몸을 감싸고 있던 가운이 바닥에 내려앉았다. 은호의 몸을 본 순간 우재는 저도 모르게 마른침을 삼켰다. 은호가 그저 마르고 단아한 몸매일 거라 생각했던 우재의 예측은 완전히 빗나갔다. 처음 그녀의 몸을 봤던 그날도 느꼈지만, 은호는 확실히 볼륨 있는 풍성한 몸매였다. 당장이라도 끌어안고 만지고 싶은 색정적인 몸.

"이리 와요."

우재는 간신히 이성을 부여잡고 은호를 불렀다. 조금 쑥스러운 듯 은호는 어깨를 움츠리며 우재에게 다가섰다.

"앗……!"

불현듯, 우재의 손이 은호의 손을 잡아당겼고, 은호의 몸은 침대 위에 털썩 쓰러졌다. 우재는 은호의 손목을 꾹 눌러 쥐며 다시 한번 물었다.

"정말 준비된 거 맞아요?"

어쩐지 시작하고 나면 오늘은 절대로 멈출 수 없을 것만 같은 예감이 들었기 때문이었다. 우재의 진지한 질문에 은호는 입술을 꾹 깨문 채 고개를 끄덕였다.

"지난번처럼 중간에 멈출 거면 지금 말해요. 피차 서로 기운만 뺄 일은 안 하는 게 나으니까."

"그…… 그럴 일 없어요. 확실해요. 나, 오늘은 정말 할 수 있어요."

은호의 확답을 듣자마자, 우재는 급하게 그녀의 입술부터 찾아 빨기 시작했다. 조금 전까지 젠틀하게 은호의 의사를 묻던 우재의 호흡이 아니었다. 거칠고 빨라진 호흡이 은호의 입술 속으로 다급하게 파고들었다.

키스를 하는 내내 은호의 심장이 빠르게 뛰어 댔다. 이상하리만큼 온몸이 찌릿찌릿하고 간질거리는 느낌. 또다시 그 이상한 느낌이 시작된 것이었다.

"하……."

우재는 은호의 허벅지 위에 타고 올랐다. 그러곤 자신도 걸치고 있던 수건을 단번에 풀었다.

"그럼 시작합니다."

그건 마치, 꾹꾹 눌렀던 욕정을 터뜨리겠다는 신호와도 같았다. 우재는 은호의 목덜미부터 핥아 내려오며 천천히 허리를 숙였다. 그러자 은호의 뽀얀 피부에 울긋불긋 장미꽃이 피어오르기 시작했다. 따끔거리면서도 간지러운 그 키스들. 은호는 저도 모르게 두 손과 발 끝에 힘이 들어갔다. 간신히 참고 있던 신음 소리가 터져 나왔다. 은호는 저도 모르게 터져 나온 소리에 놀라 다시 입을 꾹 깨물어 닫았다. 이렇게까지 민감하게 반응하고 싶지 않은데. 자꾸 저도 모르게 입에서 신음이 흘러나왔다.

"참지 마요, 소리."

제 입을 틀어막은 은호를 올려다보며, 우재가 나지막이 속삭였다.

"유은호 씨 흥분한 거, 나도 흥분되니까."

은호의 몸을 한가득 입에 문 채였다.

* * *

"하……! 우재 씨……!"

이젠 그만하자고, 기분이 너무 이상하니 이쯤 하자고 말을 할 수도 없는 상황. 은호의 입술 사이에서도 진득한 타액이 흘러내리고 있었다. 미칠 것 같은 쾌감이었다. 은호는 생전 처음 느껴 보는 오르가즘을 느끼며 온몸을 파르르 떨었다. 발끝부터 머리끝까지 전율이 일었다. 서로의 살을 끌어안은 손가락들이 파르르 떨리고 있었다.

은호를 끌어안고 있던 우재는 가쁜 숨을 내쉬며 이마에 흐른 땀을 슬쩍 팔등으로 닦아 냈다. 은호는 방금, 처음 느껴 본 엄청난 쾌감을 떠올리며 천천히 눈을 떴다. 그러자 저를 내려다보고 있는 우재의 눈과 마주쳤다. 그 날렵한 턱선을 따라 또르르, 땀방울이 쏟아져 흐르고 있었다. 우재의 커다란 눈망울 속에 자신의 달아오른 얼굴이 그대로 비쳐 보이자, 은호는 어쩐지 야릇한 기분이 들었다. 지금 이 순간, 세상에서 가장 야한 여자가 된 것 같은 기분이랄까.

"하…… 어땠어요?"

끝까지 기분을 묻는 우재가 조금 원망스러웠다. 꼭 이랬다 저랬다 감상을 표현해야만 하는 건가 싶은 불만도 들고.

"좋…… 좋았는데……요."

"다행이네요. 유은호 씨도 즐겼다니."

그 순간, 뭐라 더 답을 할 새도 없이 우재는 은호의 몸에서 일어났다. 갑작스러운 움직임에 놀란 은호가 얼굴을 찌푸렸지만 우재는 영 눈치를 채지 못한 듯했다. 허전하고, 텅 빈 느낌. 은호는 저도 모르게 눈을 질끈 감았다. 우재가 조금 더 안고 있어 줬으면 했다. 부질없는 바람이었지만.

"나 혼자만 너무 흥분한 것 같아서 민망했는데."

우재는 다시 수건으로 허리를 감싸며 몸을 일으켰다. 그러곤 또 다시 사무적인 얼굴로 말했다.

"먼저 씻을게요. 땀이 좀 많이 나서."

은호는 입술을 꾹 눌러 깨물었다. 우재는 그렇게 그대로 샤워실로 사라져 버렸다. 이건 부부가 아니라 마치 원나잇 같은 느낌이었다.

어쩐지 은호는 가슴이 아릿했다. 몸을 섞고 있을 때만은 그래도 진심이라고 느꼈는데. 나를 향한 흥분, 민감한 반응. 모두 다 계산되고, 의도된 것이 아닌 자연스러운 감정으로 느끼고 있다고 생각했는데. 은호는 닫힌 샤워실 문을 보며 저도 모르게 한숨을 내뱉었다. 가슴 한구석이 뻥, 뚫린 것만 같이 허했다.

그래, 유은호. 어차피 지금 이 상황, 파트너와 다를 바 없어. 그저 저 사람이 원하는 대로 그 아이를 낳아 주고, 나는 내가 필요한 걸 받으면 그뿐이야.

은호는 자꾸만 울컥한 감정을 추스르며 그렇게 자신을 위로했다. 그리고 다짐했다. 절대, 결코. 무슨 일이 있어도 차우재에게 마음을 주지 않겠노라고.

* * *

허리가 묵직하게 아팠다. 아무래도 어젯밤이 무리였던 모양이었다. 너무나 황홀하고 아찔한 쾌감이었다. 처음 하면 아프기만 하다던데, 은호는 그런 아픔을 느낄 새도 없이 오르가즘을 느꼈다.
달콤하고 짜릿했던 키스. 은호는 어젯밤의 감각이 모두 다 되살아나는 것만 같아 저도 모르게 고개를 절레절레 저었다. 미쳤어, 유은호. 은호는 제 볼을 짝짝 손바닥으로 내리쳤다.
시계를 보니 아침 8시. 역시나 아침 일찍 출근한 우재 덕에 홀로 넓은 집에 남은 은호는 스르륵, 공허한 마음으로 몸을 일으켰다.
똑똑. 침실 밖에서 최 팀장의 목소리가 들렸다. 대답을 하니, 들어온 최 팀장이 쓰윽 휴대폰을 내밀었다.
"여보세요?"
[아, 형님. 저예요. 김현정.]
우재의 이복동생 차현석의 와이프였다.
[형님 번호를 아직 몰라서 최 팀장 번호로 했어요. 형님, 오늘 뭐 하세요? 바쁜 스케줄 없으시죠?]
"아, 네. 없긴 없는데……."
[그럼 이따 10시까지 안채로 갈게요. 같이 브런치 먹으러 가요. 제가 참석하는 한남동 모임이 있는데, 거기 멤버들 소개해 드릴게요.]
알겠다고는 했지만 은호는 조금 난감했다. 어떤 모임인지, 어떤 사람들이 멤버인지도 잘 모르는데, 다짜고짜 나오라니. 당황하는 은호에게 최 팀장이 말을 건넸다.
"작은 사모님께서 한남동 모임, 같이 참석하자고 하시던가요?"
"네. 근데 무슨 모임인지……."
"한남동 모임. 재이그룹 작은 사모님, 이성그룹 큰 사모님, UI텔레콤 사모님, 은아건설 막내따님, I전자 둘째 따님. 이렇게 다섯

분이 고정 멤버이시고, 가끔 케이갤러리 큰 사모님이나 성은그룹 따님들이 참석하실 때가 있죠. 재계에서 내로라하는 기업의 젊은 사모님들이 주축이 된 모임입니다. 그중에서도 저희 작은 사모님이 중심적으로 모임을 운영하고 계세요. 나이는 대부분 20대 후반에서 30대 초중반 정도로 이루어져 있고, 2주에 한 번씩 오늘처럼 브런치 정기 모임이 있습니다."

"그렇구나."

어쩐지 얘기만 들어도 엄청난 모임일 것 같다는 예감이 들었다.

"준비 도와 드리겠습니다."

은호는 고개를 끄덕이며 최 팀장을 따랐다. 그녀를 따라 거실 옆 드레스 룸으로 들어선 은호는 이 많은 옷들 중 뭘 입어야 할지 몰라 어리둥절한 표정을 지었다.

"가벼운 브런치 모임이니, 너무 포멀하지 않으면서도 우아한 룩을 고르시는 게 좋습니다. 얼굴이 하얀 편이셔서 밝은 톤의 색상이 잘 어울리실 것 같은데, 이런 원피스는 어떠세요?"

지켜보던 최 팀장이 파스텔 노랑 톤의 원피스를 은호에게 내밀며 말했다.

"예쁘네요. 그럼 오늘은 최 팀장님이 골라 준 대로 입을게요. 도와주세요."

은호의 말이 떨어지기가 무섭게 최 팀장은 원피스와 잘 어울리는 붉은빛의 루비 목걸이, 귀걸이를 보여 주었다. 은호는 최 팀장이 코디해 준 대로 옷을 입고, 다른 직원들의 도움을 받아 메이크업과 헤어를 마무리 지었다. 거울 속, 완전히 다른 사람이 된 자신의 모습을 보며 은호는 저도 모르게 감탄을 내뱉았다.

"와…… 진짜 옷이 날개네요."

"네. 근데 사모님이 워낙 미인이셔서 이 옷들이 잘 어울리는 것 같네요."

최 팀장의 기분 좋은 칭찬을 들으며 은호는 방긋 웃었다.

10시. 약속한 시간이 되자, 현정의 차가 안채 앞에 멈춰 섰다. 은호는 단정한 플랫 슈즈를 골라 신고 그녀의 차에 올라탔다. 은호가 차에 올라타자, 현정이 은호를 위아래로 훑으며 한쪽 입꼬리를 올렸다.

"형님, 너무 힘주신 거 아니에요? 그냥 브런치 먹으러 가는 건데……."

어쩐지 그 말의 뉘앙스가 묘하게 기분이 나빠진 은호는 별다른 대꾸를 하지 않았다.

은호와 현정은 10분 정도 걸려 어느 고급 카페에 도착했다. 카페엔 이미 다른 멤버들이 모두 다 와 있었다. 현정은 웃으며 그녀들에게 미안하다 사과를 건넸다. 현정을 따라 들어선 은호는 어색하게 주춤거리며 서 있었고, 모두의 시선이 은호를 향했다. 마치 동물원 원숭이 구경이라도 하는 듯한 그녀들의 눈빛에, 은호는 헛기침을 내뱉으며 천천히 자리에 앉았다.

"안녕하세요? 반갑……습니다."

몇 명이 먼저 인사를 건네 왔다. 달갑지는 않은 목소리였다.

"유은호입니다."

"대단하신 재이그룹 차우재 본부장 와이프가 누가 될지, 우리끼리 늘 궁금해 하곤 했는데. 이 정도면 뭐, 기대했던 게 좀 아까워지려고 하는데요? 오호호."

단발머리에 아이라인을 날렵하게 그린 여자가 은호를 훑으며 말했다. 듣고 있던 여자들도 덩달이 웃음이 터져 버렸다. 은호는 저도 모르게 하, 하고 한숨을 내뱉으며 냉수를 들이켰다. 처음 보는 사람한테 이런 무례한 말이라니. 이런 무례한 상황에서도 현정은 그저 샐러드만 깨작거리며 같이 웃을 뿐이었다.

"재이그룹 안내 데스크…… 계약직으로 일하셨다고요?"

은호는 입술을 꾹 깨물며 고개를 끄덕였다.

"네."

"부러워요. 신데렐라가 따로 없네. 차명진 회장님도 대단하시다. 요즘 보기 드문 사랑꾼이신가."

"그럼 학교는 어디 나왔어요?"

노골적으로 무시에 가까운 질문들과 말들이 쏟아지고 있었다. 그제야 은호는 확신이 들었다. 현정이 이 자리에 자기를 데리고 나온 이유가, 바로 이것이라는 것을. 현정은 은호에게 경고를 하려는 것이었다. 네가 감히 넘볼 수 있는 자리가 아니라고. 너 따위가 굴러들어 와 제 자리를 탐낼 수는 없는 거라고.

"아진대학 졸업했습니다."

"아진? 그게 어디야?"

"아유, 서진 엄마도. 아진대 있잖아, 왜. 그 일산 가는 길에 있는."

"아, 그 전문대?"

은호는 입을 꾹 다물었다. 마른침을 삼키며 그녀들의 조롱을 가만 듣고 있었다.

전문대. 열아홉 은호에겐 선택지가 없었다. 그저 빨리 졸업할 수 있는 곳. 빨리 졸업해서 빨리 취업할 수 있는 곳. 그런 곳이면 족했다. 4년제 대학을 갈 수 있는, 차고 넘치는 점수를 받아 놓고도 그녀는 망설임 없이 집과 가까운 2년 전문대에 입학했다.

"그럼 전공이 뭐예요? 전문대에선 뭘 전공하는지 모르겠네?"

"식품영양이에요."

"어머, 나돈데? 나도 S대 식품영양학과 졸업했어요."

이번엔 긴 파마머리의 여자가 반가운 척 눈썹을 들썩였다.

"그래도 전문대랑 S대랑 같나요."

그 말을 한 건 현정이었다. 그녀는 무심한 척, 제 앞에 놓인 캐비어를 식빵에 바르고 있었다. 참고 참던 은호가 눈을 질끈 감으며 벌떡, 자리를 박차고 일어났다. 요란한 의자 끄는 소리에 그녀들이 얼굴을 찌푸리며 은호를 올려다보았다.

"식사 중에 죄송하지만, 전 이만 먼저 일어날게요. 할 일이 있었는데 깜박하고 나와 버렸네요. 그럼."

은호는 더 이상 이런 천박하고 경박한 인간들과 상대할 수 없다고 생각했다. 계속 이 자리에 앉아 있다간 자존감은 바닥으로 내팽개쳐질 것이고, 참기 힘든 화가 치밀 것 같았다. 은호는 핸드백을 어깨에 걸쳐 멨다.

"형님이 할 일이 있으세요? 하루 종일 하는 일 없이 집에서 빈둥대는 것 같아 생각해서 모시고 나온 건데."

은호는 두 주먹을 꽉 쥐며 다시 뒤를 돌아보았다. 현정의 말이 겨우 참고 있던 은호의 무엇인가를 툭, 건드려 버린 것이었다.

"동서야말로 할 일 되게 없는 것 같네요. 어수룩한 나 데려다 이렇게 병신 만들고 놀려 먹으면 재밌어요? 배울 만큼 배우고, 있을 만큼 있으신 분들께서, 가난하고 못 배운 나 데려다 놓고 이지메 하는 게 그렇게 재밌나? 나는요, 전문대 졸, 아니, 고졸이어도 당신들처럼 천박하고 경박한 인간들 본 적이 없는데. 오늘 진짜 새로운 경험하네요. 돈 많고 잘났다고 하는 인간들이 얼마나 인성 바닥인지. 내 눈으로 똑똑히 확인하게 해 줘서 고마워요, 동서."

"뭐…… 뭐?"

"지…… 지금 뭐라고……."

"브런치 맛있게 드세요. 전 가서 뼈다귀해장국이나 먹고 들어갈 테니까."

은호의 거침없는 독설에 당황한 그녀들이 어버버, 말을 더듬고 얼굴을 구기기 시작했다. 그러면서도 정작, 은호의 말이 한마디도 틀린 말이 없기에 제대로 대꾸도 못 하는 모습이었다. 그녀들은 기가 막히다는 듯 손으로 부채질을 하며, 은호의 뒷모습을 힘껏 노려볼 뿐이었다. 현정 또한 하, 하고 헛웃음을 지으며 사라지는 은호를 응시했다.

또각또각. 몇 발자국쯤 걸었을까. 은호는 제 앞을 가로막는 누군가의 구두를 보며 천천히 상대를 올려다보았다. 우재였다.

"우재…… 씨……."

회사에 있어야 할 시간에 어째서 이곳에 있는 건지 물으려던 찰나 은호는 저도 모르게 미간을 찌푸렸다. 혹시 우재가 지금껏 자신이 했던 말들을 다 들은 건 아닐까. 언제부터 이 카페에 있었던 걸까. 은호는 마른 입술을 달싹이며 그를 응시했다. 어쩐지 우재의 굳은 얼굴이 화가 난 것 같기도 하고. 은호는 도통 알 수 없는 우재의 표정을 살피느라 절로 식은땀이 나는 것만 같았다.

"안녕하세요."

그때, 우재의 등 뒤에서 나타난 말끔한 양복 차림의 남자가 은호에게 인사를 건넸다. 그는 웃으며 은호에게 고개를 숙였다.

"처음 뵙겠습니다. 우재 친구 김대현입니다. 결혼식 날 뵈고 처음 뵙네요."

"아…… 네……."

은호는 지금 당장 쥐구멍에라도 들어가 숨고 싶은 심정이었다. 우재 혼자 있는 자리도 아니고, 친구와 함께 있는 자리에서 와이프란 사람이 이토록 천박한 모습을 보였으니 말이었다.

"가죠."

"네?"

우재의 말에 은호는 의아한 눈빛으로 되물었다.

"뼈다귀해장국 먹으러."

* * *

뚝배기에 먹음직스레 담긴 뼈다귀해장국을 바라보면서도 은호는 한 숟갈도 제대로 푸지 못하고 내내 우재의 눈치만 살펴야 했다. 창피하고 또 쪽팔렸다. 하필 그 자리에 차우재가 와 있을 게 뭐람. 은호는 작게 한숨을 내쉬며 붉은 국물을 응시했다.

"안 먹습니까?"

멍하니 앉은 은호를 보며 우재가 입을 열었다. 은호는 입술을 달싹이며 그를 응시했다.

"저…… 아까 그 카페에서 있었던 일은……."

"잘했습니다."

"네?"

뜻밖에 나온 우재의 말에 은호의 눈이 동그래졌다. 뭘 잘했다는 거지? 은호는 얼떨떨한 표정이었다.

"딱히 김현정 씨랑 친하게 지낼 필요 없어요. 어차피 그쪽에서도 유은호 씨 망신 주려고 불러낸 걸 테니."

"우재 씨……."

"생각보다 유은호 씨가 당차고 똑 부러진 구석이 있는 것 같아 아주 마음에 들어요. 지금처럼만 하죠. 더도, 덜도 말고."

분명 잘했다는 말인데, 마냥 상사가 부하 직원에게 하는 칭찬 같은 기분이 드는 건 왜일까. 은호는 묘한 감정을 느끼며 가만히 숟가락을 꾹 잡아 쥐었다.

"생각보다 우리가 좋은 파트너가 될 수 있을 것 같다는 예감이 드는군요."

아무래도 차우재는 자신을 비즈니스 파트너 중 하나쯤으로 여기고 있는 게 분명했다. 손가락 끝에 느껴지는 감촉이 차갑기만 했다.

"들어요, 얼른."

어쩐지 은호는 이 차갑고 냉정하기만 한 남자를 보며 가슴이 저릿해졌다. 분명 조금 전까진 마음이 말랑말랑했는데, 우재의 차가운 말들을 다 듣고 나니 말랑했던 마음이 저릿저릿 아파 왔다. 은호는 얼른 시선을 피하며 해장국을 뜬 숟가락을 제 입속으로 쏘옥 밀어 넣었다. 얼큰한 국물이 그녀의 목구멍을 아프게 찔렀다.

"도련님과는 이복형제라서…… 사이가 안 좋은 건가요?"

은호는 용기를 내어 질문을 던졌다. 제법 당돌한 은호의 질문에 우재는 가만히 그녀의 얼굴을 응시했다. 그러곤 천천히 입을 열었다.

"네."

간결하고도 명확한 그의 대답. 은호는 다시 물었다.

"사이가 안 좋은 이유는 역시…… 경영권 승계 때문인가요?"

"네."

이번에도 역시 간결한 대답이 돌아왔다. 너무나 예상 가능했던 대답에 은호는 가만히 우재의 얼굴을 살폈다. 차우재가 재이그룹 승계의 적통이라 할 만한 출신 배경을 가졌음에도 언제나 일에만 몰두하며 매달릴 수밖에 없는 이유. 이렇듯 그의 자리를 위협하는 사람들 때문이었을 것이다. 은호는 언제나 올곧고 흐트러짐 없는 그의 얼굴에 숨겨져 있던 고단함을 발견해 내는 중이었다.

얼마나 힘들었을까. 얼마나 무섭고 고됐을까. 자신의 편은 아무도 없는 이 총성 없는 전쟁터에서, 살기 위해 그가 지금껏 얼마나 뛰고 또 뛰어야 했던 걸까.

"그럼 차우재 씨가 가장 원하는 건, 재이그룹의 경영권을 승계하는 건가요?"

은호의 질문이 계속해서 이어졌다.

평소 우재의 성격이었다면 대답도 하지 않았을 이야기였지만, 우재는 순순히 고개를 끄덕였다. 은호도 고개를 끄덕였다.

이렇게 절박했구나. 그래서 내게 그런 황당한 결혼 제안을 했던 거구나. 은호는 우재의 마음이 이해가 되면서도 한편으론 씁쓸했다.

“그런데.”

그녀에게서 시선을 거두며 우재가 말을 이었다.

“그 노란색 원피스. 꽤 잘 어울리는 것 같군요.”

우재의 뜻밖의 말에 은호는 자신도 모르게 입술을 살짝 깨물었다. 얼굴이 조금 화끈거리는 것도 같았다. 별것 아닌 이야기에 왜 이렇게 설레 버리는 걸까. 은호는 자꾸만 두근대는 자신의 심장이 원망스러울 지경이었다. 결국 은호는 해장국의 반이나 남기고 말았다. 이유 모를 이 생각 저 생각이 그녀의 머릿속에 온통 맴돌았다.

“가세요. 회사 방향이랑 반대니까 전 그냥 버스 타고 갈게요.”

음식점을 나서며, 이번엔 은호가 먼저 선을 긋는다.

“그래요, 그럼.”

그녀의 말에 조금 당황하는 듯하던 우재도 알겠다는 듯 금세 고개를 끄덕였다. 은호는 휙 하고 자신이 먼저 돌아서 걷기 시작했다. 얼마쯤 걸었을까. 자신도 모르게 발걸음이 멈춰 서고, 그녀는 다시 뒤를 돌아다보았다. 부웅 하는 소리와 함께 우재의 SUV가 저 멀리로 사라지고 있었다.

“하.”

두 번도 안 물어보는 차우재의 매정함에 은호는 저도 모르게 기막힌 한숨이 흘러나왔다. 미간도 살짝 움찔거렸다. 혼자만 뒤흔들리는 감정에 대해 화나고 분한 마음이 들었던 것이다. 이럴 거면 그냥 카페에서 모른 척이나 해 주지. 은호는 그렇게 우재를 원망하며 터덜터덜, 근처 버스 정류장을 찾아 걸어갔다.

"누나?"

한낮 오후. 따뜻한 봄 햇살을 맞으며 걷고 있던 은호에게 귀에 익은 목소리가 들렸다. 소리가 나는 쪽으로 뒤를 돌아본 은호의 눈동자가 반가움에 반짝거렸다.

"석현아?"

지금 막 운동을 하고 돌아가는 길이었는지 땀에 젖은 얼굴에 야구 유니폼 차림인 그가 성큼성큼 은호에게 다가왔다. 땀이 흐르는 석현의 얼굴엔 반가움이 가득했다.

"어디 가요, 누나?"

저 멀리에서 은호를 발견하고 단숨에 이곳까지 뛰어온 석현이었다.

"아, 난 이제 집에 가는 길이지. 너는? 너는 왜 이 시간에 여기에 있어? 훈련 안 하고?"

"저는 병원 갔다 오는 길이에요."

석현이 숨을 헐떡이며 대답했다.

"병원?"

은호의 질문에 석현은 붕대가 감긴 제 손목을 들어 보이며 환하게 웃었다.

"너 다쳤어?"

투수에게 팔목 부상이라니. 놀란 은호의 눈이 동그랗게 부풀어 올랐다.

"아뇨. 그냥 좀 삐근해서 물리치료 받으러 다니는 거예요."

"휴…… 몸 관리 잘해. 몸이 재산인 운동선수들이……."

"근데 누나."

석현의 시선이 은호의 노란 원피스에 머무르고 있었다. 그제야 은호의 얼굴이 민망함으로 붉어졌다. 평소 절대 입을 수 없는 스타일의 노란 원피스를, 그것도 남동생 친구 녀석에게 보이고 말다니.

"오늘 왜 이렇게 예뻐요?"

은호는 민망함에 얼른 시선을 피했다.

"야…… 노…… 농담은……."

"농담 아닌데요. 정말인데."

은호는 석현의 기분 좋은 농담에 슬며시 웃음이 나고 말았다.

"됐어, 그만 놀리고 얼른 가 봐."

"누나 집에 간다고요?"

"응."

석현이 들고 있던 운동 가방을 다른 쪽 어깨에 걸쳐 메며 환하게 웃었다.

"그럼 집까지 데려다줄게요."

"야, 됐어. 괜찮아."

아주 오래전부터 석현은 종종 늦은 밤 퇴근하는 은호를 집까지 데려다주기도 하고, 가끔 은호와 긴 산책을 함께하기도 했더랬다. 그러기에 두 사람에게 함께 걷는 일은 그다지 불편하거나 어색한 일이 아니었다.

"가요."

석현은 은호의 대답을 듣기도 전에 저가 먼저 앞장서 버스 정류장을 향해 걷기 시작했다. 그런 석현을 보며 은호는 피식, 웃음을 지었다. 네 살이나 어린 동생의 친구였지만 참으로 기특하고 믿음직스러운 녀석이라고 생각하면서.

* * *

"부르셨어요."

은호는 집에 돌아오자마자 자신을 찾는 차명진 회장의 부름에 한달음에 본채로 달려왔다. 응접실엔 이미 희옥이 와 앉아 있었다. 은호를 위아래로 훑는 희옥의 표정이 여전히 떨떠름했다.

"그래. 앉거라."

회장은 다정한 미소를 지었다. 은호는 조심스레 할아버지의 맞은편 자리에 앉았다.

"현석 어미가 네가 일할 만한 좋은 자리를 마련했다고 하더구나."

아마도 지난번 말했던 이야기를 할 생각으로 부른 모양이었다. 은호의 얼굴에 반가움이 한껏 묻어났다. 안 그래도 이 적막한 궁중 생활이 지겨워지던 찰나였다. 은호는 매일 출근하고 일을 하던 일상이 너무나 소중했음을 느끼기 시작하고 있었다. 희옥이 못마땅한 얼굴로 은호에게 서류 봉투를 내밀었다.

"구조조정본부 소속, HR지원2팀 팀장 자리다."

은호의 눈이 동그랗게 커졌다.

"네가 안내 데스크에서도 오래 일을 해 봤고, 뭐 듣자니 고객 응대에 소질이 있다고 하길래 적정한 자리를 골라 봤다. 아직 처음이니 CS본부장으로 곧바로 발령 내는 것보단 일을 좀 배우면서 익히는 게 나을 것 같아 이렇게 자리를 정했어."

은호는 너무나 과분한 자리를 받은 것 같아 얼떨떨했다.

"일 가르치려고 널 그 자리에 보내는 건 아니다만."

그러나 정작 회장은 며느리가 제안한 자리가 영 못마땅한 눈치였다. 그저 본사 안내 데스크 직원들을 관리하고, 간혹 있는 고객들과의 마찰, 손님들과의 언쟁을 처리하는 자리. 모두 다 정해진 리셉션을 준비하고 관리하는 자리. 따지고 보면 아무런 힘도, 아무런 권력도 없는 자리였다. 희옥이 가장 별 볼 일 없는 자리를 찾느라 애를 썼다는 걸 모를 리 없었다.

"어머님…… 저한테 너무…… 과분한데요, 팀장이라뇨."

은호는 회장과 다른 의미로 손을 내저었다.

"그래. 과분하긴 하지만 어쩌겠니. 아버님 뜻이 그러신데."

희옥이 날 선 목소리로 답했다.

"괜찮다, 아가. 나는 아마도 네가 잘해 낼 수 있을 것 같구나."

대신 회장의 따스한 한마디가 은호의 어깨를 토닥여 왔다.

"감사합니다, 할아버님. 열심히 하겠습니다."

회장은 활짝 웃으며 감사의 인사를 건네는 은호에게 고개를 끄덕였다.

* * *

우재는 오늘도 자정이 다 된 시각에야 집에 돌아왔다. 은호는 일부러 자지 않고 우재를 기다리고 있었다. 내일부터 다시 회사에 출근하게 되었다는 이야기를 가장 먼저 알려 주고 싶었기 때문이었다. 달칵, 문 여는 소리가 들려오자 은호는 쪼르르 현관문 앞에 나가 우재를 맞았다. 갑작스러운 은호의 마중에 의아하다는 듯 우재가 은호를 쳐다보았다.

"저녁 먹었어요?"

은호가 뒷짐을 지고 생긋 웃으며 우재에게 물었다.

"무슨 할 말 있습니까?"

은호는 귀신같이 자신의 마음을 읽어 낸 우재가 어쩐지 원망스러웠다.

"아뇨…… 뭐…… 안 먹었으면 같이 맥주라도……."

"간단히 샌드위치 먹었습니다. 술은 내일 아침 회의가 있어서 못 마십니다."

우재는 은호의 제안을 무 자르듯 단칼에 잘랐다.

그럼 그렇지. 은호는 예상했던 우재의 행동과 반응에 작게 한숨을 내쉬며 곧바로 본론을 이야기했다.

"나 내일부터 다시 회사로 출근해요."

은호의 말에 그제야 우재의 발걸음이 멈춰 섰다. 은호는 자신을 돌아보는 우재를 마주하며 계속 말을 이었다.

"어머님께서 내일부터 HR지원2팀으로 출근하라고 하셨어요."

"팀장 자리입니까?"

은호는 고개를 끄덕였고, 우재는 어쩐지 씁쓸한 표정이었다. 희옥이 있으나 없으나 한 자리를 일부러 은호에게 골라 준 것임을 우재 또한 모르지 않았다. 우재는 가볍게 고개를 끄덕였다.

"그래요. 그럼."

간단히 말을 마친 우재는 금세 또 서재로 들어가 사라져 버렸다. 굳게 닫힌 서재의 문을 응시하며 은호는 저도 모르게 한숨이 흘러나왔다.

* * *

다음 날 아침. 은호는 우재의 출근 시간에 맞춰 옷을 차려입고 나왔다.

아침 일찍 최 팀장이 차려 놓고 간 야채즙을 마시던 우재의 눈이 은호에게 향했다. 세련된 흰색 블라우스에 와인빛 H라인 스커트. 웨이브로 부드럽게 말린 풍성하고 탐스러운 머릿결. 반짝거리며 빛나는 고급스러운 주얼리까지. 완벽하게 변신한 은호의 모습에 우재의 시선이 그녀에게서 거두어질 줄 몰랐다.

"몸매가 패션의 완성이라더니. 우리 큰 사모님께선 이런 오피스룩 핏도 너무 잘 소화하시네요."

은호의 첫 출근을 도와준 최 팀장이 뿌듯한 얼굴로 우재에게 말했다.

"어……때요?"

은호가 우재를 보며 물었다. 이상하진 않냐는 질문이었다. 혹여나 다른 사람들이 보기에 과하다고 느끼거나 안 어울린다고 느끼진 않을까, 은호는 걱정 중이었다. 이렇게 비싸고 포멀한 의상을 입은 건 정말이지 태어나서 처음이니까.

"뭐."

그러나 우재는 정확한 대답을 피하며 고개를 돌렸다. 그러곤 그저 마시던 주스를 쭈욱 들이킬 뿐이었다. 그런 우재의 시답잖은 반응에 은호는 어쩐지 약이 올랐다. 아무리 관심이 없기로서니 이상하다, 이상하지 않다 그 정도 말도 못 해 준단 말인가.
"역시. 이상한가 보네요. 최 팀장님, 죄송하지만 그냥 제 옷으로 입을게요."
조금 짜증이 난 은호가 최 팀장을 보며 말했다.
덕분에 최 팀장도 당황스러운 표정을 지으며 우재를 응시했다. 그런데 곧 다시 드레스 룸으로 향하는 은호의 발걸음을 멈춰 세운 건 우재의 목소리였다.
"나쁘지 않으니까 갈아입을 필요까진 없어 보이는데."
그건 우재로서도 충동적인 말이었다. 솔직히 말하자면 처음 자신 앞에 나타난 은호의 모습을 보고 우재는 저도 모르게 심장이 덜컥거리는 느낌이었다. 이런 느낌이 무슨 감정인지 잘은 알 수 없었지만 나쁘진 않은 느낌이었다. 더 솔직하게 이야기하자면 의견을 묻는 은호에게 예쁘다, 괜찮다, 라고 말해 주고 싶었다. 그게 우재가 느낀 그대로의 표현이었다. 그럼에도 불구하고 이상하게 그런 말까진 쉽사리 나오지가 않았다. 어디 차우재 인생에서 '예쁘다'라는 말을 한 번이라도 제대로 내뱉어 본 적이 있었던가. 어쩐지 낯이 간지러워 할 수가 없었다.
"아유, 본부장님도. 나쁘진 않기는요. 저런 옷 사모님이시니까 저 정도로 예쁘게 소화하시는 건데……."
가만 듣고 있던 최 팀장이 저도 모르게 주책을 떨었다. 오죽 속이 답답했으면 그랬을까. 그녀는 우재와 은호를 번갈아 보며 눈치를 살폈다.
"이상하면 갈아입을게요. 회사에 가면 내 이름보다 차우재 씨 와이프, 경영본부장 와이프라는 말을 더 많이 들을 텐데 우재 씨가 하라는 대로…….”

“입어요, 그냥. 가죠.”

탁. 마시던 주스 컵을 식탁 위에 내려놓으며 우재가 먼저 현관으로 나섰다. 은호는 작게 한숨을 내쉬며 그의 뒤를 따랐다.

“어디 갑니까?”

차고 앞에서 대기 중이던 우재의 차를 지나쳐 가는 은호를 보며 우재가 물었다. 왜 제 차에 타지 않고 어딜 가냐는 질문이었다.

“난 그냥 버스 타고 갈게요.”

은호도 은호 나름대로 조금 심술이 난 것이었다. 어차피 또 그러자고 하고 가 버리겠지, 싶은 마음에 그녀는 미련 없이 획 돌아 다시 걷기 시작했다. 그때, 등 뒤에서 자신의 손목을 살짝 그러쥐는 우재의 손길이 느껴졌다. 은호는 다시 우재를 돌아볼 수밖에 없었다.

“타요, 얼른. 같이 출근하게.”

어쩐 일인지 이번엔 은호를 붙잡았다. 우재에게 잡힌 손목이 콩닥거리며 빠르게 뛰고 있었지만 은호는 애써 마음을 가라앉히려 했다. 그녀는 고작 이깟 일로 차우재에게 마음이 설레고 있다는 사실에 자괴감이 들었다.

“아뇨, 그냥 따로 갈래요. 괜히 차우재 씨 와이프라서 낙하산 발령 받았다는 말…….”

“유은호 씨 낙하산 맞잖습니까.”

“네……?”

우재의 차가운 목소리에 은호가 입술을 꾹 깨물며 그를 올려다보았다.

"우리 회사에 유은호 씨 나랑 결혼한 거 모르는 사람도 있습니까? HR지원2팀 소속 직원 중에 유은호 씨가 원래는 안내 데스크 계약직 직원이었다는 사실도 모르는 사람 아무도 없을 텐데요. 그러던 유은호 씨를 어느 날 갑자기 팀장으로 앉혔는데, 이게 낙하산이지 그럼 뭐가 낙하산입니까?"

우재의 말 한마디, 한마디가 비수가 되어 은호의 가슴을 꾹꾹 찌르고 있었다.

"그러니까 괜히 출근하면서 힘 다 빼지 말고 그냥 내 차 타죠?"

입술을 꾹 깨물며, 우재를 원망의 눈빛으로 노려보던 은호가 결국 다시 또각또각, 우재의 차 조수석 문을 벌컥 열고 올라탔다. 뒤이어 우재도 무표정한 얼굴로 그녀의 옆자리, 운전석에 올랐다.

은호는 시선을 돌려 차창 밖을 응시했다. 어쩜 이렇게 사람이 차갑고 냉정할까. 같은 말이라도 좀 부드럽고 따뜻하게 해 주면 안 되는 걸까. 은호는 내뱉는 말마다 날카롭기만 한 우재를 원망했다. 지금 이 순간 가장 화가 나고 자존심이 상하는 건, 이런 차우재에게 자꾸만 자신의 마음이 흔들리고 있다는 사실이었다. 이딴 차갑고 못돼 처먹은 놈이 대체 뭐가 좋다고.

"하……."

은호는 절로 나오는 한숨에 눈을 질끈 감아 버렸다.

* * *

아침 9시부터 약 세 시간 가까이 지난 지금 이 순간까지도, 은호는 완벽하게 혼자였다. 그녀를 보는 직원들의 눈빛은 예상대로 너무나 차갑기만 했다.

'유은호 씨 낙하산 맞잖습니까.'

그래서 출근길, 우재가 했던 말이 더 뼈에 사무치게 들려오는 듯했다. 아무도 은호에게 인사를 하러 오지도, 그녀의 인사를 받지도 않았다. 마치 벌레를 보듯 그녀를 보는 눈빛들.

세 시간 내내 꺼진 모니터 화면을 응시하면서도 은호는 아무런 말도 할 수가 없었다. 자신을 바라보는 그들의 심정을 어쩜 가장 잘 아는 사람이 자신이었기 때문이었다. 한때 은호도 뒷배가 있어 쉽사리 입사하고, 쉽사리 승진하는 직원들을 부러워하고 질투했던 적이 있었다. 아무런 뒷배도 힘도 가지지 못한 자신을 원망하면서. 그렇기에 은호는 그들의 행동을 이해하고 용서하려 마음을 다잡는 중이었다.

"식사하러 가시죠!"

누군가의 외침에 은호는 반사적으로 시간을 확인했다. 점심시간이었다.

"저는 오늘 약속이 있어서 먼저 갑니다."

"어머…… 저도 약속이……."

"저도 약속 있는데……."

겉옷을 들고 자리에서 일어나던 은호를 보며 모두가 짠 듯이 같은 말을 중얼거리고 있었다. 열댓 명이 넘는 사무실 팀원 중에 은호와 함께 점심을 먹겠다는 사람은 아무도 없었다.

"그래요. 다들 맛있게 먹고 와요. 나도 약속이 있어서."

은호는 민망한 마음을 감추며 어색하게 말꼬리를 흐렸다. 은호의 말이 떨어지기가 무섭게 모두들 우르르 무리를 지어 사무실 밖으로 나가 버렸다. 빈 사무실에 홀로 남은 은호의 입술에서 작은 한숨이 흘러나왔다. 은호도 천천히 지갑을 들고 사무실 밖을 빠져나갔다.

그녀가 향하는 곳은 선정이 있는 1층 로비, 안내 데스크였다. 은호를 발견한 선정의 얼굴에 반가움이 가득 묻어났다.

"유은호!"

자신이 소속된 팀장으로 발령받아 왔다는 말은 들었지만, 정작 자리를 지키느라 은호를 만나러 사무실에 올라올 수 없던 선정은 호들갑을 떨며 장갑을 낀 손으로 은호의 두 손을 맞잡았다.

"웬일이야, 웬일이야! 유은호가 우리 팀장님이라니!"

선정의 호들갑에 은호는 어쩐지 더 멋쩍어지는 기분이었다.

"안녕하십니까, 팀장님."

선정의 옆에서 처음 보는 얼굴의 직원이 은호를 향해 꾸벅 인사를 건넸다. 아마도 은호의 빈자리를 채우려 새로 고용된 계약 직원인 듯싶었다. 처음 듣는 '팀장님'이란 호칭에 은호는 어쩐지 마음이 이상했다.

"밥 같이 먹으러 내려온 거야?"

눈치 빠른 선정이 먼저 물었고 은호는 씁쓸히게 웃으며 고개를 끄덕였다.

* * *

우재는 한참만에야 모니터에서 눈을 떼며 시간을 확인했다. 저녁 11시 30분. 문득, 오늘 첫 출근이었던 은호가 떠올랐다. 분명 낙하산으로 발령받은 은호를 두고 이러쿵저러쿵, 사내에서도 말이 많았을 것이다. 그래서 원래 이러한 낙하산 인사는 아무도 불만을 터뜨릴 수 없는 이사나 전무, 본부장급 이상으로 발령 내는 게 원칙이었다. 그런데 실무진들이 가득한 팀장급 인사라니. 그것도 재이그룹의 후계 자리를 넘본다는 본부장의 와이프에게 주어진 말단의 자리. 이럴 바에야 차라리 그냥 평사원으로 재입사를 시키는 게 나을 정도의 자리였다.

우재는 아무런 연락도 없는 휴대폰 액정 화면을 응시하다가 문득 은호의 이름을 눌러 보았다. 첫 출근이 어떻든 말든, 아무런 상관이 없다고 생각했던 우재였지만 출근길 시무룩한 표정으로 창밖만 바라보고 있던 그녀의 얼굴이 자꾸만 떠오르는 건 정말이지 알 수 없는 일이었다.

뚜, 뚜. 몇 번의 신호음이 지나갔지만 은호는 전화를 받지 않았다. 벌써 잠이라도 든 건가. 우재는 끊겨 버린 휴대폰을 보다 곧 툭, 하고 그것을 책상 위에 던지듯 내려놓았다. 내가 상관할 일도 아닌데 뭐. 휴대폰을 내려놓고 다시 모니터 화면으로 시선을 돌려 보지만, 자꾸만 꺼진 휴대폰으로 다시 시선이 가는 건 어쩔 수 없었다.

"후……."

원래의 계획이라면 오늘도 사무실에서 밤새 야근을 하고 내일 아침 임원 회의에 참석하는 것이었다. 그러나 우재는 좀처럼 일에 집중할 수가 없었다. 연락 한 통 없는 유은호가 자꾸만 신경이 쓰였다. 결국 그는 컴퓨터를 끄고 자리에서 일어나 곧장 집으로 향했다.

회사에서 집까지 고작 30여 분. 그 30여 분의 거리가 꽤 지루하고 길게 느껴졌다면 그건 유은호 때문일까. 우재는 안채의 현관문을 열어젖히며 어제처럼 은호가 튀어나와 자신을 반겨 주길, 저도 모르게 바라고 있었다.

그러나 집안은 고요했다. 불 꺼진 거실엔 아무런 인기척도 없었다. 우재는 가방을 내려놓지도 않은 채, 은호의 방으로 향했다. 혹시나 오랜만의 출근이 피곤해 벌써 잠든 것이리라 생각한 것이었다. 끼익, 조심스레 문을 열어젖히자 희미한 불빛이 방 안에서 흘러나왔다.

"엄마야!"

방 안 욕실에서 걸어 나오던 은호가 우재와 눈을 마주치곤 꺄악 소리를 질렀다. 그도 그럴 것이, 은호는 지금 막 샤워를 마치고 나왔는지 물기 젖은 나체의 상태였다.

"와…… 왔어요?"

놀라는 은호를 보면서도 우재는 시선을 피하거나 방을 나오지 않았다. 또다시 이성의 끈이 뚝 하고 끊어져 버리는 듯한 감각을 느꼈기 때문이었다. 은호는 수건으로 급하게 앞을 가리며 말을 더듬었다.

"나…… 나가 있으면 오…… 옷 갈아입고 나갈게요."

그건 우재에게 나가라는 말이었다. 그럼에도 불구하고 우재는 오히려 방 안으로 뚜벅뚜벅 걸어 들어와 그녀에게 다가오고 있었다.

"우…… 우재 씨."

당황한 목소리로 은호가 우재를 응시했다. 우재의 굳은 얼굴을 살피며 은호는 가만히 숨을 죽였다.

"오늘은 준비 안 됐습니까?"

"네?"

은호의 눈이 동그랗게 깜빡거렸다. 무슨 준비를 말하는 것일까, 고민에 빠지는 순간 우재가 은호의 손목을 제 쪽으로 잡아당기며 그녀의 허리를 감싸 안았다.

갑작스러운 우재의 스킨십에 은호는 당황할 수밖에 없었다. 우재도 자신이 왜 이렇게 충동적으로 행동하고 있는지 자신을 이해할 수가 없었다. 이성적인 사고보다, 은호를 끌어안고 그녀의 작고 붉은 입술에 입을 맞추고 싶다는 욕망이 앞서고 있었다.

자신만의 공간이었던 곳에 누군가 다른 사람이 들어왔기 때문일까. 생각했던 것보다 유은호가 예쁘고 마음에 들어서, 그래서 닫아 두었던 마음속 빗장이 스르륵 열려 버린 걸까. 그것도 아님 그저 인간의 가장 밑바닥에 깔려 있던 본능일 뿐인 걸까. 우재는 간신히 마음을 가다듬으며 가만, 그녀의 눈동자를 응시했다. 은호의 입술도 달싹이고 있었다.

"오늘, 목요일. 정해진 날짜인 거 잊었습니까?"

우재의 말에 그제야 은호는 그와 했던 약속이 떠올랐다.

넷. 아이는 가능한 한 빨리 가지도록 노력한다. 따라서 을의 배란일에 맞춰 주기적인 성관계를 한다. 계약서에 포함되었던 그 내용을 이행하기 위해 우재는 은호가 생리 기간이 아니라면 매주 화, 목, 토. 세 번의 잠자리를 가지는 것으로 하자고 제안했고 은호는 별생각 없이 고개를 끄덕였던 것 같다. 그동안은 바쁜 우재 덕분에 이런 약속을 했다는 것조차 까맣게 잊고 있었지만.

“저…… 저기…….”

그러나 은호가 뭐라 대답을 하기도 전에 우재는 이미 그녀의 목덜미에 입술을 묻어 버렸다. 목선에 닿는 뜨거운 숨결, 다급한 호흡, 떨리는 혓바닥의 감촉에 은호는 목을 움츠리며 입술을 깨물었다.

은호를 끌어안은 우재는 목을 꽉 조이고 있던 넥타이를 한 손으로 풀어 헤치며 점점 더 농밀한 키스를 퍼붓기 시작했다. 그러곤 그녀의 손에 쥐어져 있던 수건을 빼앗아 바닥으로 던져 버렸다.

“하…….”

점점 더 아래로 내려가던 우재의 입술이 은호의 쇄골에 머물자 은호는 저도 모르게 우재의 어깨를 꼭 잡아 쥐었다. 또다시 이상한 감각이 배꼽 아래에서 스멀스멀 올라왔다. 우재는 은호를 바로 옆 침대 위로 뉘었다.

“몸이 예민하군요.”

은호는 허리를 휘며 야릇한 신음을 흘렸다. 아직 젖어 있던 머리카락에서 똑똑, 물방울이 흘러내려 그녀의 젖가슴 위에 떨어졌다. 은호의 하얀 얼굴과 붉은 입술이 우재를 향해 떨리고 있었다.

자신을 보는 은호의 시선에 우재는 이미 몸이 터질 것 같은 기분이었다. 지금껏 여자를 보며 한 번도 먼저 성적 욕구를 느껴 본 적 없는 그였다. 그런데 유은호는 이렇게 보고 있는 것만으로도 강한 욕정을 느끼게 했다. 도대체 왜 이 여자에게 이런 욕망을 느끼는 걸까. 혼란스러운 눈동자로, 우재는 은호의 야한 나신을 위아래로 훑었다. 섹시하고 색정적이다. 이 하얀 몸을 더럽히고 싶다. 이 야릇한 나신을 완전히 내 것으로 만들고 싶다. 꾹꾹 눌려 있던 차우재의 진짜 욕망이 터져 나오고야 말았다.

"유은호 씨 몸은 이미 준비가 된 것 같네요."

은호의 얼굴이 한껏 붉게 달아올랐다. 기분이 이상했다. 부끄럽고 수치스러웠지만, 그보다 더 강렬한 욕망이 들끓었다. 지난번 첫 섹스로 이미 쾌락을 알아 버린 몸은 기대감에 흥분하고 있었다.

은호의 다리 사이를 다시 파고들며, 우재도 자신의 버클을 풀기 시작했다. 이미 한껏 풀어 헤쳐진 셔츠 사이로 그의 단단한 가슴 근육과 어깨가 슬몃슬몃 보였다. 그의 조각 같은 몸매를 보자 은호의 심장도 더욱 빠르게 뛰어 댔다. 우재의 입술이 다시 은호의 입술로 향하고, 은호는 자연스레 입을 벌려 그의 키스를 받아들였다. 부드러운 혓바닥과 달큼한 체향이 그녀의 입속으로 밀려들었다. 진득하고 농밀한 키스가 어느 정도 계속될 때쯤, 은호의 몸에 단단한 우재의 몸이 맞닿아 왔다. 은호는 점점 더 미칠 것 같은 기분이었다. 우재는 이 색정적 광경이 주는 쾌감에 온몸을 부르르 떨어 댔다. 지금껏 경험해 보지 못한 흥분감이었다.

한번 하고 난 뒤부터 우재는 거침이 없었다. 아니, 우재로서도 어쩔 수 없는 거친 움직임이라고 하는 편이 더 정확할 것이다. 들려 올려진 은호의 발목은 허공에서 파르르 떨리고 있었다.

"응……."

이렇게 야릇하고 아찔한 기분을 어떻게 해야 좋을까. 은호는 점점 더 이성을 잃어 가는 기분이었다. 짐승이 된 기분. 색정적이고 음란한 여자인 것 같은 기분. 그럼에도 불구하고 그녀는 더더욱 간절하게 우재의 어깨에 매달려 허리를 흔들었다. 은호는 눈을 질끈 감았다. 이대로 죽어도 좋다고 생각하며 그녀는 흥분한 차우재를 받아들였다.

* * *

새벽녘, 먼저 눈을 뜬 건 은호였다. 어둠 속에서 반짝거리는 눈동자로, 은호는 자신의 옆에 잠든 우재의 얼굴을 바라보았다. 잘생긴 조각 같은 얼굴을 가만히 살펴보고 있노라니 어젯밤 강렬했던 정사의 쾌감이 떠올라 괜스레 얼굴이 붉어졌다. 섹스를 한 건 처음이 아니지만, 이렇게 한 침대에 나란히 누워 잠이 들어 버린 건 처음. 은호는 처음으로 우재 옆에 이렇게 누워 있자니 심장이 두근거려 다시 잠을 이룰 수가 없었다. 한참이나 우재의 얼굴을 응시하며 설레는 마음을 가만히 토닥였다.

"흠……."

얼마나 지났을까. 잠들어 있던 우재가 뒤척거리며 소리를 내자, 은호는 얼른 눈을 질끈 감아 버렸다.

"후……."

몸을 일으킨 우재가 작은 한숨을 내뱉으며 은호를 내려다보았다. 엉망이 된 침실과 침대. 이건 분명 평소 차우재가 했음 직한 행동이 아니었다. 어젯밤, 은호의 젖어 있던 하얀 나신을 보며 완전히 이성이 나가 버렸던 게 분명했다.

그는 작은 신음 소리를 내며 자신의 이마를 짚었다. 그 와중에도 자꾸만 은호의 얼굴에 시선이 가는 건 어쩔 수가 없었다. 우재는 얼른 몸을 일으켜 샤워실로 향했고, 다시 홀로 침실에 남겨진 은호는 조용히 눈을 떴다. 굳게 닫힌 샤워실 문을 바라보며, 은호도 작게 한숨을 내쉬었다. 은호는 제 입술에 닿았던 우재의 입술 감촉이 떠올라 저도 모르게 입술을 매만져 보았다.

"미쳤어, 유은호……."

그러곤 곧 고개를 절레절레 저었다. 그저 비즈니스적 행위였을 뿐인 주기적 관계에 너무 많은 의미를 부여하고 있는 것이 아닌가. 어차피 이렇게 혼자 설레 봤자, 차우재에겐 아무런 느낌도 없는 행위였을 뿐이거늘. 은호는 몸을 일으켜 가운을 챙겨 입었다. 그러곤 제 뺨을 두 손으로 꼭 감싸 쥐며 화장대 거울 앞에 걸터앉았다. 거울 속 붉어진 자신의 뺨을 응시하며 동그란 눈을 깜빡였다.

* * *

오늘도 역시 사무실 분위기는 냉랭했다. 아무도 은호에게 업무에 대해 설명, 브리핑하거나 그녀가 해야 할 일들에 대해 말해 주는 이는 없었다. 은호가 나서 먼저 이 업무는 뭐냐, 이 현안은 어떻게 처리하고 있는 것이냐 묻고 또 물어야 겨우 대답을 해 주는 정도였달까. 은호는 신땀을 흘리며 하루 종일 스스로 자신의 업무에 대해 파악하느라 애를 쓰고 있었다. 안내 데스크에서 일하던 시절 은호에게 따뜻하게 대해 주던 직원들까지도 그녀를 쌀쌀맞게 대했다. 아마도 은호에게 느꼈던 배신감과 분노 때문이리라.

점심시간이 되자, 은호는 먼저 자리에서 일어나며 선수를 쳤다.

"전 오늘도 점심 약속이 있어서 같이 식사 못 하겠네요. 맛있게들 드세요."

애써 웃으며 아무렇지도 않은 척 말했지만, 뒤돌아서 나오는 은호의 얼굴은 그다지 밝지 못했다. 오늘은 선정도 오후에 출근하는지라 점심을 함께 먹을 만한 사람은 더더욱 없었다. 편의점에서 삼각김밥이라도 사서 대충 때워야겠다는 생각으로 은호는 회사 로비를 나섰다.

점심시간. 로비 앞은 복잡했다. 그 복잡한 사람들 틈을 뚫고 회사 밖으로 나온 은호는 무거운 발걸음으로 편의점 문을 밀고 들어섰다. 달랑 하나 남아 있는 마지막 삼각김밥 한 개와 우유 한 개를 들고 계산을 한 후 편의점 한쪽 귀퉁이에 마련된 테이블에 앉아 혼자만의 점심 식사를 시작했다.

한편, 오전에 외근을 나갔다가 돌아오던 우재는 회사 앞 사거리에서 브레이크를 밟아 멈춰 섰다. 빨간 신호에 대기를 하는 사이 무심코 왼쪽으로 시선을 돌렸던 우재의 눈썹이 찡긋거리며 움찍댔다. 은호가 편의점 테이블에 앉아 홀로 삼각김밥과 우유를 마시고 있는 것이었다. 시계를 보니 12시, 점심시간이 막 시작된 시각이었다. 왜 점심시간에 편의점에서 혼자 끼니를 때우고 있는 것일까. 발령받은 지 이틀 만에 일이 많아 밥 먹을 시간도 없을 만큼 바쁜 건 아닐 테고.

우재의 손목이 핸들 위에 툭, 하고 떨어졌다. 우재의 표정은 은호의 모습을 살피느라 온 신경이 쏠려 있는 듯했다. 은호는 작은 입으로 오물오물 몇 입 베어 물더니 이내 반쯤 남은 밥을 도로 봉지 속에 넣어버렸다. 빵! 뒤에서 요란한 클랙슨 소리가 들려오고, 그제서야 우재는 전방의 푸른색 신호를 확인했다. 그는 어쩔 수 없이 다시 액셀을 눌러 밟아야 했다.

오늘 아침, 우재가 샤워를 마치고 옷을 갈아입고 나왔을 때, 은호는 이미 홀로 출근을 하고 난 뒤였다. 말도, 기척도 없이 사라진 그녀의 자리를 보며 우재는 알 수 없는 감정을 느껴야 했다. 은호를 보며 이상한 욕정에 사로잡혔던 어젯밤보다 더 의문스러운 감정들.

"점심 먹었냐?"

사무실에 들어서자 미리 와 우재를 기다리고 있던 대현이 그를 반겼다.

"어쩐 일이야? 갑갑하다던 놈이?"

어쩐 일로 회사까지, 아니 이 사무실에까지 들어왔냐는 물음이었다. 대현이 피식 웃으며 장난스레 커피 잔을 흔들며 우재에게 내밀었다.

3. 사생활입니다

"아버지 심부름 왔다가, 잠깐 들렀지. 바쁘신 차우재 본부장님 얼굴 보려면 내가 와야지 별수 있냐."

대현은 너스레를 떨며 웃었다.

"신혼 생활은 좀 어떠신가? 깨가 좀 쏟아지시나?"

"너 안 바쁘냐?"

우재도 대현의 커피를 받아 쥐며 피식 웃었다.

"그나저나 은호 씨 예쁜 줄만 알았는데, 그날 보니 꽤 당찬 구석이 있더라?"

대현은 그날, 브런치 카페에서 함께 보았던 은호의 모습에 대해 이야기하는 것이었다. 꽤 의외라는 듯 웃으며 말했다.

"뭐, 생각보다는."

대현의 말을 부정할 수 없었던 우재도 고개를 끄덕이며 동의했다.

"어제부터 HR지원2팀에서 팀장으로 일하기로 했어. 본인이 그러고 싶다길래."

"허. 팀장?"

대현이 눈을 동그랗게 뜨며 되물었다.

"너희 새어머니가 어지간히 신경 좀 쓰셨나 보다?"

그 자리가 무얼 의미하는지 대현 또한 모르지 않기에 하는 말이었다.

"뭐. 나랑 상관없는 일이지만."

그러나 정작 우재는 대수롭지 않다는 듯 무표정하게 대꾸했다. 유은호가 어디에서 일을 하든 말든, 어떤 대우를 받고 어떤 자리에 있든. 그건 자신과 상관없다는 듯 선을 긋는 것이었다. 자신과는 그저 계약서상의 조건들을 잘 이행만 하면 그만이라고.

"글쎄. 내가 보기엔 평범하고, 조용하고, 눈에 안 띄는 여자는 아닌 것 같던데, 유은호 씨."

대현이 우재의 표정을 살피며 말했다. 그럼에도 우재의 표정엔 별다른 변화가 없었다.

"오히려 잘되지 않았어? 유은호 씨 잘 구슬려서 네 편으로 만들어 봐. 너랑 같이 싸워 줄 비즈니스적 동반자 하나 정돈 괜찮잖아."

대현은 웃으며 우재의 어깨를 툭툭 내리쳤다. 똑똑. 때마침 노크 소리가 들렸다.

"네."

우재가 답을 하자 스르륵, 문이 열리고 사무실 안으로 들어선 건 다름 아닌 은호였다. 우재가 대현과 함께인 것을 본 은호가 조금 당황하듯 머뭇거렸다.

"김 비서님이 손님 없다 하셔서 들어왔는데…… 조금 있다가 올게요."

당황하는 은호를 보며 대현은 괜찮다고 손을 흔들었고, 우재는 별다른 말없이 커피를 들이켰다.

"앉아요, 은호 씨."

대현의 말에 주춤거리던 은호가 우재 앞으로 다가와 마주 앉았다.

"결혼식 날은 정신없어서 기억 못 할 테고. 며칠 전에 브런치 카페에서 만났던 건 기억나시죠?"

은호는 대현의 얼굴을 보며 가볍게 고개를 끄덕였다. 어쩐지 우재의 친구에게 못난 모습을 보였던 것 같아 얼굴이 화끈거렸다.

"점심은 먹었습니까?"

잠자코 있던 우재가 불현듯 은호에게 질문을 던졌다. 은호의 시선이 우재에게 향하지만, 우재는 자신을 바라보지 않았다.

"네."

그냥 할 말이 없으니, 인사치레로 하는 말이라 치부하며 짧게 답했다.

"근데. 무슨 일로 왔습니까?"

우재의 사무적인 목소리에 은호는 그만 할 말을 잃고 두 손을 꼭 움켜쥘 뿐이었다. 아직 점심시간이 끝나지 않은 12시 45분. 오늘 아침 그냥 그렇게 홀로 말도 없이 나와 버린 게 미안하고 민망해, 점심시간을 이용해 잠시 우재의 얼굴을 보러 온 것뿐이었다. 다른 용건은 없었다.

은호의 기다란 속눈썹이 파르르 떨리며 우재를 응시했다. 그제서야 차갑고 냉정한 우재의 얼굴이 그녀를 마주해 왔다. 우재의 냉랭한 질문에 은호는 발밑에 숨겨진 커피 캐리어를 가만히 응시했다. 우재와 함께 마시려고 회사로 돌아오는 길에 사 들고 들어온 커피였다.

"미안하지만 유은호 씨. 용건 없이 본부장실에 들락거리는 일은 좀 없었으면 합니다만. 용건 없이 가족이 사무실에 들락거리는 일, 제가 가장 싫어하는 일 중 하나입니다."

은호의 입에서 작은 한숨이 흘러나왔다. 그럼 그렇지. 어젯밤 조금은 뜨겁다 느꼈던 차우재의 체온은 모두 다 착각이었던 듯싶었다.

"너는 뭘 그렇게까지…… 업무 시간도 아니고 점심시간인데 그냥 네 얼굴 보러 왔을 수도 있지……."

옆에서 듣고 있던 대현은 저가 더 민망스러웠는지 우재를 나무라듯 말했다.

"아니에요, 대현 씨. 제가 실수했네요. 네. 전 그만 가 볼게요."

그러나 이미 마음이 상해 버린 은호는 들고 왔던 커피들을 다시 가지고 일어나 그대로 본부장실을 나가버렸다. 쿵. 닫혀 버린 문을 응시하며 대현은 고개를 절레절레 저었다.

"누가 차우재 아니랄까 봐. 어차피 결혼까지 한 마당에, 은호 씨랑 그냥 잘 지내면 어디가 덧나냐? 뭘 그렇게 날을 세워?"

그럼에도 우재는 아무런 대답 없이 그저 커피만 홀짝일 뿐이었다.

"알았다. 나도 간다, 이 자식아."

대현은 혀끝을 걷어차며 자리에서 일어났다. 그렇게 대현도 사무실을 나가 버리고, 홀로 남은 우재는 빈 커피 잔을 테이블에 올려놓았다. 방금 전 자신을 원망스러운 눈빛으로 응시하던 은호의 눈동자가 머릿속에서 떠나질 않았다. 대현의 말대로 그렇게까지 말할 필요는 없었는데. 우재는 갑작스러운 은호의 등장으로 이상하게 긴장을 한 모양이었다. 자신의 이상한 마음을 혹여나 대현에게 들키지나 않을까 두려웠다. 그만큼 지금 우재가 은호에게 느끼는 감정은 참으로 생경하고 어색하기만 한 것이었다.

"하……."

빈 컵을 바라보며 한숨을 내쉬던 우재가 손을 뻗어 테이블 위의 전화기 버튼을 눌렀다. 삐 소리가 나고 잠시 후 김 비서가 들어왔다.

"유은호 씨에 대해…… 부탁드렸던 것……."

"아."

우재가 말을 하자 김 비서가 고개를 끄덕였다.

"팀 분위기가 영 안 좋은 것 같습니다."

우재는 은호가 발령 이후 어떻게 업무에 적응하고 있을지 궁금했다. 그래서 어제 미리 김 비서에게 이에 관해 알아봐 달라고 부탁을 했었다.

“며칠 전까지 자신들보다 훨씬 아래 직급인 계약직 직원이던 사모님께서 어느 날 갑자기 팀장이라고 나타났기 때문인지, 모두들 반발이 아주 큽니다. 기본적인 업무에 대한 인수인계도 전혀 없고, 모든 일에서 사모님을 배제하고 있습니다. 점심도 같이 먹는 직원이 없고…… 게다가…….”

“게다가……?”

김 비서는 조금 곤란한 듯 머뭇거리다 말을 이었다.

“출신이 보잘것없는 사모님께서 이미 집안에서조차 홀대를 받고 있다는 소문이 워낙에 파다해서…… 더 사모님에 대한 무시와 괄시가 심해진 게 아닌가…… 생각됩니다.”

“그 근거는요?”

“유력한 경영 승계권자인 본부장님의 와이프인데 고작 작은 팀의 팀장 자리를 준 것만 봐도 얼마나 사모님께서 홀대받고 계시는지 뻔하지 않냐는…….”

“그렇군요.”

우재가 고개를 끄덕이며 의자에 등을 기댔다.

“그래서 유은호 씨는요. 어떻게 하고 있나요?”

“그래도 나름대로 사모님께선 노력하고 계십니다. 끼워 주지 않는 회의에도 먼저 들어가시고, 책이나 서류들을 살펴보면서 스스로 업무를 파악하려고도 하시고…….”

당찬 유은호답게 그런 걸로 기죽지 않고, 그래도 애를 쓰고 있는 모양이었다.

“알겠습니다.”

‘글쎄. 내가 보기엔 평범하고, 조용하고, 눈에 안 띄는 여자는 아

닌 것 같던데, 유은호 씨.'

불현듯 대현의 말이 떠올랐다. 친구의 말이 맞았다. 유은호는 조용하고, 평범하고, 눈에 안 띄는 여자와는 거리가 먼 여자였다.

자꾸만 은호의 일거수일투족이 신경 쓰이고 거슬렸다. 우재는 자리에서 일어나 본부장실을 뚜벅뚜벅 걸어 나갔다. 팀에서 도대체 어떻게 얼마나 따돌림을 당하고 있는 건지 제 눈으로 확인을 해 봐야겠다는 생각이었다. 그러곤 스스로 합리화를 했다. 이건 유은호에 대한 게 아니라, 자기 자신에 대한 거라고. 자신의 와이프인 유은호를 따돌리고 무시한다는 건 곧 본부장인 자신을 무시하는 것과 다르지 않으니까. 자신의 무너진 권위를 다시 세우기 위해서라도, 은호의 상황을 정확히 파악해야 할 필요가 있다고 자위했다.

땡, 하는 소리와 함께 엘리베이터 문이 열렸다. 은호의 사무실이 있는 3층의 문이 열리고, 엘리베이터에서 내리려던 우재의 발걸음이 뚜벅 그 자리에 멈춰 섰다. 눈앞에 낯선 남자와 함께 있는 은호. 그보다 더 놀라운 건 새하얗게 웃고 있는 은호의 얼굴이었다. 함박웃음을 짓고 있는 은호의 얼굴은 눈이 부시게 아름다웠다. 한 번이라도 유은호가 저렇게 웃고 있는 걸 본 적이 있었던가. 유은호가 이렇게나 눈부신 여자라는 걸 알았던가.

우재는 얼어붙은 발걸음을 어찌하지 못하고 그 자리에 서서, 점점 더 멀어져 가는 은호와 남자의 뒷모습을 응시했다. 은호와 함께인 남자. 그가 말할 때마다 은호가 웃고 있었다. 누굴까. 문득 우재는 남자의 차림새를 살폈다. 앳되어 보이는 얼굴의 그는, 재이그룹이 구단주로 있는 프로야구 팀 '재이 마린즈'의 유니폼을 입고 있었다. 등 뒤에 또렷이 새겨진 그의 이름, '신석현'. 우재의 미간이 설핏 일그러졌다.

* * *

은호는 석현의 갑작스러운 방문에 놀라면서도 반가운 표정이었다. 근무시간이었지만 은호를 따돌린 채 업무를 하는 직원들 덕에 조금 심심하기까지 했던 차였기 때문이었다. 며칠 전에도, 또 오늘도 갑작스럽게 마주친 석현의 얼굴이 은호는 내심 싫지가 않았다.

"어쩐 일이야?"

석현과 복도 끝 휴게실로 향하며 은호는 웃으며 물었다. 훈련을 하다 온 것인지 석현의 유니폼엔 흙이 제법 많이 묻어 있었다.

"계약 조건 수정 때문에 재이 본사에 잠깐 들를 일이 있어 가지고요."

"나 다시 여기서 일한다는 건 어떻게 알았어?"

"누나도. 내가 누나에 대해서 모르는 게 어딨어요? 다 알지."

넉살 좋은 석현이 말에 은호는 피식 웃으며 그에게 커피가 담긴 종이컵을 내밀었다.

"어때요, 다시 일하니까? 누나 힘들어하기도 했지만 일하는 건 좋아했잖아요."

석현과 나란히 앉은 은호가 고개를 끄덕였다.

"좋지, 일하는 거. 보람도 있고, 내가 왠지 쓸모 있는 인간이 된 것 같은 기분도 들고. 아주 가끔이긴 하지만."

은호는 이래저래 오늘 하루 종일 우울했던 일들이 우르르 떠올라 절로 한숨이 터져 나왔다.

"무슨…… 고민 있어요?"

은호의 표정이 어둡자 석현은 걱정스러운 눈빛으로 은호를 살폈다.

"그냥. 내가 너무 못나고 한심한 것 같아서."

은호의 한숨에 석현의 마음도 무겁기만 했다. 석현은 알고 있었다. 이 결혼이 유은호가 차우재를 사랑해서 자발적으로 한 결혼이 아니라는 것을. 은호의 어쩔 수 없는 선택을 모두 다 알아챈 것이었다. 그렇기에 그는 더욱더 은호에 대한 마음을 접을 수가 없었다. 은호는 석현에게 첫사랑이자 오랜 짝사랑의 대상이었다.

"내 능력으로 팀장 자리에 앉은 것도 아니고. 나보다 더 능력 있고 좋은 분들도 많은데, 내가 과연 이런 일을 할 수 있는 사람인가……."

"누나답지 않게 왜 그런 생각을 해요?"

가만히 은호의 말을 듣고 있던 석현이 그녀의 말을 가로챘다.

은호의 시선이 다시 석현에게 향했다.

"누나가 얼마나 똑소리 나고 멋진 사람인데. 이 회사에서 누나만큼 괜찮은 직원도 드물걸요?"

"그래?"

석현의 듣기 좋은 칭찬에 은호의 입꼬리가 씨익 말려 올라갔다.

"빈말이라도 고맙다."

"빈말 아닌데? 난 이 세상에서 누나가 젤 잘난 사람 같아요. 제일 예쁘고, 제일 똑똑하고, 제일 착하고."

은호가 손을 뻗어 석현의 머리를 쓰윽쓰윽 쓰다듬었다. 마치 남동생을 대하듯 자연스러운 행동이었다. 석현에겐 은호가 사랑일지 몰라도, 은호에게 석현은 그저 믿음직스러운 동생의 친구, 그 이상도 이하도 아니었다. 유독 자신의 말을 잘 따르고, 자신에게 친절하게 대해 주는 다정한 석현이 고맙고 안쓰럽기도 했다. 은호는 휘어진 눈으로 석현을 보며 웃었다.

"으이구, 중학생이던 놈이 언제 이렇게 다 컸어?"

"키는 중학생 때부터 누나보다 컸고요."

석현은 자신을 여전히 애 취급하는 은호의 말투가 못내 서운했던지 입술을 삐죽거렸다. 자신이 더 이상 철부지 열네 살짜리 어린애가 아니라는 걸 은호에게 알려 주고 싶었다. 스무 살, 어른이 되었고 이젠 충분히 은호를 마음에 품을 자격이 있다고.

"아무튼……."

석현은 제 옆에 앉은 은호의 동그란 눈을 응시하며 말을 이었다.

"그러니까 힘내요. 기죽지 말고."

부디, 원치 않는 결혼으로 인해 은호가 많이 아프지 않기를. 석현은 진심을 다해 말했다.

"고맙다."

그런 석현의 진심은 전혀 예상도 하지 못한 채, 은호는 웃으며 고개를 끄덕일 뿐이었다.

* * *

'주말에 지호랑 나 경기 있는데. 안 올래요?'

핸드백을 뒤적거리던 은호는 야구 경기 티켓을 보며 슬며시 미소 지었다. 마냥 어린애인 줄만 알았는데 어느새 스무 살이 되어서 경기에 초대도 하고. 우울하고 또 힘들었던 하루가 그나마 조금 가벼워지는 기분이었다.

"이제 와요?"

은호와 우재가 머무는 독채 앞마당. 어디서 나타난 건지 현정이 팔짱을 끼고 은호에게 천천히 다가왔다. 그녀를 발견한 은호의 얼굴이 차갑게 굳었다.

"뭘 이렇게 늦게 퇴근하세요? 할 일도 없으셨을 건데, 그냥 일찍 들어와서 쉬시지."

아마도 현정은 은호를 조롱하고 있는 게 분명했다. 은호의 입술이 슬며시 말려 올라갔다. 유은호 고유의 승부욕이 제대로 치밀어 오르는 중이었다.

"형님이 아직 뭘 잘 몰라서 나서신 것 같은데, 그냥 저처럼 조용히 집에서 남편 내조나 하면서 있는 게……."

"그런 게 동서한텐 잘 맞을지 모르겠는데, 나는 잘 안 맞더라고요. 어차피 집안일이야 실장님이나 팀장님들께서 더 잘해 주시고요. 뭐랄까 동서처럼 그냥 집에만 멍하니 박혀 있거나, 이넘 별 시답잖은 사람들 만나서 브런치 먹고 노가리나 까는 건 내 스타일이 아니랄까. 답답하지 않아요? 그렇게 한량처럼 빈둥거리기만 하고 있으면?"

"뭐……라고요?"

은호의 날선 공격에 현정의 낯빛이 사색이 되었다. 이렇게까지 은호가 직접적인 표현을 감추지 않으며 이야기하리라곤 전혀 예상치 못한 듯싶었다.

"아직까진 뭐, 동서 말대로 나도 할 일 없이 업무 파악이나 하고 있는 중이긴 한데. 원래 눈치 보고 분위기 파악하는 게 더 어려운 거, 동서도 알죠? 그거 하느라 늦었어요, 분위기 파악."

은호는 현정을 보며 씽긋이 웃고 톡, 그녀의 어깨를 스쳐 지나 버렸다. 현정의 얼굴이 붉어지며 붉으락푸르락 엉망이 되기 시작했다.

푭, 열린 현관문 틈으로 은호와 현정의 대화를 엿듣고 있던 우재의 입에서 웃음이 터져 나왔다. 항상 얄미운 말만 골라 하는 현정에게 언제 누가 한 번이라도 속 시원히 쏘아붙였던 적이 있었던가. 그것도 수준 낮은 김현정 수준에 맞춰 주면서. 우재는 저도 모르게 터져 버린 웃음을 감추며 얼른 다시 현관문을 닫았다. 은호가 다가오고 있었기 때문이었다.

"다녀왔어요."

우재는 다행히 은호가 들어오기 전에 소파에 앉아 태연히 책을 읽고 있었던 양 자리를 잡았다. 그런 우재를 살피며 은호가 조금은 퉁퉁한 말투로 인사를 건넸다. 아무래도 아까 낮에 본부장실에서 우재가 한 말이 여전히 서운하고 짜증나는 모양이었다.

"같이 퇴근하려고 전화했는데."

들고 있던 책을 내려놓으며 우재의 시선이 은호에게 향해 왔다. 그러나 은호는 그런 우재를 마주 보지 않고 있었다.

"아. 전화 온 줄…… 몰랐어요."

"저녁 먹었습니까? 아직이면……."

"죄송해요. 속이 좀 안 좋아서요. 차우재 씨 드세요."

은호는 애써 우재의 시선을 피하며 그대로 침실로 들어갔다. 자신에게 벽을 치는 차우재에게 자꾸만 혼자 마음이 흔들리는 것 같아 화가 났다. 지금이라도 흔들리려는 마음을 제대로 붙잡지 않는다면, 평생 차우재에게 바보처럼 흔들리며 살아야 할지도 모른다. 은호는 나름대로 마음을 추스르는 중이었다. 그녀는 닫힌 문에 등을 기대고 스르륵 바닥에 주저앉았다. 조금 전, 저녁 먹었냐고 묻는 우재의 질문에도 또 가슴이 콩닥거렸다. 스스로가 바보 같다는 생각에 은호는 초라함을 느꼈다.

Drrrr.

휴대폰이 울린다. 엄마였다. 은호는 최대한 상기되어 있던 마음을 가라앉히며 전화를 받았다.

[은호니?]

그러나 엄마의 목소리가 들려오자마자 왈칵 눈물이 쏟아져 나온 것은 당연했다.

[여보세요?]

아무런 말이 없자 엄마는 조금 더 소리를 높여 말했다.

"응."

은호는 떨리는 목소리를 감추려 짧게 답을 했다.

[저녁 먹었어?]

"응. 엄만?"

먹지 않았어도 걱정하고 있을 엄마를 위해 은호는 그냥 먹었다 대답했다. 딸이 자기 때문에 원치도 않는 결혼 계약을 한 걸 안다면, 그래서 이토록 불행하고 힘들어하는 걸 알아 버린다면…….
엄마는 아마도 오래 버티지 못할 것이다. 그렇기에 은호는 최선을 다해 행복한 척, 괜찮은 척, 즐거운 척을 했다.

"몸은 어때요? 병실은……."

[나야 뭐…… 병실 옮기고 나니 너무 편해. 차 서방한테 고맙다는 말을 내가 직접 해야 하는데…… 고마워서…….]

"내가 했어요. 걱정 마."

[그래, 차 서방 회사 일로 힘들 텐데 네가 좀 더…….]

"내가 알아서 한다니까요."

은호의 목소리에 짐짓 짜증이 묻어났다. 차우재가 어떤 인간인지 알지도 못하면서 무작정 사위의 편만 들고 있는 엄마에게 화가 난 것이었다. 정작 차우재는 자기 장모는 커녕 와이프에게도 전혀 관심이 없는데 왜 나만, 왜 우리 엄마만 이토록 그를 생각하고 배려해야 하는지……. 은호는 짐짓 심술이 나려 했다.

[그래도 아무리 사위라도 이렇게까지 처가에 신경 써 주는 남자가 없…….]

"엄마!"

결국 은호의 목소리가 더욱 크게 터져 나와 버렸다.

"내가 알아서 한다고! 그리고 차우재 씨보다 내가 더 힘들어, 요즘. 나도 요즘 출근하느라 죽을 맛인데 엄마는 왜 딸 얘긴 안 물어보고 그저 차 서방, 차 서방……. 하. 끊자, 엄마. 나 쉴게."

툭. 은호는 저도 모르게 화를 버럭 내고 전화를 끊어 버렸다. 그리곤 끊긴 휴대폰을 바닥에 툭 내던지며 무릎에 얼굴을 파묻었다. 참았던 눈물이 흘러나오기 시작했다.

오롯이 혼자 남겨진 시간. 지금껏, 아무도 위로해 줄 사람 없는 외로운 시간을 견뎌 오면서도 언제나 당당하고 씩씩했던 은호였다. 그런데 지금은 왜 이럴까. 왜 이렇게 마음이 아프고 화가 나고, 심술이 나는 걸까. 아무래도 모든 게 다 차우재 때문인 것만 같았다. 차우재가 마음을 뒤흔들어 놓고 들쑤셔 놓았기 때문에.

은호는 문에 등을 기대고 앉아 그렇게 한참을 울었다. 그리고 그 문을 사이에 두고, 문밖에서 은호의 흐느끼는 소리를 들으며 우재가 서 있었다. 은호의 서러운 울음소리를 듣고 있노라니 우재는 아무것도 할 수가 없어졌다. 문을 열고 들어가 그녀를 달랠 수도, 아님 모른 척 그대로 서재로 들어가 버릴 수도 없었다. 한참만에야 우재는 겨우 손을 뻗어 문고리를 잡았으나, 그대로 손을 떨궈 버리고 말았다. 여전히 침실 안에선 은호의 울먹이는 소리들이 들려오고 있었다.

* * *

토요일 아침은 언제나 본채에서 모든 가족들이 함께 아침 식사를 하는 것으로 시작하는 것이 이 집의 오랜 규칙이었다. 그렇기에 토요일인 오늘 아침, 은호와 우재는 본채 식탁에 다른 가족들과 함께 둘러앉아 있었다.

"그래, 아가야. 일은 어떠니? 할 만하더냐?"

역시나 은호에게 먼저 말을 걸어오는 할아버지였다. 은호는 그런 할아버지에게 웃으며 고개를 끄덕였다. 어젯밤 밤새도록 울었는지 눈동자가 제법 부어올라 있었다. 우재는 은호의 붉은 눈동자가 마음에 걸려 자꾸만 그녀를 힐끗거렸다.

"아직 처음이라…… 열심히 배우고 있긴 한데, 제가 부족한 게 많아서요. 더 노력하겠습니다, 할아버님."

똑소리 나고 상냥한 목소리. 은호의 대답에 흡족한 듯 차명진 회장도 웃으며 고개를 끄덕였다.

"회사 일도 회사 일이지만, 대 재이그룹 첫째 며느리로서의 본분도 잊으면 안 되지."

희옥이 날카로운 눈초리로 은호를 응시해 왔다. 희옥 옆에 나란히 앉은 현정도 어쩐지 비웃는 표정으로 은호를 노려보고 있었다.

"네가 며느리로서 무엇보다 가장 신경 써야 할 일이 이 집안 대를 잇는 건데……."

"크흠. 애들이 알아서 할 일을 너는 아침부터 참 쓸데없는 소리를 하는구나, 어미야."

희옥의 잔소리를 끊고, 할아버지가 언짢은 표정으로 며느리를 쳐다보았다.

"누구보다 아버님께서 제일 바라고 계시면서요."

그러나 희옥도 지지 않고 말을 이었다.

"너도 알겠지만 너희 결혼을 이렇게나 서두른 건, 아버님께서 얼른 장손을 보고 싶어 하시기 때문이야. 너희들이 그 점 명심했으면 좋겠구나."

희옥의 말에 우재는 작게 코웃음을 쳤다. 누구보다 우재와 은호의 임신 소식에 촉각을 곤두세우는 새어머니가 아니시던가. 우재와 은호가 아이를 가지면 자신의 아들인 현석의 자리가 더욱 위태로워지는데 그걸 가만두고만 볼 리 없었다. 그러므로 우재는 그녀의 가식적이고 가소로운 잔소리가 기가 막힐 따름이었다.

"그만하시죠, 어머니?"

우재의 굵은 목소리가 문득 희옥의 말을 끊었다.

"유은호 씨가 제 아이 낳으러 들어온 씨받이도 아닌데."

다소 과격하고 거친 언어에 모두들 놀란 듯 우재를 응시했다. 평소 올곧고 바르기만 한 우재답지 않은 언사였다. 은호 또한 놀란 눈으로 우재를 응시했다.

"할아버지, 이참에 말씀드리지만 이 사람 낯선 이 집에도 적응하고. 회사 생활에도 적응하고. 천천히 적응하면서 임신 계획 가지려고 합니다. 그러니까 새어머니도, 더는 저나 유은호 씨한테 재촉하지 말아 주셨으면 좋겠습니다."

은호는 조금 불안한 눈빛으로 새어머니와 할아버지, 그리고 우재를 번갈아 가며 살폈다. 살얼음판을 걷는 듯한 긴장감이 가득한 아침 식사 시간이었다.

아침 식사를 마치고, 다시 안채로 향하며 은호는 우재와 나란히 걷고 있었다. 어색한 적막을 깨고 은호는 조심스레 말을 꺼냈다.

"나름대로…… 노력하고 있잖아요, 우리. 그냥 어머니도 걱정돼서 하신 말씀일 텐데 그렇게까지 말할 필요는……."

"유은호 씨."

나란히 걷고 있던 우재가 발걸음을 멈추고 은호를 응시해 왔다. 그는 주머니에 손을 찔러 넣으며 또다시 냉정한 목소리로 답했다.

"서로의 사생활에 대해 간섭하지 않기로 했을 텐데요. 새어머니와 나의 관계. 그건 내 사생활입니다. 유은호 씨가 이래라저래라 간섭할 문제가 아닙니다."

은호의 미간도 살짝 움찔거리며 구겨졌다.

"네. 차우재 씨 사생활에 간섭해서 굉장히 죄송하네요."

은호는 입술을 꾹 깨물며 빠르게 안채를 향해 걸어갔다. 식사 내내 조금이라도 좋은 분위기를 만들고 싶었던 자신의 마음을 몰라주는 차우재. 천하의 냉혈한을 마음에 품고 흔들리는 스스로가 초라하고 미웠다.

안채에 돌아온 은호는 곧장 드레스 룸으로 향했다. 오늘 경기가 있다며 자신을 초대했던 석현과 지호의 야구 경기를 보러 가기 위함이었다. 냉랭한 둘의 분위기를 살피던 최 팀장이 조심스레 은호에게 질문을 던졌다.

"어디 나가시게요?"

"네, 동생 경기가 있어서 거기 좀 다녀오려고요."

"준비하겠습니다."

은호는 슬몃슬몃 현관으로 들어서는 우재의 움직임에 귀를 기울였다. 그러나 역시. 별다른 말도 없이 또다시 서재 안으로 쿵 들어가 버렸다. 그럼 그렇지. 은호는 작게 한숨을 내쉬며 옷장 문을 열어젖혔다.

* * *

은호는 설레는 마음으로 관람석에 자리를 잡고 앉았다. 경기가 가장 잘 보이는 가까운 자리. 그래도 석현이 신경을 써 티켓을 구한 모양이었다.

오늘 경기는 지호와 석현이 입단 후 첫 출장을 하는 경기다. 가장 절친이었던 두 사람이 나란히 같은 구단에 입단한 것도 기쁜데, 나란히 같은 날 출장을 하게 되다니. 은호는 운동장에서 몸을 풀고 있는 지호와 석현에게 손을 흔들며 인사를 했다. 두 사람도 은호를 알아보고 반갑게 웃으며 몸을 풀었다.

드디어 경기가 시작되고. 선발투수로 동생인 지호가 걸어 나왔다. 은호는 마치 자신이 경기를 하는 양 가슴이 두근대고 떨리는 기분이었다. 병원에 누워 이 경기를 함께 지켜보고 있을 엄마의 모습도 눈에 선했다. 어제 전화로 그렇게 모진 말을 내뱉고 끊어버린 게 내내 마음에 걸렸다.

첫 데뷔치고 안정적인 투구가 이어졌다. 은호는 노력만으로 여기까지 달려온 남동생 지호가 무척이나 자랑스러웠다.

그렇게 1회초 수비가 끝나고, 1회말 재이 마린즈의 공격. 이번엔 석현이 걸어 나왔다. 은호는 손에 땀을 쥐며 석현이 휘두르는 배트에 온 신경을 집중했다. 그런 은호에게 보답이라도 하듯, 석현의 배트가 시원하게 날아오는 공을 때렸다. 관객석에선 엄청난 함성 소리가 들려오고, 공을 지켜보던 은호의 눈도 동그랗게 부풀어 올랐다. 홈런이었다. 1회 첫 등판에 가볍게 홈런을 쳐 버린 것이었다. 은호는 저도 모르게 자리에서 벌떡 일어나 소리를 질렀다. 그런 은호를 향해 홈으로 다시 돌아온 석현이 손을 흔들었다.

그렇게 시끄러워진 장내. 열띤 응원이 계속되었다. 어느새 경기 막바지인 8회 말, 다시 재이 마린즈의 공격. 석현이 다시 운동장에 나오자 관객석의 함성이 터져나왔다. 오늘 경기에서만 벌써 한 번의 홈런과 여섯 번의 득점 안타를 쳐 낸 석현이었다. 모두의 기대가 컸다. 이번 공격에서 그가 승리에 쐐기를 박는 역할을 하길, 모두가 바라는 듯했다. 그런데 어쩐지 배트를 잡은 석현의 표정이 밝지 못했다. 손목이 아픈지 자꾸만 이리저리 손목을 꺾으며 돌려 댔다. 문득 은호는 손목이 안 좋아 병원에 갔다 왔다던 석현의 말이 떠올랐다.

Drrrrr

시끄러운 야구 경기장. 핸드백 속에서 은호의 휴대폰이 울려 대고 있었지만 경기에 집중한 은호는 전화가 오고 있다는 사실을 전혀 알지 못했다. 은호는 불안한 마음으로 석현을 바라보았다.

그때. 배트를 휘두르려던 석현이 갑자기 배트를 놓고 바닥에 쓰러져 나뒹굴기 시작했다. 은호의 눈이 동그래지며 다른 사람들과 함께 벌떡 자리에서 일어났다. 상대 팀 투수가 던진 공이 석현의 팔에 가 맞은 것이었다. 관중석에서 야유가 이어졌다. 아니나 다를까 바닥에 쓰러져 나뒹구는 석현이 쥐고 있는 손은 석현이 안 좋다던 오른 손목이었다. 오랫동안 손목을 잡고 일어나지 못하는 석현에게 의료진이 뛰어갔다. 은호도 그대로 관중석을 빠져나가 선수 대기실이 있는 곳으로 뛰어갔다. 지호와 석현이 어떤 꿈을 꾸고, 어떤 희망을 야구에 걸어왔는지 잘 알기에 은호는 가만히 앉아 있을 수가 없었다.

선수 대기실 앞, 은호를 막아서는 가드 뒤로, 들것에 실려 나오는 석현의 모습이 보였다. 놀란 은호가 가까이 다가가 석현의 이름을 불렀다.

"석현아! 괜찮아?"

그 옆으로 차마 남은 경기 때문에 빠져나오지 못한 동생이 걱정스러운 표정으로 서 있었다.

"누나! 누나가 석현이랑 병원 좀 같이 가 주면 안 될까?"

저 멀리, 지호가 은호에게 소리를 질렀다. 걱정 가득한 지호의 눈빛을 보며 은호는 알겠다는 듯 고개를 끄덕였다. 그러곤 급하게 도착한 응급차에 석현과 함께 올라탔다. 누워 있던 석현이 미간을 찡긋거리며 은호를 바라보았다.

"봤어요? 나 오늘 엄청 잘하는 거?"

"신석현. 괜찮아? 공에 맞은 거야? 너 원래 오른손……."

"아…… 아쉽다. 끝까지 잘해서 끝까지 멋진 척을 했어야 하는데……."

석현은 자꾸 말을 돌리며 고통을 참아 내는 듯했다. 은호는 그런 석현이 안쓰러워 아무런 말도 하지 못한 채 그저 그를 바라보고 있을 뿐이었다. 구급차는 경기장에서 멀지 않은 대학병원에 도착했고, 석현은 곧바로 응급실로 실려 갔다. 그 뒤를 쫓으며 은호는 온통 석현의 다친 손에만 신경이 곤두서 있었다. 운동선수에게 부상이 얼마나 치명적인지 모르지 않았다. 동생인 지호도 지난 몇 년간 고질적인 무릎 부상으로 힘들어해 왔으니까. 은호에게 석현은 지호와 같은 남동생이나 다름없었다. 은호는 바짝바짝 마르는 입술을 꾹 눌러 깨물며 방사선 검사실 앞 벤치에 앉아 있었다.

* * *

[고객님이 전화를 받지 않아 음성…….]

툭. 이번에도 받지 않는 전화. 우재는 벌써 세 번째 은호에게 전화를 걸고 있었다.

"아직도 안 받으세요?"

옆에 있던 최 팀장이 걱정스러운 표정으로 물었다. 먼저 은호에게 연락을 해 보라 부추긴 건 최 팀장이었다. 은호의 동생이 오늘 첫 경기가 있다고 했다며, 경기 끝나고 같이 저녁이라도 하시는 게 어떻겠느냐고. '야구 경기'라는 말을 들었을 때 우재는 직감적으로 어제 본 '신석현'이란 이름의 남자를 떠올렸다. 우재는 끊겨 버린 휴내폰을 내려다보며 저도 모르게 작은 한숨을 내뱉었다. 자신이 지금 무슨 생각을 하고 있는 건지. 왜 받지도 않는 전화를 노려보며 불안해하고 있는 건지.

"다시 한번 걸어 보세요. 혹시 무슨 일이라도 있으신 거 아닌지 걱정되네요. 김 비서한테 연락할까요?"

그녀가 우재에게 의중을 물었고, 우재도 마지못해 고개를 끄덕였다. 우재는 다시 은호에게 전화를 걸었다. 여전히 은호는 전화를 받지 않았다.

* * *

은호는 한숨을 내쉬며 석현의 손목을 바라보았다. 붕대를 칭칭 감은 채, 부목으로 고정한 어깨. 다행히도 석현의 손목엔 큰 이상이 없다고 했다. 다만 원래 부상이 있었넌 손목인지라 오랫동안 쉬고 회복해야만 할 거라는 의사의 충고가 있었다.

"하…… 다행이다, 진짜."

은호가 안도하며 중얼거리자 그녀를 지켜보던 석현이 피식 웃었다.

"왜 웃어, 너 내가 얼마나 놀란 줄 알아?"

웃는 석현을 보며 은호는 억울하다는 듯 미간을 찌푸렸다.

"누나가 나 걱정해 주니까 너무 좋아서."
"뭐?"
"유은호가 나 때문에 안절부절못하고 끙끙거리는 거도 뭐. 나쁘지 않네요."
"하."
기막힌 석현의 농담에 은호도 결국 웃음이 터져 버렸다.
"경기는 이겼나 봐요. 지호한테 카톡 왔어요. 감독님이랑 곧바로 병원으로 오겠다고."
석현은 자신의 휴대폰 액정을 은호에게 흔들어 보이며 말했다.
"부모님은. 부모님한테는 전화……."
"근데 누나, 나 배고픈데."
별안간 석현이 뜬금없이 배고픔을 호소했다. 진통제를 잔뜩 맞았더니 이상하게 배가 고프단다.
"치킨 먹어요, 누나 좋아하는 양념치킨."
"야, 너는 다쳤다는 애가 무슨……."
"지호 오면 첫 등판 기념으로 치킨. 콜?"
뜬금없는 녀석의 생떼에 은호는 웃지 않을 수 없었다. 키득키득. 병원 복도에 두 사람의 웃음소리가 퍼져 나갔다.
"유은호 씨."
그런데 그때 익숙한 목소리가 은호의 등 뒤에서 들려왔다. 은호가 반사적으로 몸을 돌려 뒤를 돌아보았다. 놀랍게도 그곳에 우재가 서 있다.
"우재…… 씨……."
너무 갑작스러운 등장인지라 은호도 얼떨떨한 표정으로 우재를 응시했다. 서재에서 일하고 있어야 할 차우재가 왜 이곳에 나타난단 말인가? 은호는 눈을 동그랗게 뜨며 자신에게 다가오는 그를 마주했다.

"여기는 우재 씨가 무슨 일로……."

"유은호 씨 전화 왜 안 받습니까?"

우재의 말에 은호의 손이 핸드백을 뒤적거렸다. 그러곤 가장 안쪽 주머니에 들어 있던 휴대폰을 꺼내어 들었다. 부재중 전화 여덟 통. 그중 일곱 통의 전화가 우재에게서 걸려온 전화였다. 은호의 눈동자가 동그랗게 부풀어 올랐다.

"전화했어요? 왜……."

"본부장님께서 걱정 많이 하셨습니다. 사모님께서 도통 연락이 안 된다고, 혹시 무슨 일 있으신 건 아닌가……."

우재와 함께 달려온 김 비서가 옆에서 말을 거들었다. 그럼에도 은호는 조금 이해가 가질 않았다. 차우재가 왜 나를 걱정한다는 거지? 평소에는 연락 한 번 없던 차우재가 어째서 나에게 연락을 했을까. 은호의 의아한 눈빛이 우재를 향했다.

"동생 경기 관람하러 간다고…… 최 팀장님께도 말씀드렸고, 더군다나 우재 씨는 내가 어딜 가든 관심 없잖아요. 근데 왜……."

은호가 캐묻자 우재는 아무런 대답을 할 수가 없었다. '왜' 은호가 있다는 이 병원까지 단숨에 달려왔던 건지는 자신에게 더 묻고 싶은 질문이었다. 아무래도 저 거슬리는 낯선 놈. 신석현 때문인 것 같았다. 우재의 날카로운 시선이 석현을 향하고 있었다.

"아. 안녕하세요, 신석현이라고 합니다."

그런 우재의 시선을 눈치챈 석현이 먼저 인사를 건넸다. 운동선

수답게 우람한 그의 왼쪽 손이 우재에게 뻗어 나왔다. 우재는 석현의 손을 맞잡지 않고 가만 그를 응시할 뿐이었다.

"은호 누나랑은 오래전부터 알고 지내던 사이입니다. 오늘 제가 경기 중에 갑자기 부상을 당해서 누나가 병원에 절 데려오느라 정신이 없었어요. 그래서 그쪽 전화를 못 받은 것 같습니다."

그쪽……? 석현이 내뱉은 한마디 단어에 우재의 표정이 묘하게 일그러지는 듯했다. 이제 갓 고등학교를 졸업했으리라 예상될 만큼 앳된 얼굴. 적어도 우재와는 열 살 이상 차이가 날 것이 뻔한 어린놈인데 '그쪽'이라는 단어를 써서 우재를 도발했다. 우재는 그런 석현을 한번 더 힐끗 쳐다보곤 곧바로 시선을 거둬 버렸다. 마치 더 이상 쳐다보고 있을 가치도 없다는 듯이.

"근데 정말 우재 씨 왜 나한테 전화한 거예요?"

짧은 정적을 깨고 은호가 다시 물었다.

"여기까지 쫓아온 걸 보면 뭔가 집에 급한 일이라도 있는……."

"밥 먹죠."

"네……?"

예상하지 못한 우재의 말에 은호의 미간이 설핏 일그러졌다. 자기가 어딜 가든, 무얼 하든 관심도 없고 아무 터치도 없던 그가 갑자기 여기까지 쫓아와선 왜 전화 안 받았냐 닦달하더니, 이젠 밥을 먹자고? 은호는 혼란스러운 표정으로 가만히 그를 살폈다.

"오늘 처남 첫 등판일이라고, 안 했습니까?"

"네…… 뭐…… 근데……."

"그러니까 밥 먹죠, 같이."

"설마 밥 먹자고 전화하고 여기까지 온 건……."

점점 더 은호의 머릿속이 복잡해지고 있었다. 고작 밥 먹자고 여기까지 쫓아오다니.

"누나!"

때마침, 경기를 끝내고 병원으로 달려온 지호가 큰 소리로 은호를 부르며 다가왔다. 지호도 당황한 표정으로 자신의 매형을 쳐다보았다.

"어, 왔어?"

은호가 어리둥절해하는 지호를 향해 가볍게 손을 흔들었다.

"신석현, 너 손 괜찮아?"

그럼에도 역시나 지호는 자신의 단짝 친구의 손부터 살펴보았다. 석현이 걱정스러워하는 지호에게 괜찮다는 이야기를 건네자 그제야 지호가 다시 우재를 의아한 눈으로 쳐다보았다.

"그런데 매형은…… 여기 왜……."

아까 경기장에서만 해도 분명히 관객석에 누나 홀로 앉아 있던 것을 보았는데. 지호가 고개를 갸웃거렸다.

"아, 너희 첫 등판이라고 같이 밥 먹자고……."

그런 지호에게 은호가 대신해 설명을 보탰다.

"그래요, 우재 씨. 그럼 치킨 먹으러 가요. 석현이도 같이 가도 되죠?"

은호의 입에서 석현이라는 이름이 나오자 우재의 표정이 빠르게 반응했다. 그러나 우재가 뭐라 대답하기도 전에 은호는 이미 앞서 걷고 있었다.

* * *

우재는 맥주 한 잔만 홀짝거리며, 정작 치킨에는 전혀 손도 대지 않았다. 그런 우재를 보다 못한 은호가 먼저 질문을 던졌다.

"우재 씨 치킨…… 안 좋아해요?"

아주 작은 목소리로, 혹여나 석현과 지호가 듣지 않도록.

"네, 별로. 기름기 많고 비위생적인 건 별로 안 좋아합니다."

은호는 꽤 까다로운 우재의 입맛에 저도 모르게 한숨을 푹 내쉬었다. 우재의 시선은 어쩐지 계속해서 석현을 주시하고 있는 듯했다. 하나하나 훑듯이 그를 위아래로 쳐다보았다.

"그쪽은 재이 마린즈에 입단은 언제쯤 했습니까?"

계속해서 석현을 훑던 우재가 던진 첫마디였다.

여유롭게 웃으며 석현이 답했다.

"지호랑 같이 작년 가을 드래프트에서 선발됐습니다."

"처남이랑 동갑이라고 했나요?"

"네."

"그럼 이제 갓 스무 살이겠군요."

우재는 맥주 한입을 들이켜며 고개를 끄덕였다. 마치 지신이 재이 마린즈의 구단주임을 과시하려는 듯 꽤 점잖은 표정으로.

피식, 석현의 입가에 웃음이 터져 버렸다. 석현은 그런 우재의 마음을 읽어 버린 것이었다. 차갑고 냉정한 모습 뒤에 숨겨져 있는 아이 같은 유치함. 이런 남자가 유은호의 남편이라는 것이 역시나 못마땅했다. 사랑하지도 않으면서, 돈으로 한 여자의 인생을 쥐락펴락하려는 한심한 놈. 석현도 벌컥벌컥 맥주를 들이켰다.

"근데, 연락도 없이 정말 저 밥 사 주러 오신 거예요?"

함께 있던 지호도 영 우재를 못마땅한 눈으로 살피며 말했다.
"너 생각해서 매형 바쁜데 시간 내서 온 거야."
또 혹여나 지호가 우재에게 말실수라도 할까 싶어 은호가 선수를 쳤다. 우재의 칭찬을 하면서.
"쳇…… 울 아픈 임마한데나 가보시지."
그럼에도 지호의 투정이 이어졌다. 우재는 별다른 표정 없이 그저 지호의 말을 가만 듣고 있을 뿐이었다.
"야, 너는 매형한테 무슨 말을 그렇게 하냐."
듣다 못한 은호가 지호를 말렸다. 첫 등판 축하 자리답지 않게 가라앉은 분위기. 다시 한번 그 침묵을 깬 건 석현이었다.
"은호 누나, 고마워요. 병원까지 따라와 주고."
맞은편에 앉은 은호를 다정한 눈으로 바라보며 석현이 말했다. 은호는 별것 아니라는 듯 또다시 손을 내저었다.
"고마워하지 말고, 손 관리나 잘해. 배트 휘두르는 놈이 손목에 자꾸 부상당하면 어쩌려고……."
"역시. 내 생각해 주는 건 은호 누나밖에 없네."
피식 웃으며 말하는 석현의 머리 위로 은호의 손이 자연스레 올라갔다.
"으이구…… 이 걱정덩어리들아."
또, 그런 은호를 사랑 가득한 눈빛으로 쳐다보는 신석현의 얼굴. 둘의 대화를 듣던 우재의 얼굴이 차갑게 굳어졌다. 그리고 때마침 우재를 도전적인 눈빛으로 쳐다보는 석현. 두 사람의 눈이 은호를 사이에 둔 채, 거칠게 부딪쳤다.

* * *

은호는 우재를 따라 급하게 집으로 들어왔다. 어쩐지 우재의 표정이 더욱 딱딱하게 굳어진 듯해 그녀는 우재의 눈치를 살피는 중이었다. 지호, 석현이와 헤어지고 집으로 돌아오는 길 내내 차에서 아무 말이 없었던 우재. 이럴 거면 뭐 하러 자신을 찾기 위해 병원까지 왔던 건가. 정말이지 은호는 우재의 마음을 이해할 수가 없었다.

"우재 씨, 나한테 뭐 마음에 화난 거 있어요?"

은호는 겉옷을 벗어 옷걸이에 거는 우재에게 가까이 다가서 물었다. 우재는 냉랭한 표정으로 가만히 은호를 응시했다.

"내가 혹시 연락 안 받아서 화난 거면……."

"왜 그렇게 생각하죠? 내가 화났다고?"

"아니…… 그냥 우재 씨 표정이 좀 아까부터 안 좋아 보여서……."

"아뇨, 별로요. 유은호 씨한테 화나지 않았습니다."

화 안 났다고 하면서 세상 가장 화난 얼굴이라는 걸 모를까 봐. 벌써 같이 산 지 며칠 만에 우재의 표정을 다 파악해 버린 은호는 입을 삐죽거리며 고개를 돌렸다.

"어디 갑니까?"

우재는 돌아서서 방을 나가려는 은호를 돌려세웠다.

"네?"

"유은호 씨 지금 어디 가냐고 물었습니다."

"옷 갈아입고…… 씻고 이제 자려구……."

"잊었습니까?"

"네?"

우재의 시선이 부담스러울 만큼 은호를 올곧게 향했다. 그제야 은호의 눈동자가 동그랗게 부풀어 올랐다. 오늘이 무슨 날인지 떠올랐다는 듯.

"오늘 토요일입니다, 유은호 씨."

토요일이라는 한마디에 은호의 얼굴이 귓불까지 새빨갛게 달아올랐다. 멈칫했던 은호의 발이 바닥에 얼어붙은 듯 움직이질 않았다.

"토…… 토요일……."

별일이 없다면 우재와 섹스를 하기로 약속한 요일이었다. 은호는 말을 더듬으며 시선을 피했다. 우재가 와이셔츠 단추를 풀어 헤치며 은호에게 가까이 다가왔다.

"하기 싫으면 말해요. 싫으면 안 하기로 한 것도 약속이니까."

은호는 아무런 대답도 할 수가 없었다. 지금 이 순간, 은호의 몸도 차우재의 몸을 간절히 원하고 있었다. 그가 주는 흥분감, 그의 몸에서 느끼는 쾌락을 그리워했다. 은호는 마른침을 삼키며 우재를 올려다보았다.

"내가 느끼기엔, 유은호 씨도 나랑 하는 게 싫지 않은 것 같은데. 맞습니까?"

풀어 헤쳐진 우재의 와이셔츠 사이로, 그의 단단한 근육이 얼핏 보였다. 은호의 시선이 자꾸만 그의 몸을 훑었다. 천천히 뒷걸음치면서도 적극적으로 피하지 않았다. 하기 싫어서 뒷걸음을 치는 게 아니었다. 자꾸만, 앞으로 튀어 나가려는 자신의 내재 된 욕망을 한껏 뒤로 잡아끌어 보는 것이었다.

은호의 티셔츠를 말아 올리며, 우재의 따뜻한 손의 촉감이 그녀의 맨살에 닿았다. 우재는 은호의 허리를 한 팔로 꼭 끌어안고 그녀의 티셔츠를 완전히 머리 위로 벗겨 내 버렸다. 그러자 은호가 입고 있던 새하얀 브래지어가 드러났다. 꼭 유은호처럼 순수하고 깨끗해 보이는 속옷.

"대답해요, 유은호 씨. 당신 대답 듣고 싶으니까.".

자신과 하는 이 행위가 어떤지에 관한 질문. 은호는 답하고 싶었다. 미칠 것 같다고. 은호에겐 모든 것이 처음인 이 경험이 너무 짜릿하고 아찔해서, 이대로 괜찮은 건지조차 의심스러울 정도로 너무나 흥분하고 있다고.

"하아……."

우재의 입에서 야릇한 마찰음이 들려왔다. 은호는 민감한 자신의 몸이 우재의 입속에서 이리저리 움직거리고 있다는 상상만으로도 흥분이 되었다. 또다시 황홀한 쾌감을 느끼고 몸을 떨어 대겠지. 은호는 상상 가능한 다음 행위들을 떠올리며 살포시 고개를 젖혔다. 그러곤 우재의 목을 꼭 끌어안았다.

"하…… 유은호 씨 거칠게 하는 거 좋아합니까?"

날카로운 이빨의 감촉에 흥분하는 은호를 보며 우재가 물었다. 은호는 입술을 달싹이며 또다시 아무런 대답도 하지 못했다. 거칠게 하는 게 좋은지, 부드럽게 하는 게 좋은지. 아직 자신이 어떤 걸 좋아하는지조차 모르기 때문이었다.

"아직 잘 모릅니까?"

"하……."

그런 은호의 마음을 읽었는지 우재가 재차 물었다.
"그럼 오늘은 거칠게 해 보죠."

* * *

일요일, 나른한 아침. 은호는 홀로 침대에서 눈을 비비며 일어났다. 역시나, 예상했던 대로 침실에 우재의 모습은 보이지 않았다. 이불 속 나체인 자신의 몸을 내려다보며 그녀는 씁쓸한 표정으로 작은 숨을 내뱉었다.

자리에서 일어나, 가운을 걸쳐 입고 침실 밖으로 나온 은호는 잠시 멈칫하며 얼굴을 붉혔다. 주방에서 아침 커피와 샐러드를 준비하고 있던 최 팀장이 은호를 향해 살짝 고개를 숙여 왔기 때문이었다.

흐트러진 모습. 속옷도 입지 않은 채 얇은 가운 하나만 걸쳐 입은 자신의 모습이 어쩐지 쑥스러워 은호는 고개를 돌렸다.

"어…… 언제 오셨어요?"

매일 아침 7시 30분에 맞춰 안채 주방에 들어오는 그녀임을 모르지 않았지만, 은호는 민망함에 아는 질문을 던지고 있었다.

"30분 전에 왔습니다. 커피 한 잔 내려 드릴까요? 서재에 본부장님께도 가져다 드렸는데……."

은호는 붉어진 얼굴로 그저 고개를 끄덕끄덕했다. 고소한 커피 향에 어쩐지 마음이 좀 평화로워지는 듯도 했다.

"우재 씨는…… 서재에 있나요?"

은호의 질문에 최 팀장이 고개를 끄덕였다.

"서재에 가 계시면 가져다 드리겠습니다."

그러곤 은호의 마음을 읽은 듯 말하는 것이었다. 은호는 조심스레 발걸음을 옮겨 서재 앞으로 갔다. 닫힌 서재 문을 두드려 노크를 하고, 천천히 문을 밀어젖히자 커다란 책상 앞에 앉아 모니터를 응시하는 우재의 모습이 눈에 들어왔다.

꽤 진지한 표정으로, 한 손엔 커피 잔을 들고 인상을 쓰는 그의 얼굴. 단추를 잠그지 않아, 섹시한 가슴 근육이 그대로 드러나는 얇은 남방을 걸쳐 입은 그의 모습. 은호는 어쩐지 콩콩콩 뛰기 시작하는 심장 소리에 숨을 죽이며 그에게 다가갔다.

"일어……났어요?"

은호 목소리에 우재가 고개를 들어 그녀를 바라보았다.

"네. 무슨 일입니까?"

또또. 사무적인 저 표정. 차라리 일하는데 바쁘니까 나가라고 말해 줬으면 좋았을 만큼 냉정한 얼굴에 은호는 뛰던 심장이 쿵 가라앉는 기분이었다.

"무슨…… 일이 있어야만 아침 인사를 할 수 있나요?"

입술을 꾹 깨물고 은호가 우재의 말에 대꾸했다. 그제야 우재는 어쩐지 은호의 표정이 굳어 있다는 것을 깨닫고 들고 있던 커피 잔을 책상 위에 내려놓았다.

"오늘도 밖에서 약속 있습니까?"

그러고는 문득 은호의 오늘 스케줄에 대해 물었다.

"아뇨. 오늘은 없어요."

은호는 아까보다 조금 냉랭해진 목소리로 답했다. 은호는 어젯밤의 거칠고 야릇했던 차우재와, 지금 이 냉정하고 사무적인 차우재가 같은 사람인지조차 혼란스러웠다. 그래 원래 차우재 모습은 이런 거였지. 침대 위에서 잠시 꿈을 꾼 것뿐이라는 걸 다시 한 번 깨닫고 있었다.

“그럼 일하세요. 방해 안 하고 갈 테니까.”

커피나 미셔야겠단 생각으로 은호가 다시 돌아서서 서재의 문고리를 잡았다.

“어제 그 선수 말입니다.”

서재를 나서려는 은호에게 우재가 다시 말을 걸었다. 은호의 눈이 동그래지며 우재를 돌아보았다.

“선수……?”

잠시 눈동자를 굴리던 은호의 입에서 탄식이 터졌다.

“아…… 석현이요?”

익숙한 그 이름에 우재가 고개를 끄덕였다.

“그 선수랑 꽤 가까워 보이던데…….”

이번엔 은호가 고개를 끄덕였다. 우재의 표정이 더욱 냉랭해졌다.

“네, 친해요. 남동생이랑 가장 절친이기도 하고, 내가 개인적으로 고맙기도 하고 그래서 친해요. 근데 석현인…… 왜요?”

“다쳤다고 병원까지 쫓아갈 만큼 친한 사이인가, 해서요.”

저렇게 냉혈한인 차우재에겐 가족도 아닌 지인의 병원에 쫓아가는 일이 아마도 퍽이나 신기하게 느껴졌을지도 모르겠단 생각이 들었다.

“따뜻하고 좋은 동생이에요. 워낙 오래 가깝게 지내기도 했고.”

우재가 왜 그런 질문을 했는지는 상상도 하지 못하며, 은호는 솔직하게 석현에 대해 말하고 있었다. 은호의 이야기를 듣는 우재의 얼굴이 딱딱하게 굳었다.
“앞으론 내 전화 잘 받아요. 어제처럼 연락 안 되면 곤란한 상황이 생길 수도 있으니까.”
뭐야, 설마 어제 자기 전화 안 받은 것 때문에 화난 건가. 은호는 가만히 우재의 표정을 살폈다.
“네. 그럴게요.”
그러곤 고개를 가볍게 끄덕이곤 다시 문고리를 잡아당겼다.
“그리고 오후에 스케줄 없으면, 나랑 같이 유은호 씨 어머님 뵈러 가죠.”
은호의 눈동자가 크게 부풀어 올랐다.
“큰 사모님, 커피 가져왔습니다.”
때마침 커피를 가져온 최 팀장이 그녀에게 커피 잔을 내밀었다. 우재는 최 팀장이 다시 서재를 나설 때까지 기다렸다가 말을 이었다.
“어제 유은호 씨 동생 말을 듣고 생각해 보니, 결혼하고선 한 번도 인사를 드리지 않았더군요. 아무리 계약관계이지만, 다른 사람들 보는 눈도 있고 한 번은 가서 인사를 드려야 할 것 같습니다. 괜한 의심받는 것도 귀찮은 일이니까요.”
기대도 안 한 일이었지만, 뭐 그런 이유에서라도 한 번쯤 엄마에게 찾아가는 것도 괜찮겠다 싶은 은호였다. 말끝마다 우리 사위, 우리 차 서방, 외치는 엄마에게 좋은 선물이 될 것 같기도 했고 말이다. 우재를 보며, 은호는 고개를 끄덕였다.

* * *

우재는 병원으로 오는 내내 차 안에서도 계속해서 노트북 모니터만 응시했다. 그런 우재에게 은호는 단 한마디도 말을 걸 수가 없었다. 워낙에 심각한 표정과 진지한 얼굴이 말을 걸지 말라고 선을 긋고 경계를 치는 것만 같았기 때문이었다.

대체 뭐가 그렇게 할 일이 많은 걸까. 하루 종일 일을 하고, 또 하고. 주말에까지 이렇게 손에서 일을 놓지 않을 정도로 바쁜 사람. 은호는 워커홀릭에 가까운 우재를 보며 말 걸기를 완전히 포기했다. 대신 그녀는 귀에 꽂은 이어폰에서 흘러나오는 음악 소리에 귀를 기울였다. 듣기 좋고 감미로운 목소리를 들으며 창밖의 풍경을 내다보고 있자니 어느새 솔솔 잠이 오는 기분이었다. 은호는 저도 모르게 스르륵 눈을 감았다.

잠시 후. 작성하던 이메일을 모두 다 발송한 우재가 쓰고 있던 안경을 벗어 내며 노트북 뚜껑을 탁, 덮었다. 그러곤 힐끗, 자신의 옆자리를 바라보았다. 은호는 어느새 잠이 들어 있었다. 쌔근쌔근, 숨소리를 내며 꾸벅꾸벅 고개를 떨구는 그녀의 잠든 얼굴. 우재는 저도 모르게 잠든 은호의 얼굴을 가만히 응시했다. 화려한 외모는 아니지만 단정하면서도 꽤 예쁘장한 얼굴의 그녀. 하얀 얼굴과 또렷한 이목구비가 그녀를 더욱 돋보이게 했는지도 몰랐다. 그 날, 그 시간. 하필이면 그 장소에서 유은호가 우재의 눈에 띄었던 이유. 꾸벅꾸벅, 우재 쪽을 향해 기울어지던 은호의 머리가 어느새 우재의 어깨 가까이로 다가오고 있었다. 그러다 문득, 우재의 넓은 어깨 위로 그녀의 머리칼이 스르륵, 내려앉았다.

은호는 자연스럽게 우재의 어깨에 기댄 채 잠이 들었다. 여전히 작은 두 귀에는 이어폰이 꽂혀 있고. 갑작스러운 은호의 스킨십이 조금 당황스러웠지만 우재는 그녀를 밀어내지 않았다. 아니, 오히려 은호의 머리가 더 편하게 자신의 어깨에 기댈 수 있도록 몸을 움직여 자세를 고쳐 앉았다. 쌔근쌔근. 가깝게 다가온 은호의 숨결이 더 또렷이 느껴지자 우재는 조금 이상한 기분에 사로잡혔다.

"저……."

때마침 은호 어머니의 병원 앞에 차가 멈춰 서고, 운전을 하던 박 기사가 뒤를 돌아보며 우재를 응시했다. 우재가 손바닥을 들어 보였다. 잠든 은호의 모습과 우재의 상황을 확인한 박 기사가 고개를 끄덕이며 조용히 자동차 시동을 껐다. 그렇게 꽤 오랜 시간 동안, 우재는 잠든 은호의 모습을 지켜보았다. 은호의 머리칼에서, 보드라운 샴푸 향기가 은은하게 풍겨 와 우재의 코끝을 자극했다.

* * *

어젯밤 격렬한 섹스로 인해 피곤했던 걸까. 차 안에서 세상모르고 잠들어 버린 은호는 꽤 오랜 시간이 흐른 뒤에야 잠에서 깨어났다. 포근하고 따뜻한 느낌에 그녀는 고개를 들어 올렸다. 놀랍게도 자신이 기대어 잠들어 있던 것은 다름 아닌, 우재의 어깨였다. 눈을 동그랗게 뜨고 우재를 응시하자, 눈을 감고 있던 우재도 스르륵 눈을 떴다.

"아…… 피곤해서 잠들었었나 봐요. 미안해요."

은호는 시동까지 꺼져 있는 차를 확인하고 잠든 자신 때문에 내리지 못하고 있었음을 깨닫고 사과했다. 우재는 아무런 말없이 무릎 위에 있던 노트북을 내려놓으며 차 문을 열었다. 그러곤 수트 단추를 채우며 천천히 병원 입구를 향해 걸어갔다. 그런 우재를 뒤따라, 은호도 얼른 차에서 내려 엄마의 병실로 향했다. 함께 온 박 기사가 미리 준비해 온 과일 바구니와 음료수를 들고 그들의 뒤를 따랐다.

VIP 병실 앞. 은호가 먼저 병실 문을 열어젖히며 들어서자 잠시 휴식을 취하고 있었던 엄마가 몸을 일으켜 함박웃음을 지었다. 오랜만에 보는 딸의 모습에 절로 웃음이 나는 것이었다. 은호의 뒤로 따라 들어오는 우재를 발견하곤 자리에서 일어나려 허리를 굽혔다.

"아, 엄마. 됐어요. 그냥 앉아 있어."

그런 엄마를 말리며 은호가 그녀의 손을 꽉 붙잡았다.

"차 서방, 바쁜데 뭐 하러 여기까지……."

고맙고도 미안한 목소리였다. 은호는 그런 엄마의 목소리가 싫어 얼른 고개를 돌렸다. 어차피 동등한 조건에서 계약을 한 사이일 뿐인데, 진짜 사위도 아닌 차우재에게 고개를 숙이는 엄마가 밉고도 가슴 아팠다.

"죄송합니다, 장모님."

그런 은호의 마음을 알고 있다는 듯, 우재가 엄마에게 머리를 숙이며 먼저 말을 꺼냈다.

"식 끝나고 직접 찾아뵀어야 했는데. 너무 늦었습니다."

우재의 말에 엄마는 두 손을 내저으며 고개를 저었다. 아니라고. 자기는 신경 쓸 필요 없다고.

"죄송합니다. 병실은…… 지내시기에 어떠십니까?"

여전히 사무적인 우재의 말투였지만, 그 말투 속에 어쩐지 진심이 묻어나는 듯했다. 그런 우재를 바라보는 은호의 눈빛 또한 흔들렸다.

"아유, 이런 좋은 병실…… 비쌀 텐데, 난 이렇게까지 좋은 병실 필요 없는데…… 고맙네. 정말."

"아닙니다. 불편하신 것 있으시면 언제든 저한테나 이 사람한테나 말씀해 주십시오."

엄마는 우재의 손을 두 손으로 맞잡으며 눈물을 글썽였다.

"나는 됐구, 우리 은호한테나 좀 더 잘해 주게, 차 서방. 지난번에도 말했지만 우리 은호…… 나 때문에 줄곧 고생만 하고, 저 하고 싶은 것도 못 하면서……."

"엄마, 그만해요."

엄마의 눈물 바람에 은호는 그녀를 말리며 말을 막았다. 전략적 파트너일 뿐인 차우재에게 자신의 불우한 가정사까지 일일이 알리고 광고하고 싶지 않았다. 그래 봤자 초라해지는 건 자신일 뿐이니.

"그만하고, 이거 좀 드세요. 엄마 유과 좋아하잖아."

박 기사가 내려놓은 선물 꾸러미에서 유과 한 상자를 빼내며 엄마에게 내밀었다. 우재는 그런 은호의 곁에 서서 가만히 그녀와 그녀의 엄마를 응시했다. 결혼 전, 우재는 이미 은호의 사정을 모두 다 알고 있었다. 은호에게 들어 그녀의 사정이 어렵다는 건 미리 짐작하는 바였으나 김 비서를 시켜 직접 알아본 은호의 사정은 짐작보다 더 힘든 것이었다.

오랜 시간 아픈 어머니, 어린 남동생. 집안의 실질적 가장으로 살아오느라 한눈을 팔지도, 제대로 놀아 보지도 못하고 살아온 유은호. 그런 그녀이기에 자신의 이런 얼토당토않은 제안을 쉽게 받아들일 수 있었던 것이리라, 우재는 그렇게 생각하고 있었다.

"차 서방."

은호의 엄마는 다시 우재의 손을 꼭 쥐며 간절한 목소리로 말했다.

"혹시 우리 은호가 많이 부족하더라도, 차 서방이 잘 좀 감싸 주게. 난 차 서방이 마지막까지 우리 은호 편이 되어 줬음 좋겠어."

엄마의 눈동자에서 동그란 눈물이 주르륵 흘러내리고 있었다.

* * *

다시 월요일이었다. 오늘 아침에도 역시 우재와 함께 회사에 출근한 은호는 이제 제법 익숙해진 자신의 자리에 앉아 내일 있을 고객 평가 자료를 검토하는 중이었다. CS 팀에서 알아서 할 일이긴 했지만 안내 데스크와 리셉션 업무를 맡은 은호의 팀에게도 꼭 필요한 검토 자료였다.

"팀장…… 아…… 아니, 대리님! 큰일 났어요!"

그때 막내 직원이 호들갑을 떨며, 사무실로 뛰어 들어왔다. 그녀는 팀장인 은호에게 달려오려다 곧, 다른 이들의 눈치를 보며 은호의 팀에서 가장 연차가 오래된 대리에게 급하게 다가섰다.

"왜?"

대리가 심드렁한 표정으로 되묻자, 그녀가 대답을 했다.

"안내 데스크…… 지금 난리 났어요."

"왜 또. 진상이라도 왔어?"

진상 방문객. 꽤 자주 보는 일이었기에 대리는 눈 하나 깜짝하지 않으며 다시 물었다. 은호의 시선도 그들에게 향했다.

"그렇긴 한데요……."

"아, 그럼 데스크 직원들이 알아서 하겠지. 언제까지 우리 팀이 데스크 컨트롤이 아니라 따까리를 해야 되냐."

그의 목소리엔 짜증이 섞여 있었다. 아직 경력이 얼마 되지 않은 신입 직원이 작은 사건에 필요 이상으로 반응하고 있다고 판단한 모양이었다.

"지혜 씨, 무슨 일이에요?"

듣고 있던 은호가 먼저 나서 그녀에게 질문을 던졌다. 그제야 그녀는 은호에게 지금 막 데스크에서 일어나고 있는 일에 대해 보고하기 시작했다.

"저기 그게…… 선정 씨가 오늘 휴가라 데스크에 민희 씨 혼자 있거든요."

민희 씨라 함은, 자신을 대신해 자리를 채운 데스크 신입 직원을 말하는 것이었다.

"근데 아까 민희 씨한테 연락이 와선 데스크에 어떤 여자가 와서 진상을 부린다고 하길래 내려가 봤는데요."

"네."

"그 여자가 난동을 부리고 있더라고요. 참다 참다 민희 씨도 화가 났는지 여자한테 말대꾸를 조금 하면서 언성을 높이고 있었고요."

예상되는 다음 이야기에 은호는 질끈 눈을 감았다. 그렇게 진상을 부리는 고객에게 맞서면 안 된다는 사실을 은호는 수많은 경험을 통해 깨달았다. 이 유니폼을 입고 이 자리에 서 있는 이상, 나는 사람이 아니라 로봇이다. 웃고, 인사하고, 안내하고, 대답하는 로봇. 그렇게 생각해야 상처를 입지 않을 수 있었다.

"제가 봐도 그 여자분이 좀 상스러운 욕도 하시고…… 민희 씨한테 너무 말도 안 되는 요구를 하시길래……."

"무슨 요구를 하던가요?"

"다짜고짜 찾아와서 본부장님 만나야 된다고…… 본부장님 회의 들어가셨다고, 약속하셨냐고 물어도 그런 거 다 필요 없으니까 당장 자기 앞에 데려다 놓으라고요."

"그래서요?"

"그래서…… 이러시면 안 된다고 저도 민희 씨 편을 좀 들었거든요."

사무실의 모든 사람들이 지혜의 이야기에 귀를 기울였다.

"근데 글쎄…… 그 여자분이…… 이성그룹 사장님의 와이프분이시라고……."

지혜의 눈에 울먹울먹, 눈물이 고이기 시작했다.

"어떡해요, 팀장님? 지금 민희 씨 머리채 잡히고 난리 치고 계시는데……."

지혜의 말이 끝나기가 무섭게 은호는 곧장 로비로 향했다. 난동이 벌어진 안내 데스크로 또각또각 걸어가며, 그녀는 마른침을 삼키며 다가섰다.

이성그룹 큰 사모님. 며칠 전 브런치 카페에서 자신에게 모욕을 주었던 그 여자였다. 은호가 다가오자 그녀의 시선이 은호에게로 향했다. 은호의 얼굴을 확인하며 기가 막히다는 표정으로 웃고 있었다.

"사모님, 안녕하십니까."

은호는 고개를 살짝 숙여 그녀에게 인사를 건넸다. 은호를 알아본 그녀가 '하' 하고 기막힌 한숨을 내뱉었다. 이미 그녀는 흥분으로 얼굴이 시뻘게진 상태. 그 옆에서 고개를 숙인 채 눈물만 흘리고 있는 민희가 보였다.

"HR지원2팀 팀장, 유은호입니다."

은호는 또렷한 목소리로 자신을 소개했다.

"아, 자기가 여기 안내 데스크 담당 팀장인가?"

물론 나이가 더 많아 보이긴 했지만, 다짜고짜 반말을 하며 은호를 위아래로 훑었다. 그만큼 자신이 화가 많이 나 있다는 걸 표현하고 싶은 듯했다.

"네. 그렇습니다. 어떤 문제 때문에 그러십니까?"

"아니, 재이그룹은 이런 싸가지 없는 년을 안내 데스크에 앉혀놓고 월급을 주나?"

천박하기 짝이 없는 목소리에 로비의 모든 시선이 그들에게 쏠리고 있었다.

"내가 누군지도 못 알아보고 이 멍청한 게 말끝마다 안 된다, 안 된다……."

"고객님."

은호는 낮은 목소리로 그녀를 불렀다. 자기가 누구인지 뻔히 알면서도 자신을 '고객님'이라고 부르는 은호가 기가 막힌지, 그녀는 손부채질을 해 대며 은호를 노려보았다.

"제가 직원에게 상황을 들어 보니, 고객님께서 약속 없이 방문하셔서 본부장님을 찾으셨다고요."

"하…… 자기. 내가 누군지 몰라서 이래?"

"물론 잘 알고 있습니다만…… 그래도 저희 본부장님께서 스케줄이 많으셔서 약속을 안 하고 오시면 헛걸음하시는 일이 종종……."

"뭐 이런 또라이 같은 년이 다 있어?!"

짝! 이번에도 역시나. 은호는 화끈거리는 뺨의 열기를 느끼며 질끈 눈을 감았다. 예상은 했지만 너무도 빠른 반응에 은호는 한숨이 절로 나왔다. 뒤늦게 은호를 따라 나왔던 HR2팀의 팀원들, 지나가던 직원들, 그리고 방문객들의 시선이 모두 뺨을 맞은 은호에게 쏠렸다. HR2팀 직원들은 어쩔 줄 몰라 하며 입을 가리고 웅성거렸다.

"야! 너! 너 내가 누군 줄 몰라? 알면서 어디서 고객님, 고객님 하고 지랄이야? 어?!"

"……."

은호는 얼얼한 뺨을 돌려 다시 바라보았다. 그러곤 천천히 그녀를 향해 머리를 조아렸다.

"어디서 근본도 없는 천한 년이, 근본 없이 굴고 있어!"

그럼에도 그녀는 화가 풀리지 않는 듯 계속해서 목소리를 높였다. 은호는 고개를 숙인 채 아무 말도 하지 않았다. 많은 경험을 통해, 이렇게 화가 나 이성을 잃은 사람 앞에서 말대꾸를 해 봤자 돌아오는 건 욕설과 손찌검밖에 없다는 걸 잘 알고 있었던 것이다.

4. 깊어가다

은호가 고개를 숙이자 그녀는 더욱더 기고만장한 목소리로 욕설을 지껄였다.

"야, 꼴 보니, 오죽 눈 밖에 났으면 경영본부장 마누라인데 꼴랑 팀장 자리 하나 줬나 싶은데! 어디서 거지같은 게 제 주제도 모르고 설쳐, 설치길? 네가 뭔데 내가 본부장을 만날 수 있다, 없다 판단하냐고?"

"죄송합니다."

은호는 흐트러짐 없는 목소리로 사과를 건넸다. 모두들 그런 은호의 모습을 보며 어쩔 줄 몰라 했다. 아무리 천대받는 며느리라지만 그래도 재이그룹의 며느리였다. 게다가 자신들의 상관인 팀장이 아닌가. 잘못한 것도 없이 또라이에게 뺨을 맞고 사과까지 건네고 있는 장면에 그들은 안절부절못했다.

"신싸 재수가 없으려니까…… 하…… 더워."

혼자 열을 내던 그녀는 손부채질을 하며 매고 있던 스카프를 탁 풀어헤쳤다.

"죄송합니다."

은호는 다시 한번 사과를 건넸다. 불의를 못 참고, 무시당하는 일을 죽도록 싫어하는 유은호의 유일한 약점이 바로 생계였다. 생계가 걸린 직장에서의 유은호는 자존심도, 인권도 모두 다 내려놓아야 했다. 그게 뒷배도, 뭣도 없는 은호가 오랜 시간 이 험난한 사회를 버텨 올 수 있었던 유일한 방법이었다.

"죄송해? 사람 열 받게 해놓고 죄송하다면 다야?"

"죄송합니다."

"죄송하면 무릎 꿇어. 무릎 꿇고 싹싹 빌어 봐 어디!"

그러나 은호의 끝없는 사죄에도, 그녀는 작정한 듯 은호를 물고 늘어지기 시작했다. 마치 일부러 트집이라도 잡으려는 사람처럼.

"팀장님……."

그녀의 말에 울고 있던 민희가 은호를 말리려는 듯 팔을 붙잡았다.

"괜찮아요, 민희 씨."

은호는 별다른 표정 없이 소리를 지르는 그녀 앞에 다가섰다. 그러곤 거리끼지 않고 무릎을 꿇었다. 민희가 제 손을 입으로 가리며 눈물을 펑펑 쏟았다. 차가운 바닥의 한기가 고스란히 다리에 와 닿았고, 은호는 고개를 살짝 숙인 채 다시 한번 말을 했다.

"죄송합니다. 저희가 좀 미숙했습니다. 그러니……."

"지금 뭐 하시는 겁니까?"

은호가 말을 하는 그 순간, 어디선가 익숙한 목소리가 들려왔다. 모두의 시선이 소리가 난 쪽을 향했다. 은호를 향해 굳은 얼굴로 다가오는 남자. 차우재였다. 우재를 본 이성그룹의 그녀도 조금 당황한 듯 그의 시선을 피했다. 우재의 얼굴은 냉랭해 살기마저 느껴졌다. 은호는 우재 앞의 이런 자신의 모습이 초라해 그대로 무릎을 꿇은 채 앉아 있어야 했다.

"뭐 하시는 거죠, 이게?"

우재의 냉랭한 목소리를 느낀 그녀는 말을 더듬으며 괜스레 어색한 미소를 지었다.

"보…… 본부장님, 안녕하세요? 저 이성그룹의 최유미……."

"본인 소개하라고 말한 적 없습니다. 뭐 하시는 거냐고 세 번째 여쭙습니다."

그 소란하던 로비에 정적이 흘렀다. 당황한 그녀가 잠시 아무런 대답도 하지 못하자, 우재는 자신 옆에 무릎을 꿇고 앉은 은호에게 다가가 손을 뻗었다.

"일어나죠."

우재의 말에도 은호는 시선을 피하며 일어나지 않고 있었다. 쪽팔렸다. 부끄럽고 민망했다. 하필이면 이런 순간에, 그를 마주쳤다는 게 너무나 화가 나고 처참했다.

"유은호 씨."

우재는 다시 한번 재촉하듯 그녀의 이름을 불렀고, 그제야 은호는 우재의 손을 잡지 않고 자리에서 일어났다.

"아…… 아니, 뭐 작은 오해가 있었는데…… 유은호 씨가 나한테 미안하다고 사과를 하는 중이었어요. 그렇죠, 유은호 씨?"

우재가 없을 때와 생판 다른 표정의 그녀가 은호에게 동의를 구했다. 그러나 은호는 아무런 대답도 하지 않았다. 지금 그녀의 머릿속엔 온통 우재를 향한 민망함과 부끄러움, 수치심뿐이었다.

"맞았습니까?"

살짝 고개를 숙여 은호의 얼굴을 살피던 우재의 미간이 일그러졌다. 그날처럼, 은호의 뺨이 또다시 벌겋게 부어오르고 있었다.

"이성그룹 사모님께서 본부장님을 뵙고 싶어 하셔……."

민망했던 은호는 말을 돌려보지만.

"저 여자한테 맞았냐고 물었습니다."

우재는 버럭 목소리를 높이며 재차 물었다. 정적이 흐르는 로비. 오직 이성그룹의 그녀만이 기가 막히다는 표정으로 우재와 은호를 번갈아 노려보았다. 자꾸만 얼굴을 돌리는 은호를 보며 확신이 선 우재가 뚜벅뚜벅, 그녀에게 다가섰다. 그러곤 굵고 낮은 목소리로 경고하듯 말한다.

"유은호 때리셨습니까?"

"그게 아니고요, 본부장님. 저기……."

"보안팀!"

그때 우재가 버럭 소리를 질렀다. 처음 듣는 차우재의 성난 목소리에 놀란 보안팀이 후다닥 우재에게 달려왔다. 우재의 이런 모습을 처음 본 건 은호뿐만이 아니었다. 로비에 몰려든 사람들 중 누구도 차우재가 이토록 흥분해 소리를 지르는 모습은 단언컨대 단 한 번도 본 적이 없었다.

"누가 이딴 쓰레기를 회사에 들이라고 했습니까?"

이성그룹 그녀의 눈동자가 크게 부풀어 올랐다. 분명 자신을 노려보며 하는 말이었다.

"쓰…… 쓰레기……."

기가 막힌 지 그녀는 제 입을 막으며 동그란 눈을 연신 깜빡거렸다. 자신을 향해 쓰레기라고 거침없이 말하는 우재의 언사에 말문이 막힌 듯했다.

"보안 똑바로 안 합니까? 회사 얼굴인 로비에서 이렇게 소리를 지르고, 난동을 피우고, 내 사람들에게 모욕을 주고 있는데 왜 이 여자 안 쫓아내고 가만히 있는 겁니까?"

우재의 추궁에 보안팀 직원들이 쭈뼛쭈뼛 그녀에게 다가섰다.

"이봐요, 차우재 본부장님!"

다시 평온을 되찾은 목소리로 우재가 그녀에게 날카롭게 말했다.

"돌아가시죠. 다신 우리 재이그룹에 들어오실 생각 하지 마시고요."

그러곤 뚜벅뚜벅 다시 은호에게 다가섰다. 은호의 흔들리는 눈빛이 그제야 우재를 향하고 있었다. 붉게 부어오른 그녀의 뺨을 보며 우재는 어쩐지 가슴이 저릿한 느낌이었다. 무슨 감정인지, 왜 이런 감정을 느끼는지 정확히 알 수는 없었지만 그냥 화가 나고 분노가 치밀었다.

"따라와요."

은호에게 따라오라는 말을 남기며 우재가 뚜벅뚜벅, 회사 밖으로 걸어 나갔다. 그들을 둘러싸고 모여 있던 인파를 헤치고 저 멀리로 걸어가는 그를 보며, 은호는 입술을 꾹 깨물었다. 그러곤 그를 따라 또각또각 따라나섰다.

로비 밖으로 걸어 나가자 밝은 햇살이 머리 위로 쏟아져 내렸다. 덕분에 부어오른 뺨이 더욱 욱신욱신, 아릿한 기분이었다. 우재는 건물 뒤, 작게 마련된 공원으로 향했다. 인적이 드문 벤치 앞에 다다라서야 그 자리에 우뚝 멈춰 섰다. 은호의 발걸음도 그를 따라 멈췄다.

"차우재 씨."

은호가 먼저 우재의 이름을 불렀다. 어쩐지 자신 때문에 우재가 난처해지거나 입장이 곤란해지는 건 싫었다. 아무리 그래도 이성그룹 사장의 와이프에게 저런 모욕을 줬으니 우재에게도 큰 타격일 게 분명했다.

"차우재 씨."

불러도 대답 없는, 불러도 돌아보지 않는 우재의 뒷모습을 보며 은호가 다시 한번 그를 불렀다.

"똑똑한 사람인 줄 알았는데……."

불현듯 우재가 주머니에 손을 깊게 찔러 넣은 채 뒤를 돌아보며 말을 시작했다.

"유은호 씨 바보입니까?"

갑작스러운 그의 비난에 은호의 표정이 얼어붙었다. 그녀는 입술을 꾹 깨물었다.

"왜 저런 인간 같지도 않은 사람 앞에서 무릎을 꿇죠?"

최대한 침착한 표정으로 말하고 있었지만, 우재의 목소리는 이미 흥분한 듯 했다. 낮고 굵은 목소리의 끝이 살짝 떨리고 있었다.

"유은호 씨 자기 무시하고, 경우에 안 맞게 구는 인간들 못 참는 성격 아닙니까? 하고 싶은 할 말 다 하고, 자기 생각 똑소리 나게 말하는 사람 아닙니까?"

"우재 씨……."

은호는 들끓는 가슴을 가라앉히며 다시 한번 차분히 우재를 진정시켜 보려 했다. 그러나 우재는 계속해서 말을 이었다.

"근데 왜 대체 저 자리에만 서면 사람이 그렇게 달라지죠? 왜 무릎 꿇습니까? 왜 저딴 여자한테 뺨 맞고도 아 소리도 못 내고 참습니까? 네?"

"미안해요, 우재 씨."

은호는 마른침을 삼키며 우재에게 사과했다. 자신 때문에 우재가 난처하게 된 것에 대해. 그의 자존심에 큰 상처를 낸 것에 대해.

생각이 짧았다. 이젠 그냥 유은호가 아니라, 본부장의 와이프. 재이그룹의 며느리 유은호임을 잊고 있었다. 자신의 와이프가 로비 바닥에 무릎을 꿇고 있는 모습이 그로선 수치스럽고 화가 날 수 있는 일임을 은호는 이해하고 있었다. 그렇기에 우재에게 사과를 하는 것이었다.

"미안해요. 내가 생각이 짧았어요. 우재 씨 생각은 못 하고 그냥 그 상황을 책임져야 할 팀장이라는 생각으로 그랬어요."

우재가 무슨 마음으로 이런 말을 하는지, 은호는 전혀 예측하지 못하고 있었다. 우재는 크게 한숨을 내쉬며 두 손으로 제 얼굴을 감싸 쥐었다. 차우재가 이토록 감정을 드러내는 일이 어디 있던

가. 처음 보는 우재의 모습에 은호 또한 미안함과 부끄러움이 더 커지고 있었다.

"하……."

한숨을 내쉬며 우재는 은호의 손목을 덥석 끌어당겼다. 갑작스러운 스킨십에 은호의 몸이 순식간에 얼어붙었다. 우재는 은호의 부은 뺨을 내려다보며 가까이, 더 가까이 그녀를 끌어당겼다.

"봐요."

이미 부어 뜨거워진 뺨 위로, 우재의 커다란 손바닥이 얹어졌다. 은호의 얼굴이 화끈거리기 시작했다. 부은 뺨이 화끈거리는 건지, 우재의 손이 닿아 화끈거리는 건지.

은호의 머릿속은 혼란스럽기만 했다. 은호는 살짝 뺨을 돌려 보았지만, 우재의 커다란 손이 그녀의 턱을 제법 강하게 잡은 채 놓아주지 않았다.

"봐요, 어디."

자신의 부은 뺨, 아니, 자신의 얼굴을 너무 가까이서 자세히 살피고 있는 우재의 눈길에 은호는 온몸이 화르르 타 버릴 것만 같은 기분이었다.

"괘…… 괜찮아요."

겨우 우재의 손에서 빠져나오며, 은호는 고개를 돌렸다. 그럼에도 우재는 못 믿겠다는 표정으로 여전히 은호를 응시하고 있었다.

"하……."

터져 나오는 우재의 한숨에 은호는 어쩐지 더 민망해지는 기분이었다. 미안하고 민망한 감정.

"난 정말 괜찮아요. 미안해요, 우재 씨 신경 쓰게 해서."

은호의 반응에 우재는 가만히 그녀를 응시했다. 작고 예쁜 입술이 단호하게 움직였다.

"그리고 바쁜데 시간 뺏은 것도 미안해요. 나 괜찮으니까 그만……."

"점심 먹으러 가죠."

"네……?"

우재가 팔목을 걷어 올리며, 시계를 내려다보며 말했다. 12시가 가까워져 오는 점심시간이었다. 은호는 조금 당황한 눈빛으로 그를 바라보았다.

"밥이나 먹으러 갑시다."

그렇게 말하고는 또다시 뚜벅뚜벅 앞장서 걷는 그였다. 돌아서는 우재의 표정이 딱딱하게 굳어 있었다. 자꾸만 신경이 쓰였다. 혼자 점심을 먹는다는 것도, 당당한 유은호가 무릎을 꿇고 있었던 것도, 잔뜩 붓고 있는 그녀의 붉은 뺨도. 그저 단순히 화가 나고 짜증이 난다고 표현하기엔 한계가 있는 감정이었다. 거슬렸다, 그녀의 행동 하나하나. 모습 하나하나가.

우재가 향한 곳은 회사 앞에 있는 초밥집이었다. 자주 오는 곳인지, 그는 익숙하게 주문을 하고 자리에 앉았다. 은호 또한 어쩐지 쭈뼛한 마음으로 그의 앞에 마주 앉았다. 여전히 굳어 있는 우재의 표정이 마음에 걸렸다.

"아, 그리고."

주문을 체크한 종업원이 돌아가려는데 우재가 다시 불러 세웠다.

"죄송하지만, 얼음주머니 팩 좀 가져다주실 수 있으십니까?"

종업원이 고개를 끄덕이며 은호의 얼굴을 힐끗거렸다. 우재의 말뜻을 알아차린 것 같았다. 잠시 후, 그가 가져온 얼음팩을 건네받으며 우재가 은호에게 손을 뻗었다. 은호는 눈을 내리깔며 시선을 피했다.

"고개 들어요."

우재의 낮은 목소리에 은호가 살짝 고개를 들자, 우재가 그녀의 턱 끝을 가볍게 쥐고 얼음팩을 부은 볼 위에 올렸다. 부은 볼이 따가워 은호의 미간이 작게 일그러졌다. 붉어진 그녀의 얼굴을 보고 있노라니 우재는 어쩐지 처음으로 그녀를 보았던, 아니 그녀를 기억하게 되었던 한 달 전 그날이 떠올랐다. 그날도 은호는 누군가에게 뺨을 맞고 혼자서 부은 얼굴로 고개를 떨구고 있었더랬다.

"왜 자꾸 그렇게 참습니까? 유은호 씨 참는 성격 아니잖아요."

궁금했던 질문을 다시 던지는 우재였다.

"나한테도 할 말 다 하는 성격이면서. 왜 자꾸 번번이 뺨 맞고도 아무 대꾸도 못 하는 겁니까?"

은호의 눈빛이 흔들렸다. 언제 또 내가 뺨을 맞는 걸 본 일이 있는 건가. 자신의 뺨 위에 이리저리 얼음주머니를 문지르고 있는 차우재의 서늘한 눈동자를 마주 보며 은호는 떨리는 가슴을 느꼈다. 떨리는 눈빛을 혹여나 들킬까 싶어, 그녀는 우재의 얼음주머니를 빼앗아 들었다. 그러곤 자신의 뺨에 가져다 대며 시선을 피했다.

"참고 싶지 않아도 참아야 버틸 수 있으니까요."

최대한 담담하게 목소리를 가다듬으며, 은호가 말했다.

"맞아요. 우재 씨 말대로 난 화나면 잘 못 참고, 할 말은 해야 직성이 풀리는 성격이에요. 그렇다고 일하면서까지 내 성격대로 화내고 할 말 다 할 순 없잖아요. 우재 씨는 잘 모를지도 모르겠지만, 그 유니폼. 그 유니폼 입은 순간부터 나는 내가 아니었어요. 유은호는 없고 그냥 로봇처럼 웃고, 대답하고, 안내하고…… 그래야 버틸 수 있는 자리에요, 그 자리가. 뭐…… 꼭 그 자리만 그러는 건 아니지만…….”

씁쓸하게 웃으며 말하는 은호에게서, 우재는 한시도 눈을 떼지 못했다.

‘나는 됐고, 우리 은호한테나 좀 더 잘해 주게, 차 서방. 지난번에도 말했지만 우리 은호…… 나 때문에 줄곧 고생만 하고, 저 하고 싶은 것도 못 하면서…….’

그녀의 어머니가 자신의 손을 맞잡으며 하던 이야기가 무슨 뜻이었는지 이제야 알 것 같았다. 가장으로서 유은호가 느꼈을 압박감과 중압감. 돈을 벌어야 어머니의 병 치료도, 동생의 서포트도 해 줄 수 있다는 생각이 당당한 그녀를 무릎 꿇게 하고, 마음껏 울 수 없게 만들었을 것이었다.

“그치만 오늘 일은, 다시 한번 사과할게요. 앞으론 차우재 씨한테 피해 안 가게…….”

“다신 그러지 마요. 유은호 씨 누구한테 맞는 거, 무릎 꿇고 있는 거. 다시 한번 보면 정말 폭발할 것 같으니까.”

분명, 그런 뜻이 아닐진대 은호의 마음이 덜컥거렸다. 은호는 가만히 마른침을 삼키며 그의 잘생긴 얼굴을 살폈다.

“먹어요.”

테이블 위에 가지런히 놓인 초밥을 가리키며 우재가 말했다. 초밥을 집는 은호의 젓가락 끝이 설핏 떨리고 있었다.

* * *

"아이고! 본부장님!"

과장실 안에 틀어박혀 있던 과장이 우재가 왔다는 말에 놀라 얼른 밖으로 튀어나왔다. 과장뿐만 아니라 지원1팀과 지원2팀 모두 긴장한 얼굴로 자리에서 벌떡 일어나 우재를 맞았다.

점심 식사 후, 우재는 은호와 함께 그녀의 사무실을 찾았다. 엘리베이터에 오르고 자연스레 3층에서 자신만 내릴 줄 알았던 우재가 계속해서 제 뒤를 뒤따라오자 은호는 당황했다. 왜 따라오냐는 은호의 질문에도 우재는 묵묵부답으로 그녀를 따를 뿐이었다.

"식사하셨습니까?"

사무실에 들어서며 우재가 직원들에게 한마디를 건네자 저마다 당황한 표정으로 분주하게 웅성거렸다.

"본부장님, 커피라도 한잔……."

"아닙니다."

우재에게 커피를 건네려던 과장이 단호한 그의 거절에 한 걸음 물러났다.

"유은호 씨 자리는 어딥니까?"

우재의 질문에 은호가 동그란 눈을 깜빡이며 제자리를 가리켰다. 그녀의 자리를 보며 우재는 가만히 고개를 끄덕였다. 그러곤 어쩔 줄 몰라 하는 직원들을 향해 자연스럽게 한마디를 건넸다.

"유은호 씨 좀 많이 도와주십시오. 아직 처음이라 많이 낯설어 하는 것 같으니."

"아이고, 본부장님도. 무슨 그런 말씀을. 팀장님 모시는 게 저희 일이죠 뭐. 하하하, 안 그렇습니까?"

은호에게 가장 적대적으로 굴던 대리가 능청을 떨었다. 직원들의 야유 섞인 눈빛이 그를 향했다. 은호도 조금 당황스러운지 눈을 깜빡였다.

"유은호 씨, 그럼 전 이만 가보겠습니다."

"그…… 그래요."

"이따 퇴근 같이하죠. 연락하겠습니다."

은호는 쭈뼛거리면서도 고개를 끄덕였다. 직원들은 사무실을 나가는 우재를 향해 우르르, 고개를 숙였다. 우재가 나가고, 은호에게 몰려든 직원들이 180도 달라진 표정으로 말을 걸어왔다.

"팀장님, 얼굴은 괜찮으세요? 어머…… 부은 것 좀 봐."

"병원이라도 좀 다녀오셔야 하는 거 아니에요?"

평소엔 전혀 은호에게 관심도 없던 직원들까지 몰려와 그녀의 얼굴을 살피고 안부를 물었다. 은호는 당황스러우면서도 그들의 이런 행동이 참 씁쓸했다. 팀장 자리나 주는 천대받는 며느리. 본부장조차도 특별히 관심 없는 와이프. 아마도 그런 생각을 했기에 더너욱 은호에 대한 따돌림이 심했던 건지도 몰랐다. 거기에 신데렐라, 낙하산 인사라는 비호감 요소들이 더해졌으니 그럴 만도 했다. 그러나 우재가 한 번 사무실에 왔다 갔다는 이유만으로 그들의 태세가 완전히 달라진 것이었다. 은호는 괜찮다며 손을 내저었지만 과장은 한사코 그녀를 휴게실 안으로 밀어 넣었다.

"후……."

또다시 혼자가 된 은호는 작게 한숨을 내쉬며 의자에 앉았다. 정신이 하나도 없는 기분이었다. 로비에서 뺨을 맞은 것부터, 지금 이 순간까지. 오전 시간이 어떻게 지나갔는지도 모를 만큼 어지러웠다. 아. 물론, 차우재와 만난 이후로 모든 게 다 이렇게 정신이 없는 편이지만 말이다.

띠링. 명쾌한 메시지 도착 소리에 은호는 주머니에서 휴대폰을 꺼내 들었다. 액정엔 반가운 이름 석 자가 떠올랐다.

—뭐 해요, 누나.

석현이었다.

—바빠요?

은호는 손가락을 움직여 답장을 보냈다.

—아니.

—다행이다. 아직도 사람들이 누나만 따돌리고, 일 안 알려 주고 그래요?

—음. 아니. 이젠 괜찮은 것 같기도 하고.

은호의 입꼬리가 슬며시 말려 올라갔다.

—저녁에 뭐 해요? 나 누나한테 줄 거 있는데.

—뭔데?

—비밀. 궁금하면 만나 주든가.

—알려 줘야 만나지. 뭘 받을지 알아야 나갈 거 아냐.

—그럼 말든가.

—야, 신석현.

피식. 석현의 장난스러운 메시지에 절로 웃음이 터져 나왔다.

—퇴근 시간 맞춰서 회사 앞으로 갈게요. 물리치료 끝나고 그리 가면 얼추 시간 맞출 수 있을 것 같아요.

은호는 석현의 마지막 메시지를 확인하며 다시 휴대폰을 주머니 속에 밀어 넣었다. 그러다 문득, 방금 전 우재의 말이 떠올랐다.

'이따 퇴근 같이하죠. 연락하겠습니다.'

그냥, 사람들 들으라고 한 말이겠지. 매일 야근하던 사람이 갑자기 퇴근을 같이하자고 하는 건 그냥 던진 말이겠지. 은호는 앞머리를 긁적이며 눈을 동그랗게 떴다.

"아……."

그러다 문득 맞은 뺨이 욱신거려 와 저도 모르게 두 손으로 뺨을 감싸 쥐었다. 생각보다 세게 맞은 모양이었다. 정말 병원에라도 다녀와야 하나. 은호는 작은 손거울로 자신의 부은 얼굴을 비춰보며 깊은 한숨을 내쉰다.

—미안한데요, 우재 씨. 오늘 선약이 있는 걸 깜박했어요. 먼저 퇴근하세요.

우재에게 거짓 섞인 메시지를 보내고, 은호는 조금 마음이 무거웠다. 엄밀히 말하자면 석현과의 약속이 우재와의 약속보다 뒤에 잡힌 것이니 선약은 아닌 것인데……. 그러나 은호는 곧 고개를 저었다. 뭐, 어차피. 퇴근 같이하자는 게 퇴근 후 뭘 하자는 약속도 아니고. 어차피 그냥 자기 퇴근하는 김에 같이 가자는 말일 텐데. 어쩜 차우재는 자기가 그런 약속을 했는지조차 모르고 있을 확률이 높았다. 은호는 고개를 끄덕이며 종이컵을 집어 들었다. 부은 뺨이 쓰라려 잠시 병원에라도 다녀와야겠단 생각을 하면서.

* * *

"누나!"

석현이 로비 앞에서 은호를 향해 크게 손을 흔들며 환하게 웃고 있었다. 은호는 그토록 해맑기만 한 석현의 모습이 귀여워 저도 모르게 피식 웃었다. 어깨의 백을 다시 한번 고쳐 메며, 은호는 석현에게 가까이 다가갔다. 안내 데스크에서 일할 때 신던 높은 하이힐로, 또각또각 걸어서.

"많이 기다렸어? 나오려는데 고객 전화가 와서, 미안."

은호도 석현을 보며 웃었다. 그러나 석현은 고개를 좌우로 저었다. 별로 안 기다렸다고 말하려는 듯했다.

그러다 문득 석현의 시선이 은호의 구두, 발끝으로 향했다. 예쁘긴 하지만 높고 불편해 보이는 하이힐. 언제나 구두를 벗을 수 없었던 은호의 아픔을 잘 알기에 석현의 마음이 저릿저릿했다.

"여기 앉아 봐요."

석현의 손이 로비 한구석에 마련된 의자로 은호를 이끌었다. 석현은 은호를 의자에 앉히고 그녀의 발 앞에 무릎을 꿇고 앉았다. 은호의 눈이 동그랗게 커졌다.

"뭐 하는……."

석현은 자신의 커다란 스포츠 가방에서 고급스러운 상자 하나를 꺼내 들었다. 상자를 바닥에 놓고, 뚜껑을 열자 꽤 세련된 디자인의 플랫 슈즈가 담겨 있었다. 은호가 동그란 눈을 깜빡이며 석현을 내려다보자, 석현은 씨익 웃으며 은호가 신고 있던 하이힐을 벗겨 버렸다. 그러곤 대신 플랫 슈즈를 그녀의 발에 신기는 것이 아닌가.

"선물."

"뭐……?"
어리둥절해하는 은호를 보며 석현이 열심히 두 발에 모두 플랫슈즈를 끼워 신겼다.
"역시. 잘 어울릴 줄 알았어요."
석현이 은호에게 눈을 맞추며 말했다.
"다리 아프잖아요. 이젠 데스크에서 일하는 것도 아닌데 편한 거 신으라고 샀어요."
이걸 주겠다고 보자고 한 건가. 은호는 가만히 석현의 웃는 얼굴을 응시했다.
"뭐 하러 이런 걸 샀어…… 바쁜 애가."
은호의 걱정 섞인 타박에도 석현은 그저 웃을 뿐이었다. 그러다 문득 그의 미간이 찡긋거리며 은호의 얼굴로 가까이 다가갔다. 은호가 움찔하며 몸을 뒤로 빼 보지만, 석현의 시선은 은호의 뺨에 더 가깝게 다가갔다.
"근데…… 볼이 좀 부은 거 같은데?"
석현의 예리한 지적에 은호는 어색하게 웃으며 손을 내저었다.
"야, 아…… 아니야. 붓기는 무슨."
직원들에게 무시당하는 걸로도 모자라 고객에게 뺨까지 맞았다고 말하긴 좀 그랬다. 창피하기도 하고, 초라하기도 하고. 은호는 고개를 돌리며 시선을 피했다.
"아닌가……."
석현이 고개를 갸우뚱하며 작게 읊조렸다. 은호는 눈을 깜빡이며 아니라고 다시 한번 말을 덧붙였다. 그녀의 말에 석현이 다시 미소를 지으며 꼼지락거리는 은호의 손가락들을 응시했다. 하얗고 기다란 손가락. 그녀의 왼쪽 네 번째 손가락. 역시나 아무것도 끼워져 있지 않은 손가락. 은호의 손가락에 결혼반지 따위는 없었다.

석현의 입꼬리가 슬며시 말려 올라갔다. 석현이 은호를 포기했던 마음을 다시 시작한 이유였다. 결혼식을 마친 이후에도 은호의 손가락엔 한 번도 결혼반지가 끼워져 있지 않았다. 그 순간 친구 지호의 말이 떠올랐는지도 몰랐다.

누나가 자기와 엄마 때문에 억지로 결혼을 한 것 같다는 이야기. 유은호가 그 남자를 사랑해서, 그 남자를 원해서 결혼을 한 게 아니라면 다시 그녀에게 제 마음을 보여도 될 것 같다는 생각을 했던 석현이었다. 가장 오랜 시간, 가장 깊은 마음으로 유은호를 사랑해 왔던 건 자신이니까. 언제나 그래 왔듯, 지금껏 그래 왔듯 은호 곁에서 기다리고 제 마음을 보이다 보면 은호의 마음도 어느 날 열릴 수 있을 거라고. 자기에게도 기회가 올 수 있을지 모른다고.

"아무튼…… 고맙다, 석현아."

은호의 부드러운 한마디에 석현의 심장은 빠르게 폭주했다. 이 예쁜 미소, 따뜻한 목소리를 어떻게 사랑하지 않을 수 있을까.

"고마우면, 나 배고픈데. 저녁 같이 안 먹어 줄래요?"

석현의 말에 은호가 웃으며 고개를 끄덕였다.

한편, 저 멀리서 은호와 석현의 모습을 날카롭게 응시하던 눈동자 하나가 불현듯 이리저리 흔들린다. 우재였다. 모처럼 퇴근을 서둘렀던 우재에게 도착한 은호의 메시지. 먼저 가라는 메시지에 우재는 어쩐지 기분이 썩 좋지 않았더랬다. 그런데 약속이 있다던 은호가 만난 사람이 저 애송이 같은 놈이라니. 은호의 발에 플랫 슈즈를 신겨 주며 만족스러운 듯 웃고 있는 저놈. 우재는 어쩐지 자꾸만 은호 곁을 맴도는 석현의 존재가 신경 쓰였다. 석현을 보며 환하게 웃고 있는 은호의 미소도 거슬렸다. 뭐가 좋다고 저렇게 신나게 웃고 있는 거지. 석현과 함께 로비를 나서는 은호의 뒷모습을 보며, 우재의 미간이 깊게 일그러졌다. 그의 손끝에서 브리프케이스가 무겁게 흔들리고 있었다.

* * *

은호에게 밥을 사 달라며 석현이 데리고 간 곳은 샌드위치 가게. 기가 막힌 은호가 피식 웃음을 터뜨렸지만 석현은 기어코 은호의 손목을 안으로 잡아끌었다.

"더 먹어."

"누나도 먹어요. 왜 안 먹고 보고만 있어요, 부담스럽게."

"나야 하루 종일 앉아 있는 사람이고. 넌 운동하는 애가 이거 먹어서 되겠어? 그러게 그냥 고기 먹으러 가자니까……."

"고기 질려요."

석현이 고개를 절레절레 저으며 콜라를 들이켰다. 돈 한 푼이 아쉬워 힘들게 살아온 은호를 잘 알기에 석현은 그녀에게 그 어떤 부담도 주고 싶지 않았다. 밥 사 달라는 건, 그녀와 시간을 보내고 싶어서 댄 핑계 중 하나였을 뿐.

"우리 지호는 고기라면 환장을 하던데. 갠 아마 아침 점심 저녁 다 고기 줘도 먹을걸."

“저한텐 식성 완전히 누나랑 똑같다고 하던데요.”

은호는 석현의 농담에 푭, 웃음을 터뜨렸다.

“팔은 어때? 좀 괜찮아졌어?”

여전히 부자연스러운 석현의 팔을 내려다보며 걱정스러운 듯 물었다. 석현은 조금 씁쓸하게 웃고 있었다.

“괜찮은 것 같은데…… 의사가 자꾸 쉬래요. 움직이지 말고 가만히 놔두라고.”

드래프트 선발 후 첫 시즌. 지금만큼 지호에게도, 석현에게도 중요한 시기가 없을 건데 이 중요한 시기에 부상으로 아무것도 할 수 없는 상황이라니. 씁쓸한 얼굴의 석현을 보며, 은호도 마음이 좋지 않았다. 동생 지호만큼이나 석현도 제 실력대로 성공했으면 했다.

“암튼 그래서, 나 트레이닝 시간 빼곤 시간 엄청 넉넉한데. 이렇게 가끔 누나 귀찮게 해도 되죠?”

“나 귀찮게 하는 건 상관없는데, 네 팔이 걱정이다 정말.”

Rrrr.

은호는 걱정스러운 표정으로 숄더백을 뒤적거렸다. 핸드폰 진동이 요란스레 울려 대고 있었다.

“네, 우재 씨.”

지난번 사건 이후로 은호는 전화벨 소리에 조금 더 민감해진 듯했다. 차우재가 자신의 전화를 잘 안 받는 것을 별로 좋아하지 않는다고 생각한 것이었다. 우재라는 이름에 석현이 굳은 표정으로 은호를 응시했다.

“여기…… 회사 앞에 샌드위치 집인데요…… 왜요?”

은호가 눈을 동그랗게 뜨며 답을 하고 있었고. 석현은 애써 신경 쓰지 않는다는 듯 샌드위치를 마저 한 입 베어 물었다.

"지금…… 지금요?"

은호가 놀랐는지 동그란 눈을 깜빡거렸다. 빵빵. 클랙슨 소리에 얼른 뒤를 돌아보니 붉은색 헤드라이트가 반짝거리고 있었다. 은호가 벌떡 일어나 휴대폰을 쥔 채 가게 문을 열어젖혔다. 운전대를 잡고, 은호를 보고 있는 우재의 표정이 꽤 굳어 있었다. 은호는 휴대폰을 끊고 의아한 표정으로 우재의 차 조수석 문을 열었다.

"우재 씨, 무슨 일이에요? 갑자기……."

"타요."

"네……?"

갑작스러운 우재의 말에 은호가 당황한 듯 눈을 크게 떴다.

"무슨 일 있어요?"

그러곤 뒤를 돌아 가게 문 앞에 서 있는 석현을 응시했다.

"우재 씨, 석현이랑 아직 나……."

"타죠, 얼른."

다시 한번 우재의 굵은 목소리가 딱딱하게 흘러나왔다. 그 단호한 목소리에 압도된 은호는 무언가 우재가 직접 자신을 데리러 올 만큼 급한 일이 있었다는 생각이 들었다. 은호는 석현을 돌아보며 입을 크게 벌려 '미안'이라고 말하곤, 얼른 조수석에 올라탔다.

우재는 은호가 타자마자 그녀가 석현에게 손을 흔들 새도 없이 급하게 액셀러레이터를 밟았다. 은호는 당황스러운 표정으로 우재를 응시했다. 우재는 그저 정면을 응시하며 달리고 있을 뿐이었다.

집으로 향하는 내내 무슨 일이냐 물어도 아무런 대답도 않는 우재에게 지친 은호는 저도 모르게 스르륵 잠이 들었다. 흔들리는 차 안, 오늘 하루 종일 쌓였던 피로가 절로 눈을 감기게 했다. 집 앞에 도착한 우재는 시동을 끄고, 그제야 옆자리에 앉은 은호를 돌아보았다. 눈을 감은 채 예쁘게 잠들어 있는 유은호. 은호를 깨우려던 우재의 손이 허공에서 멈춰 섰다. 그리고 그 손은 그녀의 발그레한 뺨 위로 가 닿았다. 여전히 조금 부은 듯한 뺨. 우재는 눈썹을 찡긋거리며 가만히 그녀의 얼굴을 살폈다. 파르르 떨리고 있는 속눈썹과 쌔근쌔근, 조용히 들려오는 그녀의 숨소리. 불현듯 우재의 심장이 덜컥 소리를 냈다. 은호의 가느다란 목선 아래, 벌어진 그녀의 남방 사이로 풍만한 젖가슴이 눈에 들어온 것이었다.

우재는 저도 모르게 꿀꺽 마른침을 삼키며 그녀의 가슴을 응시했다. 지난밤 보았던 그녀의 탐스럽고 하얀 젖가슴이 떠올랐다. 움켜쥐면 물컹하고 부드러운 그 감촉도 떠올랐다.

"으음……."

은호의 신음 소리에 우재가 얼른 고개를 돌렸다.

"다 왔네요?"

은호가 눈을 찡긋거리며 물었다. 은호는 불안한 눈빛으로 계속해서 우재를 응시했다.

"저기……."

아무런 대답도 없는 우재를 향해 은호가 다시 한번 입을 열었다.

"집에 무슨 일 있어요? 그래서……."

"내리죠."

별다른 대꾸 없이 차에서 내려 버리는 우재를 보며, 은호도 그를 따라 차에서 내렸다. 그러곤 커다란 대문을 열어젖히며 마당 안으로 들어섰다. 아무 이유 없이 은호를 데려온 것이 스스로도 민망했던지 우재가 빠른 걸음으로 걷기 시작했다. 은호도 그런 우재를 따라 빠르게 뒤쫓아 걸었다.

"이제들 오니?"

때마침 본채에서 나오던 할아버지가 은호와 우재를 보며 다가왔다. 두 사람은 발걸음을 멈추고 살짝 고개를 숙여야 했다.

"같이 퇴근하는 게냐?"

할아버지는 꽤 흐뭇한 얼굴로 고개를 끄덕이고 있었다.

"그래, 일도 좋다만 쉬엄쉬엄 두 사람 생활 즐겨 가면서 하거라."

"네, 할아버님."

"듣자니, 오늘 낮에 좀 소란이 있었다고……?"

아마도 은호가 뺨을 맞았던 일이 이미 할아버지의 귀에 다 들어간 모양이었다.

"둘째에게 당장 사과하라고 단단히 일러 뒀으니 마음이 조금 풀렸으면 좋겠구나. 내 따끔하게 혼을 냈다. 혹시나 다시 한번 그런 일이 있거든 내게 직접 말하려무나."

"네……?"

왜 동서에게 사과를 하라 하신 거지. 혼란스러운 은호의 표정과는 달리 우재는 역시나 하는 표정으로 픽, 하고 쓰게 웃었다. 현석의 와이프인 현정이 오늘 난동을 부린 이성그룹 며느리와 각별한 사이라는 걸 누가 모르랴. 우재 또한 설마설마했던 일이라, 그런 반응을 보이는 것이었다.

"힘들었을 텐데, 어서 가서 쉬어."
차명진 회장이 웃으며 고개를 끄덕였다.
"네, 그럼 할아버님도 쉬세요."
"들어가겠습니다."
그때 할아버지의 시선이, 두 손을 앞으로 가지런히 모은 은호의 손가락에 머물렀다. 비어 있는 은호의 손가락. 힐끗 돌아본 손자의 손가락에도 아무것도 끼워져 있지 않았다. 그의 눈썹이 찡긋거리며 미간이 일그러졌다.

* * *

"그게 무슨 말이에요. 동서가 나한테 사과를 할 거라니……?"
집 안에 들어서며 은호가 고개를 갸웃거렸다.
"설마 아까 이성그룹 사모님이 그렇게 난동을 부린 게……."
"피곤하군요. 좀 쉬겠습니다."
은호의 말을 끊어 내고 우재는 관자놀이를 꾹꾹 누르며 샤워실로 향했다. 은호는 기가 막혔는지 하, 하고 한숨을 내쉬며 소파에 털썩 주저앉았다. 동서가 일부러 그런 거라니. 자기를 싫어하고 있는 건 알고 있었지만, 이렇게까지 자신을 골탕 먹이고 싶을 정도로 미워하고 있는 줄은 몰랐다.
때마침 전화벨이 울렸다. 현정의 번호. 은호는 그녀의 전화를 받고 싶지 않았지만, 통화 버튼을 누를 수밖에 없었다.
[형님?]
여우 같은 그녀의 목소리에 은호는 저도 모르게 인상을 찌푸

렸다.

"네, 동서."

[음…… 사과드리려고 전화했어요.]

"무슨 사과요?"

태연한 그녀의 목소리가 괘씸해, 은호는 더 모른 체를 하며 냉랭한 목소리로 되물었다.

[아까 낮에…… 이성그룹, 유미 언니한테 얘기 들었어요. 그분이 원래 그러는 분이 아닌데……. 아무튼 할아버님께서 유미 언니랑 저랑 워낙에 친하다 보니까…… 오해를 하시고는 워낙 진노를 하셔 가지구…… 저한테 사과를 하라고…….]

결국, 자기는 아무 잘못도 없는데 너한테 사과를 하게 되었다고 한탄을 늘어놓는 이야기였다. 은호는 작게 한숨을 내뱉으며 눈을 질끈 감았다. 아직도 맞은 볼이 얼얼해 따끔거렸다.

[아무튼 유미 언니 일로 곤란을 겪으셨다니, 제가 대신 사과드릴게요. 할아버님께는 제가 꼭 사과했다고 말씀해 주세요. 너무 억울해요, 저.]

잔뜩 떨떠름한 목소리였다.

[참. 그리고 다음 주말부터는 형님도 저랑 같이 이 수업, 저 수업 참석하셔야 한다는 건 아시죠?]

"수업이라뇨?"

[아, 아직 못 들으셨구나. 최 팀장한테 물어보세요. 다음 주까지 바쁘시겠네요, 형님.]

툭 끊겨 버린 전화. 은호는 기막힌 표정으로 휴대폰을 내려다보며 최 팀장을 불렀다. 무슨 수업을 말하는 거냐는 은호의 질문에 그녀는 차분한 목소리로 말을 했다.

"저희 재이 집안 사모님들께서 정기적으로 참석하시는 수업입니다. 수업은 골프, 미술, 요리, 필라테스, 수영, 악기 수업 등 다양하게 이루어져 있으며, 2주에 한 번씩 일요일마다 돌아가면서 하루에 두 과목씩 받으시게 될 겁니다. 다음 주 일요일에는 요리랑, 수영 수업이 있습니다."

"수영이라고요?"

요리야 워낙에 자신 있는 은호였지만 수영엔 젬병이었다.

"근데 그걸 꼭 동서랑 같이 들어야 해요?"

"따로 참석하셔도 되긴 하지만, 다음 주엔 회장님께서 큰 사모님을 꼭 모시고 가라고 작은 사모님께 엄명을 하신 모양입니다."

"하……."

절로 한숨이 터져 나왔다. 다 큰 성인에게, 이미 직장이 있는 직장인에게 무슨 수업이란 말인가.

"꼭…… 참석을 해야…… 하나요?"

"피치 못할 사정이 있으시면 빠지셔도 상관없습니다만…… 아무래도 그 자리에서 정재계 동향이나, 중요한 정보들이 많이 교환되고 하다 보니, 수업 목적이라기보다 실제 사교 목적으로라도 나가셔야 할 듯합니다."

"하……."

"혹시 수영이나 요리에 자신이 없으셔서 그러십니까?"

최 팀장이 은호의 마음을 읽은 듯 툭, 질문을 던졌다. 은호가 눈을 반짝이며 얼른 고개를 끄덕였다.

"네, 아무래도 좀……."

"그렇다면 다음 주말까지 사모님께 개인 레슨 해 줄 수 있는 강사를 알아볼까요?"

은호가 다시 고개를 끄덕였다.

"요리는 그냥 그런대로 괜찮을 것 같고요, 수영 강사만 좀 알아봐 주세요. 제가 물에 아예 뜨지도 못하는 수준이라 좀 창피하네요……."

"수영이라."

최 팀장이 눈알을 굴리며 홀로 중얼거렸다. 때마침 샤워를 마치고 나온 우재가 젖은 머리를 털며 서재 쪽으로 향하고 있었다.

"수영은 본부장님께서 정말 잘하시는데…… 본부장님이 사모님을 좀 가르쳐 주시면 어떠실까요?"

소파를 지나치는 우재에게 최 팀장이 문득 질문을 던졌다. 우재의 발걸음이 우뚝 멈춰 서며 은호와 최 팀장을 응시했다.

"우…… 우재 씨한테요?"

"네, 본부장님 한때 수영 선수 하라는 말도 많이 들으셨을 정도로 수영을 잘하시거든요."

몰랐던 우재의 이야기에 은호가 고개를 끄덕였다. 정작 우재는 아무런 말도 없이 계속해서 그녀들을 응시할 뿐이다. 그러다 우재와 눈이 마주친 은호가 어색하게 웃으며 손을 내저었다.

"아유, 최 팀장님. 아녜요. 그냥 전문 강사한테 배울게요. 그게 더 정확하게 배울 수 있고 덜 부담스럽고……."

뚜벅뚜벅, 우재가 은호에게 다가왔다. 은호는 말끝을 흐리며 가만히 우재를 올려다보았다.

"일요일 수업 때문에, 사모님이 많이 부담스러워하시기에 미리 수영 강습을 받는 게 어떨까 하고 말씀드리고 있었습니다."
최 팀장이 조용히 자초지종을 우재에게 설명했다.
"신경 쓰지 마요. 뭐, 내가 배우면 운동신경이 있어서 금방 곧잘 하고 그러니까……."
"물에 뜰 줄은 압니까?"
은호의 말을 끊으며 우재가 조용히 물었다. 은호는 어쩐지 창피해 고개를 살짝 좌우로 저었다. 먹고살기 바빠 수영은커녕 물에 들어갈 시간도 없었다.
"그렇군요."
우재가 무표정한 얼굴로 고개를 끄덕였다. 역시 차우재가 자신에게 뭘 가르쳐 주고 싶어 할 리 없다고 생각한 은호가 자리에서 일어나며 말했다.
"최 팀장님, 그냥 전문 강사분을 알아봐 주시……."
"매일 저녁 퇴근하고 시간 날 때 한 번씩 봐주죠."
"네……?"
우재의 말에 눈치 빠른 최 팀장이 얼른 고개를 숙이곤 자리를 피했다. 다시 거실엔 은호와 우재, 두 사람만이 남았다.
"괘…… 괜찮아요, 그냥 저 혼자 알아서 할 수 있……."
"수영 정도는 강습 없이 어느 정도 할 줄 알아야 무시를 안 당할 텐데요."
"그거야 뭐……."
"지금 가보죠. 어차피 오늘은 딱히 바쁘지 않으니까."
"네?"
지금 당장, 안채 뒤편에 있는 작은 실내 수영장엘 가 보자는 소리였다. 은호는 눈을 동그랗게 떴다. 갑작스러운 우재의 행동도, 연방 이어지는 갑작스러운 상황들도 모두 다 어리둥절하기만 했다. 아직까지도 이 집에, 이 낯선 공간에 적응이 제대로 되지 않은 게 분명하다고 그녀는 생각하고 있었다.

"옷 갈아입고 수영장으로 와요. 먼저 가 있을 테니까."

우재가 먼저 드레스 룸으로 향하며 말했다. 은호 또한 얼결에 고개를 끄덕였다.

* * *

벌써 사흘째. 은호는 우재에게 밤바다 이 아담한 실내 수영장에서 수영 강습을 받는 중이었다.

"몸에 힘을 빼요. 자꾸 바둥거리면 더 가라앉아서……."

"푸읍!"

바둥거리던 은호가 우재의 가슴으로 쓰러지며 물을 뱉어 냈다. 우재가 한숨을 푹 내쉬며 그런 그녀의 몸을 받아 안았다.

"운동신경이 정말 없군요."

혼잣말처럼 구시렁대는 우재에게 은호가 눈을 흘겼다.

"처음이니까 그렇죠! 차우재 씨는 처음부터 뭐 다 잘했어요?"

물을 잔뜩 먹어 안 그래도 정신이 없어 죽겠는데, 우재가 자꾸 잔소리를 하고 비난을 해 대는 통에 은호는 울컥 억울해져 버린 것이었다. 그렇지 않아도 왜 자신이 소질도 없는 수영까지 배우고 있어야 하는지 짜증이 났던 차에 말이다.

온통 유리 벽으로 만들어진 천장에서 하얀 달빛이 새하얗게 쏟아졌다. 두 사람의 소리로만 가득했던 수영장에 정적이 흘렀다. 새하얀 달빛에 수영장 물이 푸르게 빛나고 있었다.

"힘들어요! 그만 할래요, 오늘은."

마음이 상한 은호가 수영장 밖을 향해 계단을 올랐다. 후드득, 그녀의 몸에서 물이 쏟아져 내렸다. 그런 은호의 뒷모습을 보며 우재도 그녀를 따라 수영장 밖으로 나왔다. 잔뜩 삐쳐 있는 유은호의 뒤통수를 보고 있노라니 조금 웃음이 나는 것도 같고. 우재는 사흘 내내 왜 자기가 유은호의 개인 수영 강사를 자처하고 있는지 스스로도 이유를 잘 몰랐지만 기분은 나쁘지 않았다. 오랜만에 자신도 덩달아 운동을 하니 몸도 가벼워진 것 같았고. 게다가 은호와 함께하는 이 저녁 시간이 꽤 즐겁기까지 했다.

"어……?"

밖으로 나가려던 은호의 발걸음이 문 앞에 멈춰 섰다. 그녀가 다시 한번 문고리를 세차게 잡아당겨 보지만 굳게 닫힌 문은 움직이질 않았다. 은호가 자신을 뒤따라오던 우재를 돌아보며 눈을 동그랗게 떴다.

"문이…… 안 열려요, 우재 씨."

은호의 말에 우재가 손을 뻗어 문고리를 잡아당겼지만, 역시나 꿈쩍도 하질 않았다.

"김 비서한테 일주일 전에 고쳐 달라고 말했는데."

우재가 혼잣말처럼 구시렁거리며 다시 한번 당겨 보았다. 수영장 문이 잘 안 열리니 고쳐 달라고 이미 김 비서에게 일주일 전에 말해 놨던 터였다. 일주일 전 김 비서가 부친상으로 시골에 내려가 지금까지 휴가 중이라는 것도 함께 잊어버렸던 그였지만.

"안…… 안 열려요?"

연방 문고리를 잡아당기는 우재를 보며 은호가 걱정스러운 표정으로 되물었다.

"네. 안 열립니다."

우재가 물에 젖은 머리칼을 뒤로 쓸어 넘기며 말했다. 그의 대답에 당황하며, 은호는 문고리를 살피고 또 살폈다. 지금 이 순간, 겉만 번드르르하지, 문도 제대로 안 열리는 이 실내 수영장이 원망스럽고 또 원망스러웠다.

"우재 씨, 핸드폰. 핸드폰 줘 봐요."

은호가 손을 내밀며 우재에게 말했다.

"없습니다."

"네……?"

"수영하러 오면서 누가 핸드폰을 들고 옵니까? 그러는 유은호 씨는 핸드폰 없습니까?"

"하…… 미치겠네."

계속해서 열리지 않는 문을 보며 은호가 심각한 표정으로 인상을 찌푸렸다. 은호 역시 핸드폰은 퇴근 후 침실 화장대에 두고 왔다.

"그럼 어떡해요? 좀…… 열어 봐요."

"일주일 전 전부터 문이 잘 안 열리긴 했는데……."

"그럼 빨리 고쳤어야죠!"

은호의 타박에 우재가 당황하며 그녀를 마주 보았다. 어쩐지 조금 짜증이 난 듯한 은호의 얼굴. 은호는 다시 한번 문을 당기고 밀고 하며 힘을 써 대고 있었다.

"그런다고 고장 난 문이 열립니까?"
"그럼 어떡해요. 아침에 사람들 올 때까지 기다려요?"
물이 뚝뚝 떨어지는 은호의 몸을 보며, 우재가 저벅저벅, 수영장 한구석에 작은 탈의 공간으로 향했다. 그러고는, 두툼하게 쌓여 있는 수많은 수건들 중 하나를 집어 들고 와 은호의 젖은 어깨 위에 수건을 걸쳐 주었다. 그제야 당황스러워하던 은호의 목소리도 조금씩 잦아들었다.
"우…… 우재 씨도, 덮어요. 추우니까."
은호는 자신의 어깨에 올려놓은 수건을 다시 잡아당기려 했으나 우재의 강한 손이 그의 손을 잡아 세웠다.
"떨고 있는 것 같은데, 그냥 덮고 있죠."
은호를 보며 우재가 무심한 목소리로 말했고, 은호는 갑작스러운 우재의 목소리에 심장이 쿵 하고 바닥으로 떨어지는 기분이었다. 맞닿은 우재 손의 따뜻한 촉감이 그녀를 더욱 가슴 뛰게 만들고 있었다.

* * *

힐끗, 벽에 붙은 시계를 보니 새벽 2시. 이 수영장에 갇힌 지도 벌써 두 시간이 지났다. 은호는 작게 한숨을 내쉬며 옆 베드에 누운 우재의 얼굴을 응시했다. 눈을 감은 채, 이마에 손목을 올려놓고 죽은 듯 누워 있는 차우재. 춥지도 않은지 수건도 덮지 않은 그는 벌써 30분 넘게 아무런 미동도 없었다.
"후……."

은호는 저도 모르게 작은 한숨을 내쉬었다.

"춥습니까?"

그러다 불현듯 들려오는 차우재의 목소리. 은호는 다시 고개를 돌려 우재를 응시했다. 어느새 우재가 눈을 뜨고 자신을 돌아보고 있었다.

"아…… 아뇨."

은호는 고개를 저었다. 우재가 꽁꽁 싸매듯 덮어 준 타월 덕에 별로 춥지는 않다.

"계속…… 이렇게 기다려야……겠죠?"

은호가 조심스레 질문을 던졌다. 여전히 우재와 단둘이, 밀폐된 공간에 머문다는 사실이 불편했다. 섹스 할 때를 제외하면 우재와 이렇게 단둘이 한 공간에 있었던 적도 없었다. 그렇기에 어색하고 또 뻘쭘한 느낌인 것이다.

"좀 자요. 사람들 오면 내가 깨워 주겠습니다."

우재의 말에 은호는 스르륵 눈을 감았다. 피곤이 몰려오고 있었다. 은호는 그렇게 금세 잠이 들어 버렸다. 얼마나 시간이 더 지났을까. 가만히 눈을 감고 누워 있던 우재도 조용해진 은호의 기척에 슬며시 옆을 돌아보았다. 수건을 온몸에 감싼 채 쌔근쌔근 잠이 든 은호의 얼굴. 그 붉고 예쁜 은호의 입술을 응시하는 순간, 또다시 우재의 심장이 쿵쾅거리기 시작했다. 도대체 이게 무슨 감정인지 모를 일이었다. 우재는 얼른 시선을 돌렸으나, 자연스럽게도 자꾸만 그녀에게 시선이 다시 돌아가고 있었다. 계속 감상하고 싶었다. 달빛에 빛나 예쁘고 하얀 유은호의 얼굴을.

우재는 무엇엔가 홀린 것처럼 은호의 하얀 얼굴을 매만졌다. 아직 촉촉한 그녀의 볼을 타고 우재의 손가락이 살포시 미끄러졌다. 그녀의 볼을 타고 또르르, 물방울 하나가 흘러내렸다. 이 흔들리는 감정은 뭘까. 울컥하고 밀려오는 욕망의 덩어리는 또 뭘까. 우재는 저도 모르게 손가락을 움직여 은호의 붉은 입술을 훑었다. 보드랍고 말캉한 그 감촉에 손가락이 저릿저릿, 머릿속이 혼란스러웠다.

그는 본능에 가까운 움직임으로 고개를 숙였다. 그러곤 은호의 붉은 입술의 자신의 입술을 조용히 포개었다. 말캉한 입술이 자신의 입술에 와 닿자, 우재는 자연스레 그녀의 입술 속으로 자신의 혓바닥을 밀어 넣고 있었다.

"읍……."

그 감촉에 놀라 일어난 은호가 눈을 동그랗게 뜨고 우재를 올려다보았다. 그러나 우재는 개의치 않았다. 계속해서 은호의 뺨을 쥐고 키스를 퍼부을 뿐이었다. 은호의 눈동자가 혼란스러운 듯 이리저리 움직이고 있었으나 우재는 계속해서 키스에 열중했다. 은호의 입술이 너무나 달콤하고 부드러워서, 그는 정신을 차릴 수가 없었다.

계속되는 키스에 은호도 결국 눈을 감았다. 은호 또한 마찬가지였다. 언제나 황홀한 차우재의 키스. 은호 또한 또다시 야릇한 기분에 사로잡히고 있었다.

은호가 손을 뻗어 우재의 목에 자신의 팔을 감싸 안았다. 그러자 자연스레 우재의 손이 은호의 수건 안으로 파고들었다. 수건으로 덮여 있어 따뜻한 은호의 체온에 차가운 우재의 손길이 닿자 은호가 움찔하며 몸을 움츠렸다.그러나 피하지는 않았다. 마치 우재의 손길을 기다렸다는 양 그녀도 입을 벌리고, 혀를 움직여 우재의 키스에 응하고 있었다. 이제는 제법 자연스러워진 그와의 키스.

"흣……."

우재의 손이 아직 축축한 그녀의 수영복 윗도리 안으로 들어왔다. 은호의 입술에서 작은 신음이 흘러나왔다. 그 신음 소리가 우재를 더 미치게 만들고 있었다.

"하……."

그는 거친 숨을 내쉬며 그녀의 몸을 번쩍 안아 들었다. 그러곤 그녀에게 키스를 퍼부으며 다시 수영장 물 안으로 들어갔다. 몸에 닿는 물의 촉감에 은호가 눈을 동그랗게 떴다.

"물속이 더 따뜻합니다."

낮은 그의 목소리에 은호는 아무런 반박도 할 수가 없었다. 맞는 말이었다. 수영장 물은 은호와 우재가 따뜻하게 수영을 즐길 수 있도록 따뜻하게 데워져 있는 상태였다. 그리고 두 사람의 몸을 숨길 수 있는 곳도 물속뿐이었다.

우재가 얼굴을 붉히는 은호를 가볍게 수영장 벽에 붙은 계단 위에 앉혔다. 그러곤 자신은 바닥을 딛고 물속에 선 채로 고개를 숙여 은호에게 다시 키스를 퍼부었다. 은호의 입에서 다시 뜨거운 숨이 터져 나왔다. 따뜻한 물속에서의 진한 스킨십. 이 아찔한 상황에 우재도 머릿속 이성의 끈이 뚝, 끊겨 버린 듯, 은호의 허리를 꽉 끌어안았다. 풍만하고 부드러운 은호의 몸이 그대로 느껴졌다.

"하……아……."

은호도 우재의 집요한 애무에 점점 더 몸이 달아오르고 있었다.

그녀의 가느다란 손가락이 우재의 머리칼을 꽉 잡아 쥐었다. 아직 물속에서 뜰 줄 모르는 은호이기에 더욱더 우재의 몸을 의지하고 있는지도 몰랐다. 어쩐지 차우재의 몸을 끌어안으면, 그에게 의지를 하면, 그에게 모두 다 맡겨 버리면 모두 해결되어 버릴 것만 같은 기분이랄까.

"다리 감아요."

우재가 속삭였다. 은호에게 다리를 자신의 허리에 감으라는 뜻이었다. 은호는 벌게진 얼굴로 어쩔 줄 몰라 했다. 벌어진 다리는 자연스레 우재의 허리에 가 감기고 있었다.

"우…… 우재 씨……."

다리 사이를 부드럽게 쓸며 그녀에게 키스를 퍼붓는 우재의 눈빛은 이미 완전히 이성이 나가 버린 듯했다. 은호가 그의 이름을 불렀지만, 곧 우재의 입속으로 조용히 사그라들어 버렸다. 물속에서 하다니. 은호는 어쩐지 긴장되고 당황스러운 마음에 동그랗게 뜬 눈을 감지 못했다.

계속해서 우재의 표정을 살피는 긴장한 은호의 눈동자. 그럼에도 불구하고 우재는 본능에 가까운 행동을 멈추지 않고 있었다. 은호는 자기도 모르게 우재의 넓은 어깨를 손으로 꾹 눌러 쥐었다. 물속에서 오롯이 우재의 몸만을 의지하며 매달린 자세. 젖은 머리칼에서 또르르, 물방울이 흘러내렸다.

"하……."

우재의 입에서도 신음이 터져 나왔다. 파르르 떨리는 은호의 손가락 떨림도, 그녀의 야릇한 신음 소리도 우재에겐 모두가 다 하나하나 자극일 뿐인 이 순간. 우재는 그녀의 등을 조심스레 쓰다듬었다. 따뜻하고 다정한 그 손길에 은호도 천천히 눈을 감았다. 엄청난 쾌감이 온몸을 관통했다.

"물속에서 하니까 더 부드러운 것 같습니다."

우재의 낮은 목소리가 은호의 귓가에 울렸다. 이미 자신도 다 느낀 사실을 굳이 다시 한번 말로 내뱉는 우재 때문에, 은호는 어쩐지 더 야릇한 기분이 되어 버렸다. 둘은 붉어진 얼굴로 오롯이 본능적 쾌락에 집중하고 있었다. 둘만의 달빛이 비치는 수영장, 따뜻한 물속에서.

* * *

"본부장……."

"쉿."

이른 새벽, 수영장 문단속을 위해 잠시 순찰을 하고 있던 박 기사가 놀란 눈으로 문을 열어젖히며 우재를 불렀다. 그러나 우재는 조용히 해 달라는 듯 입 앞에 손가락을 대며 고개를 끄덕였다. 그제야 박 기사의 시선이 우재 옆에 곤히 잠든 은호에게 향했다. 커다란 타월을 온몸에 두른 채, 천진하게 자고 있는 유은호의 얼굴. 그제야 그는 알겠다는 듯 고개를 끄덕였다.

우재는 천천히 몸을 일으켰다. 그러곤 타월을 감싼 은호의 몸을 가볍게 위로 들어 올렸다. 뚜벅뚜벅, 이제야 열린 수영장을 나서 자신들의 보금자리인 안채 돌아갔다. 우재는 조심스레 은호를 침대 위에 내려놓고, 그녀의 몸 위에 두꺼운 이불을 덮어 주었다. 그러곤 가만히 은호의 얼굴을 응시하며 그녀의 머리맡에 앉았다. 어찐지 은호에게서 향긋한 꽃내음이 나는 것만 같다는 착각이 들었다. 하얀 얼굴도, 기다란 속눈썹도, 앙증맞고 붉은 입술도. 모두 다 눈을 뗄 수 없을 정도로 신비로워 보였다. 이상한 감정에 우재는 자리에서 몸을 벌떡 일으켜 다시 거실로 나왔다. 거실로 나오자 이제 막 들어서던 최 팀장이 조금 당황하며 우재를 응시했다.

"사모님과 밤새 수영장에 계셨다고요."

"네. 침실 온도 좀 높여 주시고, 일어나면 바로 마실 수 있게 따뜻한 차라도 좀 준비해 주십시오."

우재의 명령에 최 팀장은 가볍게 머리를 조아렸다. 곧 잠에서 깨어날 은호를 걱정하는 말투였다. 그러나 정작 자신은 아무렇지도 않게 머리칼에 흐르는 물기를 털어 내며 다시 서재로 향하했다.

"서재로도 차 한 잔 가져가겠습니다."

그런 우재의 뒤통수를 향해, 최 팀장이 센스 있게 한마디를 건넸다. 그러나 우재는 아무런 대꾸 없이 서재 문을 쿵 닫아 버렸을 뿐이었다. 평소와 다름없는 차우재의 차갑고 냉랭한 행동이었지만, 최 팀장은 연방 은호가 잠들어 있을 침실을 힐끗거렸다. 냉랭한 얼음 같던 차우재 본부장이, 어쩌면 저 침실에 잠들어 있는 예쁜 새 식구에 의해 녹아내릴 수 있을지도 모르겠다는 예감이 들었다. 그저 어리고, 세상 물정 모르는 아가씨인 줄로만 알았는데. 최 팀장은 저도 모르게 피식 웃으며 다시 주방으로 향했다.

* * *

은호는 최 팀장이 가져다준 꿀물을 들이켜며 어젯밤 수영장에서 있었던 끈적한 정사의 기억을 떠올렸다. 침실도 아니고, 수영장에서 섹스라니. 상상도 못 해 봤던 상황에 얼굴이 다 화끈거릴 지경이었다. 그럼에도 그 상황에서 극도로 흥분하며 느껴 버린 스스로가 어쩐지 민망한지.

"본부장님께 수영은 많이 배우셨습니까?"

그런 그녀를 지켜보던 최 팀장이 질문했다. 은호는 조금 발그레해진 얼굴로 시선을 피했다.

"배우긴요. 아직 뜨지도 못하는걸요. 차우재 씨 자기나 수영을 잘하지, 누굴 친절하게 가르치고 그러는 건 못 하는 사람이니까요. 이럴 줄 알았으면 그냥 다른 강사한테 배울 걸 그랬나 싶기도 하고……."

"그래도 두 분이 매일 밤, 시간 내서 같이 수영하시니까 참 보기 좋습니다."

최 팀장의 다정한 한마디에 은호가 눈을 동그랗게 떴다. 괜스레 어젯밤 뜨거웠던 일이 떠올라 또다시 얼굴이 붉어졌다.

"몸은 괜찮으세요? 밤새 젖어 있으셨다고 본부장님께서 걱정 많이 하셨습니다."

최 팀장 입에서 흘러나온 우재의 이야기에 다시 은호의 시선이 그녀를 향했다. 반짝거리며 빛나는 은호의 눈빛에서, 최 팀장은 확신할 수 있었다. 이미 이 두 사람, 서로에게 단단히 마음을 빼앗겨 버렸다는 것을. 아직 스스로들 자각하고 있지 못할 뿐이라고.

둘이 계약으로 맺어진 사이인 줄 전혀 모르는 최 팀장조차도 처음 은호가 이 집에 들어오던 날과, 지금의 두 사람의 모습이 꽤 바뀌어 있다는 걸 느꼈다. 최 팀장은 당차고 밝은 은호의 모습도 좋았고, 그런 은호로 인해 조금씩 변해 가고 있는 우재의 모습도 좋았다. 그래서 그녀는 이 두 사람의 마음을 있는 힘껏 도울 생각이었다. 둘의 마음이 서로에게 오롯이 향할 수 있도록.

"우재 씨는……요?"

우재의 이야기에 은호가 먼저 눈을 깜박이며 물었다. 최 팀장은 변화 없는 표정으로 살짝 미소를 지으며 답했다.

"서재에 계십니다."

그럴 줄 알았다는 듯 은호가 고개를 끄덕였다. 아마도 보나 마나 서재에서 일에 푹 빠져 있겠지.

"사모님과 점심 드시고 싶다 하시기에 한 시간 뒤에 프렌치 레스토랑에 런치 예약해 놓았습니다. 천천히 준비하시죠."

"네……?"

다시 이불 속으로 몸을 누이려는 은호를 보며 최 팀장이 차분한 목소리로 말했다.

* * *

집에서도 먹을 수 있는 점심을 굳이 나가서 먹자는 이유는 또 뭐람. 은호는 우재의 의외의 제안에 어쩐지 기분이 좋아졌다. 슬며시 새어 나오는 웃음을 숨기며 그녀는 몸을 벌떡 일으켰다.

"뭐 입는 게 좋을까요, 오늘 같은 날엔?"

수줍게 얼굴을 붉히며 은호가 물었다. 최 팀장은 그런 은호를 보며 문득 귀엽고 사랑스럽다는 생각이 들었다. 전형적인 미인의 얼굴형은 아니지만 충분히 예쁘고 사랑스러운 은호의 얼굴이 더욱 돋보일 수 있도록, 밝은 색의 투피스를 은호에게 내밀었다. 은호는 최 팀장이 골라 준 옷을 입고, 메이크업을 했다.

별것 아닌, 차우재와의 점심 식사일 뿐인데도 이상하게 가슴이 설렜다. 수영장에서의 뜨거웠던 어젯밤 이후, 그가 먼저 데이트 신청을 해 왔기 때문일까. 은호는 떨리는 마음으로 현관을 나섰다. 핑크빛 블라우스와 하얀색 스커트가 봄바람에 휘날리며 그녀의 미모를 더욱더 돋보이게 했다.

잔디밭 벤치에 앉아 시계를 보고 있던 우재의 눈이 은호에게 향했다. 자신을 응시해 오는 그의 시선이 어쩐지 쑥스러워 은호는 슬며시 시선을 피했다.

"가요. 준비 다 됐어요."

쭈뼛거리며 다가온 은호를 위아래로 훑던 우재의 시선이 불현듯 은호의 발끝에 멈춰 섰다. 그러곤 아무런 말도, 아무런 미동도 없었다. 그런 우재의 이상한 낌새에 은호가 다시 한번 목소리를 냈다.

"가요, 뭐 해요……."

다 준비됐으니 가자고.

그럼에도 우재는 은호의 발끝만 바라보고 있었다. 그제야 은호의 시선도 우재를 따라 자신의 신발을 응시했다. 플랫 슈즈. 석현이 며칠 전 제게 신겨 주었던 베이지빛 플랫 슈즈를, 우재가 뚫어져라 응시하고 있었다.

"우재 씨."

그럼에도 은호는 우재가 왜 자신의 플랫 슈즈에서 눈을 떼지 못하고 있는지 알 수 없었다. 다시 한번 우재의 이름을 부른 은호가 무어라 더 말을 잇기 전 그제야 우재의 굵은 목소리가 들려왔다.
"이 촌스러운 신발 좀 갈아 신고 갑시다."
냉랭하고 차가운 우재의 목소리. 은호는 직설적인 우재의 비난에 기가 막힌 듯 미간을 일그러뜨리며 그를 응시했다. 그럼에도 우재는 별다른 표정 변화 없이 계속해서 은호의 발끝만 바라보고 있을 뿐이었다.
"이게…… 촌스러워요?"
기분이 상했다는 듯한 표정으로 은호가 되물었고, 우재는 태연하게 고개를 끄덕였다.
"하……."
우재의 비난에 은호는 기막힌 한숨을 내뱉었다. 그러다 문득 우재가 자리에서 일어서며 말했다.
"잘 모르겠으면 그냥 갑시다."
"네?"
갈아 신고 가자더니, 이젠 또 그냥 가자고? 우재의 변덕에 은호는 당황스러운 표정으로 그저 그를 뒤따를 뿐이었다. 차에 오른 우재가 박 기사에게 짧게 말했다.
"백화점으로 먼저 가 주세요."
점심 먹으러 가자더니, 웬 백화점? 은호는 눈을 동그랗게 뜨고 우재를 응시했으나, 우재는 그런 은호에게 눈길 한번 주지 않고 전방을 응시했다.
어젯밤 수영장에서의 야릇한 스킨십 덕에 조금 마음이 뭉근해졌나 싶었던 게 착각이었나 보다. 은호는 그럼 그렇지, 하는 얼굴로 차창 밖을 응시하며 입을 삐죽거렸다. 그런 자신의 옆얼굴을 힐끗거리고 있는 우재의 시선은 전혀 상상도 하지 못한 채로.

재이백화점 명품관. 그중에서도 구두와 신발을 파는 매장에 도착한 은호는 당황스러움에 깊게 한숨을 내쉬었다. 뭐가 자꾸 촌스럽다고 하는 건지. 자기는 얼마나 대단한 신발을 신었다고 남의 신발을 이토록 모욕하는 건지.

은호는 종업원의 손에 이끌려 소파에 앉아 여러 개의 구두를 갈아 신어 보았다. 다양한 색과 다양한 디자인의 구두들. 생전 구경조차 해 보지 못했던 값비싼 신발들이었다. 종업원이 은호에게 이 구두, 저 구두를 신겨 주는 동안에도 우재는 저 멀리 소파에 앉아 태블릿 PC만 만지작대고 있을 뿐이었다. 보나 마나. 미간에 힘을 잔뜩 준 채로, 또 일거리를 들여다보고 있겠지.

"사모님, 이 디자인은 어떠세요? S/S 컬렉션에서 꽤 좋은 평가를 받은 디자인인데……."

"죄송하지만 발이 좀 편한 신발은 없나요?"

신발이 마음에 안 든다며 여기까지 데려와 놓고, 정작 자신은 아무런 관심조차 보이지 않는 차우재. 그런 우재를 힐끗 노려보며, 은호는 공손하지만 정확한 목소리로 요구 사항을 말했다.

은호의 요구에 당황한 종업원이 '아…….' 하고 탄식을 내뱉었다. 명품 숍에 와서 편한 디자인의 신발을 찾는 사모님은 처음이라는 뜻이었다.

"그럼 좀 굽이 낮은 걸로 보여드리겠습니다."

당황한 종업원들이 다른 디자인의 슈즈를 가지러 간 사이, 홀로 남은 은호가 저 멀리 우재를 뚫어져라 응시했다. 그제야 은호의 시선을 느낀 우재가 고개를 들었다. 은호는 자리에서 일어서며 다시 자신의 플랫 슈즈를 신고는 우재에게 다가섰다. 우재의 눈썹 꼬리가 찡긋거리며 일그러졌다.

"예약 시간 늦겠어요. 신발은 나중에 사고 그냥 레스토랑에……."

"마음에 드는 신발이 없습니까?"

왜 아직도 그 신발을 신고 있느냐는 질문처럼 들려왔다.

"네. 편하게 신고 일할 수 있는 신발이 있었으면 좋겠는데, 여기 매장엔 그런 디자인의 신발이 없는 것 같아서요. 그냥 이 신발이 제일……."

"그럼 나가죠."

우재가 또다시 몸을 벌떡 일으키며 매장 밖으로 걸어 나갔다. 당황한 은호가 재빠르게 그의 뒤를 따라 걸었고, 덕분에 매장 안에 있던 종업원들 모두 당황해서 두 사람에게 고개를 숙여 인사를 했다.

뚜벅뚜벅. 백화점 복도로 걸어 나온 우재가 몸을 휙 돌려 은호를 향해 물었다.

"편하게 신고 일할 수 있는 신발. 그거 파는 데로 가 보죠."

"네?"

"유은호 씨 마음에 드는 신발 사러 가자는 말입니다."

"굳이 왜 자꾸 신발에 집착을……."

"그 신발, 마음에 안 듭니다."

"뭐라고요?"

"유은호 씨 지금 신고 있는 그 신발, 꼴도 보기 싫으니까 다른 신발 사러 가자고 말하는 겁니다."

"하…… 무슨 그런 말을……."

"앞장서요. 빨리."

은호는 도무지 우재의 행동과 말이 이해가 가질 않았다. 다짜고짜 자기 신발이 마음에 들지 않으니 무조건 다른 신발을 사라는 게, 어디 이해한다고 이해가 될 말이던가. 그저 아이같이 떼를 쓰는 것 같기도 하고. 평소엔 바쁘다고 밥 먹는 시간도 아까워서 일만 하던 사람이, 갑자기 왜 신발에 집착을 하고 난리람. 은호는 한숨을 내쉬면서도 앞장서 걸을 수밖에 없었다. 계속해서 눈빛으로 자신을 재촉해 오는 우재 때문이었다.

은호는 명품관을 걸어 나와 밖으로 향했다. 우재는 은호의 두 발자국쯤 뒤에서 그런 그녀를 따라 걸었다. 은호는 명품관 앞 커다란 차도를 건너, 복잡한 골목길들 속으로 들어갔다.

이 작은 골목길. 우재는 수없이 지나치며 보았던 길들이었지만 한 번도 직접 내려 안으로 걸어 들어온 적은 없었다. 거미줄 같은 골목길들 사이로, 수많은 상점들과 가게들이 성업 중이었다. 은호는 익숙하게 어느 작은 신발 가게로 들어섰다. 굽이 낮은 플랫슈즈들과 편해 보이는 운동화들이 가득한 매장이었다. 아마도 아까 본 명품관의 구두 한 켤레의 가격이 여기 모든 신발을 다 구매하고도 남을 듯했다. 은호는 가게 입구 앞에 멀뚱히 서 있는 우재를 보며 손가락을 까딱거렸다.

"안 들어올 거예요?"

툭툭, 복잡한 골목인지라 멀뚱히 선 우재를 치고 지나는 수많은 사람들이 그를 노려보았다. 그 등쌀에 떠밀려 우재는 어쩔 수 없이 가게 안으로 들어섰다.

"이거 신어 볼게요."

굽이 낮은 하얀 운동화를 가리키며 은호가 예쁘게 웃었다. 매장 직원이 은호가 가리킨 운동화를 내밀며 한번 신어 보라 말했다. 새하얀 운동화가 은호의 발끝으로 예쁘게 쏙 밀려들었다. 하얗고 가느다란 그녀의 다리와 너무나도 잘 어울리는 신발이었다.

"어때요? 이건 좀 마음에 들어요?"

은호가 우재를 올려다보며 물었다. 여자 신발이 어떻게 생겼는지, 뭐가 마음에 들고 뭐가 마음에 들지 않는지 단 한 번도 생각해 본 적 없는 우재로서는 아무런 할 말이 없었다. 그냥 은호가 신고 있으니 꽤 잘 어울린다는 생각뿐이었다.

"어머, 언니 남자 친구?"

매장 직원이 우재를 힐끗거리며 은호에게 물었다.

"남자 친구가 무슨 모델처럼 이렇게 잘생겼어요? 좋겠다, 언니. 신발 사 주는 남친도 있고."

매장 직원이 우재를 칭찬하며 영업을 하자, 은호는 괜스레 시선을 피하며 딴청을 했다. 그녀의 '남자 친구'라는 말에 어쩐지 쑥스러워졌다.

"얼맙니까?"

민망해진 우재가 먼저 그녀의 말을 끊고 물었다.

"음, 5만 3천 원인데, 5만 원만 주세요."

직원이 인심 쓰듯 가격을 깎아 부르며 말했다. 우재는 조금 당황스러운 표정으로 지갑 속 오만 원권 지폐 한 장을 내밀었다.

"감사합니다. 언니 신고 온 신발은 쇼핑백에……."

"아뇨."

돈을 받아 든 직원이 웃으며 은호의 플랫 슈즈를 집어 들자 우재가 단호하게 말을 끊었다.

"그 신발은 버려 주십시오."

5. 거짓말이 아닌 걸로

"우…… 우재 씨?"

아무리 마음에 안 들어도, 새 신발인데 버려 달라니. 은호는 우재를 보며 눈을 동그랗게 떴다. 신발 가게 직원도 이해할 수 없다는 듯 고개를 갸웃거렸다.

"가죠."

우재는 재빠르게 가게를 나섰고, 은호도 그런 우재를 따라 빠르게 걸어 나왔다. 석현에게 선물 받은 신발을 이렇게 함부로 버려도 되나, 싶은 생각을 하며 우재의 소맷자락을 힘껏 잡아 쥐었다.

그제야 우재는 뒤를 돌아 자신을 힘껏 좇아온 은호에게 눈을 맞췄다. 은호의 표정에 어딘가 짜증이 묻어 있었다.

"후…… 같이 가요, 좀."

주말. 쇼핑을 나온 사람들로 인산인해를 이루고 있는 번화가의 골목. 혼자 앞서 뚜벅뚜벅 걸어가는 게 습관인 우재 때문에, 은호는 복잡한 이 길에서 그를 놓치지 않기 위해 애를 쓰며 걷고 있었다. 은호는 입술을 꾹 깨물고 그를 노려보며 한숨을 내쉬었다.

"뭐예요, 대체. 혼자만 막 가 버리면 난 어떻게 따라가라고?"

은호가 작은 입술로 다다닥, 쏘아붙였다. 그제야 주변이 매우 복잡하고 혼잡스럽다는 것을 깨달은 우재가 자신의 소매를 꼭 쥔 은호의 손을 내려다보았다. 분명 유은호는 자신에게 짜증을 내고 있는 것 같은데, 기분이 썩 나쁘지는 않았다. 자신의 뒤통수만 바라보며 졸졸졸 좇아오느라 애를 썼을 은호의 모습이 절로 상상되는 것이었다.

"길도 잘 모르면서……."

은호는 입을 삐죽이며 말했다. 아무래도 석현이 준 신발을 그대로 버리고 나온 게 마음에 걸리는 듯한 얼굴이었다.

"그럼 유은호 씨가 앞장서요."

우재의 말에 은호가 휙 돌아 앞장서 걷기 시작했다. 그 순간, 은호에게 달려들듯 뛰어오는 무리들이 눈에 띄자, 우재는 본능적으로 은호를 제 품으로 끌어당겨 감싸 안았다. 휘청, 하며 몸이 우재에게 기울어 버린 은호는 우재 덕분에 넘어지지 않고 몸을 피할 수 있었다. 우재의 넓은 가슴에 폭 안긴 은호의 어깨가 파르르 떨렸다.

콩닥콩닥. 순간적인 작은 포옹이었을 뿐인데 은호의 가슴은 미친 듯이 뛰어 댔다.

"후. 여기, 정말 정신이 하나도 없군요."

시시덕거리며 은호 곁을 지나가는 무리들을 노려보며, 우재가 작게 읊조렸다. 벌렁거리는 은호의 심정은 아는지 모르는지, 그저 우재의 신경은 은호 주변의 모든 것들에 날카로워져 있을 뿐이었다.

"저…… 점심…… 먹…… 먹으러……."

"뭐 먹고 싶습니까?"

은호는 얼른 우재의 품에서 빠져나오며 딴청을 피웠다. 그런 은호에게 우재는 뭘 먹고 싶냐고 묻는 것이었다. 최 팀장의 말로는 이미 프렌치 레스토랑에 예약을 해 놨다고 들었는데. 은호는 눈을 동그랗게 뜨며 우재를 되묻듯 올려다보았다.

"오늘은 유은호 씨 먹고 싶은 음식으로 먹죠."

차우재가 한 번이라도 이런 말을 했던 적이 있었나. 아니, 한 번이라도 자신의 감정이나 생각을 물어봤던 적이 있던가. 은호는 얼떨떨한 표정으로 우재를 응시했다.

"뭐 먹고 싶습니까?"

아무런 생각도 나질 않았다. 아무래도 방금 전 짧은 포옹 때문에 머릿속이 하얀 백지상태가 되어 버린 것 같았다.

"아…… 아무거나……."

"아무거나 말고. 유은호 씨 뭐 먹고 싶은지 말해 봐요."

지금 이 상황에서 뭐가 먹고 싶을 리 없지 않냐고 반문하고 싶었다. 그러다 문득, 이 근처에 선정과 자주 놀러 오곤 했던 매운 떡볶이 전문점이 떠올랐다. 은호의 입꼬리가 씨익 말려 올라갔다. 매운 걸 잘 못 먹는다는 우재를 곯려 줄 생각에 어쩐지 신이 난 것이다.

"생각났어요. 가요."

그녀의 새하얀 운동화가 가볍게 움직였다. 그런 은호의 뒤를 따라, 우재의 손이 그녀의 양어깨를 보호하듯 맴돌았다. 우재는 복잡하고, 정신없고, 시끄러운 이 거리가 어쩐지 내키지 않았다. 그럼에도 그저 신이 난 은호의 뒤를 따라 걸었다. 은호의 발끝에 걸려 있는 새 운동화가 꽤 마음에 든다고 생각하면서.

다시 복잡한 골목길 몇 개를 지나, 은호가 도착한 곳은 어느 허름한 즉석 떡볶이 집이었다. 가게는 이미 음식을 먹으러 온 수많은 사람들로 북적거리고 있었다. 겨우 구석에 한 자리가 나자, 은호는 잽싸게 다가가 앉으며 우재를 향해 손짓을 했다. 우재는 내키지 않는 표정으로 뚜벅뚜벅 다가가 은호 앞에 마주 앉았다.

"보통 매운맛으로 2인분 주시고, 순대도 주세요. 허파랑 간 많이요."

우재는 알 수 없는 말을 하며 주문을 마친 은호를 조금 의아하게 바라보았다. 처음 보는 유은호의 모습. 긴장한 얼굴로 언제나 웃고 있던 회사에서의 모습과, 어울리지 않는 옷을 입고 어색한 표정을 짓고 있던 집에서의 모습과는 전혀 다른 표정이었다. 확실히 지금 이 순간의 유은호의 얼굴은 우재가 전혀 보지 못했던 모습이다. 자신을 뚫어져라 응시하는 우재를 보며, 은호가 샐쭉하게 웃었다.

"먹어요. 한번 끓여서 나오는 거라 바로 먹어도 돼요."

은호가 보글보글 끓는 냄비 뚜껑을 열어젖히며 말했다. 그녀는 국자로 우재의 앞접시에 떡볶이와 야채들을 듬뿍 담아 올려 주었다. 그러나 우재는 저도 모르게 눈살을 찌푸리며 고개를 돌렸다. 냄새만 맡아도 눈과 코가 매워 기침이 나기 시작한 것이다.

"냄새가 좀 많이 매운 것 같습니다만……."

우재가 미간을 찌푸리며 앞접시의 떡볶이를 세밀히 살펴보았다. 은호는 태연한 표정으로 고개를 끄덕였다.

"매운 떡볶이집이니까요."

"매운 음식…… 좋아합니까?"

"네. 한 달에 두세 번은 꼭 와야 하는 집인데, 그동안 못 먹었더니 먹고 싶어 죽는 줄 알았네요."

여전히 못 미더워 하는 우재의 표정과는 달리, 은호는 오히려 상기된 표정이었다. 정말 먹고 싶었던 음식이었던 양, 두 눈동자가 초롱초롱 빛났다.

"아…… 맛있어!"

떡볶이 떡을 한 입 밀어 넣은 은호가 감탄하며 외쳤다. 그러곤 우재를 향해 빨리 먹어 보라는 듯 재촉을 해 댔다. 우재는 갈등하고 있었다. 재미없는 차우재의 성격답게 맵고, 짜고, 단 음식은 평소 입에도 대지 않았다. 자극적이기만 할 뿐, 건강에 나쁜 음식이라는 생각에 단 한 번도 이런 음식은 먹어 본 일이 없었다. 그런데 이렇게 냄새만 맡아도 자극적인 음식을 먹어야 한다니. 우재는 미간을 찌푸리며 젓가락을 움직였다.

말캉한 떡과 어묵을 집어 들고, 입으로 한입 가져갔다. 입에 넣자마자 엄청나게 매운 후추와 고추의 향이 훅 밀려들었다. 우재는 자기도 모르게 터져 나오는 기침을 참지 못하고 쿨럭거리고 말았다.

"풉!"

그런 우재를 지켜보던 은호가 놀라서 얼른 물컵을 그의 손에 쥐여 주었다. 기침을 하느라 그의 아이보리색 셔츠에 벌건 떡볶이 국물이 타닥타닥 튀었다.

"괜찮아요?"

붉어진 얼굴로 겨우 입에 있던 음식물을 삼켜 넘긴 그를 보며, 은호가 걱정스러운 목소리로 물었다.

"하……."

우재는 아무런 대답도 하지 않고 그저 다시 빈 컵에 물을 가득 채워 벌컥벌컥 들이켤 뿐이었다.

"너무…… 매워요?"

은호가 우재의 상태를 살피며 조심스레 다시 물었다.

"이런 음식을 좋아합니까, 유은호 씨는?"

은호는 고개를 끄덕였다.

"회사에서 스트레스받고 짜증나는 날 먹으면 진짜 최고거든요, 이런 게. 근데 우재 씨는 매운 음식 별로 안 좋아하나 보네요."

"하……."

이상한 자존심에, 매워서 못 먹겠다는 말은 못 하고 우재는 연방 물만 마셔 댔다.

"매워서가 아니라 맛이 이상해서 못 먹겠네요."

그러곤 작은 목소리로 구시렁거리며 함께 나온 순대와 부속물들을 뒤적거렸다.

"그럼…… 순대라도 먹어요."

"좀 비위생적인 것 같은데……."

순대를 뒤적뒤적하기만 할 뿐 정작 먹지도 않고 관찰하듯 살피는 우재의 모습에 은호가 눈살을 찌푸리며 순대 접시를 빼앗았다.

"먹지 마요, 그럼. 내가 다 먹을 거니까."

졸지에 먹을 기회를 모조리 잃어버린 우재는 헛기침만 해 댔다. 그럼에도 불구하고 은호는 맛있다는 듯 냄비 가득했던 떡볶이와 순대를 모두 다 먹고, 남은 국물에 밥까지 비벼 먹고 나서야 자리에서 일어났다.

한마디 말도 없이 허겁지겁 음식을 먹는 은호를 보며 우재는 조금 기가 막혔다. 엄청난 양도 양이었지만, 이렇게 자극적인 음식을 이렇게 맛있어하면서 먹는 게 신기한 광경이었던 것이다.

"아…… 잘 먹었다!"

떡볶이 집을 나서며 은호는 기분 좋은 미소를 지었다. 그러다 문득 우재의 존재가 생각이 났는지 그를 올려다보며 눈을 동그랗게 깜빡였다.

"우재 씨는…… 못 먹어서 어떡해요?"

"하……."

우재는 자기도 모르게 작은 한숨을 내쉬며 은호를 마주 보았다. 그의 목덜미 깃엔 붉은 떡볶이 국물이 잔뜩 묻어 있었다.

"그럼…… 다른 데 갈래요? 여기 말고, 좀 조용한 단골집인데……."

문득 은호가 손목시계의 시간을 확인하며 손짓을 했다.

"거긴 우재 씨 먹을 만한 게 좀 있을 거 같은데……."

오후 5시. 노을이 붉게 드리워지기 시작하는 시간. 복잡한 시내 거리를 지나, 한참을 걸었다. 두 사람은 말없이 걷고 있었지만 말을 하지 않아도 머릿속은 복잡했다. 특히나 앞서 걷는 은호의 뒤통수를 응시하는 우재의 눈빛이 평소와는 조금 달랐다. 집에 돌아가 처리해야 할 일이 산더미이건만, 우재는 그저 계속 은호의 뒤를 쫓아 걸을 뿐이었다.

내내 쫑알대고 주변에서 신경 쓰이게 만드는 유은호에 대해 생각했다. 그녀의 동그란 머리통도, 발끝에 걸린 새하얀 운동화도. 모두 다 우재의 신경을 곤두서게 만들고 있었다.

* * *

"이모!"

이번엔 허름한 포장마차다. 30분 만에 도착한 빌딩 뒤편의 어느 노점. 천막을 걷어 젖히며 은호가 반가운 목소리로 포장마차의 늙은 여주인에게 인사를 건넸다.

"오메, 이게 누구여? 우리 은호?"

은호와 주인은 무척이나 반가운 듯 서로를 껴안고 소리를 질러 댔다. 우재로서는 당황스럽기 짝이 없는 모습이기에 그저 멀뚱히 뒤에서 그녀들을 바라만 보고 있었다.

"은호 너 부잣집 사모님 됐다고 발길 딱 끊어 버리고, 이러기여?"

"하…… 이모, 미안해요. 너무 바빴어."

설마 가족인가. 진짜 이모라도 되는 걸까. 우재는 과도한 두 사람의 인사에 눈썹을 찡긋거렸다. 그제야 뒤에 서 있던 우재를 가리키며 은호가 소개했다.
"아, 이모. 여기 우재 씨."
우재는 은호의 팔을 꼭 쥐어 잡으며 그녀를 바짝 끌어당겼다. 그러곤 그녀의 귓가에 작은 목소리로 속삭여 물었다.
"가족분이십니까?"
말도 안 되는 우재의 질문에 은호가 손사래를 치며 피식 웃음을 흘렸다.
"아뇨, 단골집 이모님이세요."
은호의 말에 우재가 '아.' 하고 작은 탄식을 내뱉으며 주인을 향해 살포시 고개를 숙였다. 우재의 어색하기 짝이 없는 인사에 주인도 피식피식 웃으며 빈 테이블을 손으로 가리켰다.
"쩌 짝에 앉아요. 우리 은호가 낭군님 데려왔으니께 내가 서비스 팍팍 줄게."
우재와 허름한 플라스틱 식탁에 마주 앉은 은호는 뭐가 그렇게 좋은지, 연방 싱글벙글했다. 낯설지만 전에 없이 행복해 보이는 은호의 모습에 우재도 어느새 긴장감이 풀어지고 있었다.
해가 뉘엿뉘엿 넘어가고, 어둠이 내릴 무렵. 은호는 소주를 우재의 빈 잔에 채워 따르며 흔들었다.
"짠! 해요."
머뭇거리는 우재의 손길에, 은호는 알아서 그의 잔에 톡 자신의 잔을 부딪치고는 거침없이 소주를 입속에 털어 넣었다.
"크으!"

걸쭉한 은호의 감탄사에 놀라 그녀를 바라보았다.

"김치말이 국수는 먹을 줄 알죠? 우리 이모 김치말이 국수 끝내주니까 먹어 봐요."

그러나 은호는 아랑곳 않고 국수 그릇을 우재의 앞에 들이밀었다.

"원래 유은호 씨 모습이 이렇습니까?"

두 잔을 이미 비우고도, 또다시 빈 소주잔을 채우는 은호를 보며 우재가 물었다. 우재의 질문에 은호가 피식 웃으며 쓰게 고개를 끄덕였다.

"네. 유감이지만, 원래 내가 이런 여자예요."

서비스로 내놓은 닭똥집을 집어 먹으며 말했다.

"좀 의외네요, 전혀 처음 보는 모습이라."

우재도 제 앞에 놓인 술잔을 집어 들며 작게 읊조렸다. 의외라고 말은 했지만, 사실 좀 더 정확히 표현하자면 신선하다는 말이 적합했다. 매일 유니폼만 입고 있던, 경직되어 있던 표정의 유은호가 아닌, 자연스럽게 웃고 자연스럽게 떠들고, 자연스럽게 좋아하는 음식을 먹고 있는 유은호의 모습이 우재에겐 신선하다 못해 귀엽다고 느껴진 것이다.

"아…… 이제야 좀 살 것 같네요."

꼴깍꼴깍, 소주를 삼키며 은호가 한숨을 내뱉었다.

"내내…… 집에서고 회사에서고 살얼음판 위에 서 있는 것 같아서 답답했거든요."

은호가 웃으며 우재를 응시했다.

"갑갑했습니까?"

은호의 동그랗고 슬픈 눈동자를 보며 우재가 낮은 목소리로 대꾸했다. 은호는 가볍게 고개를 끄덕였다.

"모르겠어요, 내가 잘하고 있는 건지. 회사 일도, 집안일도. 차우재 씨한테 폐나 끼치고, 사고나 치고 있는 건 아닌지."

"……."

"정말 이런 결혼 생활이…… 괜찮은 건지."

살짝 볼이 발그레해진 은호가 말했다. 그녀의 술잔 옆으로 이미 비워진 소주 한 병이 덩그러니 놓여 있었다.

"나랑 우리 가족한테 좋은 선택을 했다고 생각했는데. 아직도 이게 잘한 선택인지는 모르겠어요. 바보인가 봐요, 제가 좀."

우재는 쓰디쓴 소주를 또 들이켜는 은호의 얼굴을 가만히 들여다보았다. 우재 또한 알지 못했다. 이 여자와의 계약 결혼이 잘한 짓인지, 아님 미친 짓이었는지.

그러나 지금 이 순간 우재의 머릿속을 혼란스럽게 하는 건 다른 이유였다. 유은호에 대한 호기심. 그녀가 궁금하고 그녀가 신경 쓰였다. 은호의 핑크빛 블라우스가, 아니 그녀의 핑크빛 뺨이 이상하리만큼 사랑스러워 보인다면 내가 정말 미친 걸까, 하고.

일나나 술잔을 비웠을까. 어느새 바닥엔 소주 대여섯 병이 널브러져 있고, 마주 앉은 은호는 배시시 웃으며 우재를 응시하고 있었다. 턱에 양 손바닥을 괸 채로 우재를 보며 피식피식. 우재는 순식간에 인사불성으로 취해 버린 은호의 모습에 절로 한숨이 터져 나왔다. 술 마시는 모습이 귀여워 보여 잠시 방심을 했더니, 그 사이 소주를 퍼부어 버린 것이었다.

"우재 씨, 우재 씨는 그러고 살면 안 답답해요?"

살짝 꼬여 버린 혓바닥. 은호는 핑크빛이 된 얼굴로 웅얼웅얼 우재를 향해 묻고 있었다.

"맨날 일, 일, 일. 일밖에 모르고. 밥 먹고 일만 하면 무슨 재미로 살아요? 친한 친구도 거의 없는 것 같구. 그렇다구 뭐 다른 취미생활이 있는 것 같지두 않구……. 일하는 게 그렇게 재밌어요?"

"네. 재밌습니다."

우재의 대답에도 은호는 고개를 절레절레 저으며 웃을 뿐이었다.

"에이…… 거짓말. 일 재밌는 사람이 어딨어? 벌어 먹고살려고 하는 게 일인데. 매일매일 쉬지도 않고 일만 하는데 재밌다고요? 거짓말!"

은호의 꼬인 목소리가 점점 더 커지고 있었다. 주방에서 요리를 하던 이모도 그런 은호를 돌아보며 피식 웃었다. 자주 봐 왔던 모습이라는 듯이.

"일하는 게 그렇게 재밌으면 그냥 혼자 평생 일이나 하면서 살지, 나랑 결혼은 왜 했대? 할아버지한테 회사 승계 받아서 또 일하려고 결혼했나?"

"많이 취한 것 같으니 그만 마시죠."

보다 못한 우재가 은호의 술병을 빼앗아 들었다. 그럼에도 은호는 또다시 옆에 있는 새 소주병을 집어 들어 제 잔을 채우고 있었다.

"하……."

우재가 한숨을 내뱉었다.

"술 좀 마셔요, 나 혼자 마시니까 재미없잖어."

은호는 자신의 잔을 채우곤 우재의 잔도 가득 채웠다.

"차우재 씨 엄청, 엄청 잘난 사람인 건 알겠는데…… 엄청, 엄청 대단하신 분인 건 알겠는데, 그딴 식으로 살지 마요. 사람들이 차우재 씨 뭐라고 욕하는 줄 알아요?"

"뭐라고 욕합니까?"

우재가 묻자 은호가 피식피식 웃기 시작했다. 핑크빛 뺨이 볼록 튀어 오르고, 이마 위로 다갈색 앞머리가 예쁘게 흐트러져 내렸다.

"재쑤 없는! 새끼!"

은호의 귀여운 입술에서 툭, 튀어나와 버린 거친 욕지기에 우재의 미간이 일그러졌다. 그러고도 뭐가 좋은지 은호는 키득거리며 말을 이었다.

"천하에 재쓔! 없는 놈!"

"하."

자신을 앞에 앉혀 놓고 욕을 내뱉는 은호의 행동에 우재는 저도 모르게 이마를 짚으며 그녀를 노려보았다. 그러나 차우재가 자신을 얼마나 따가운 시선으로 보고 있는지 알 턱이 없는 만취한 그녀는 여전히 배슬배슬 웃을 뿐이었다.

"사람들이 앞에선 고개 숙이면서 본부장님, 본부장님 하지만 뒤에선 이렇게 욕해요. 몰랐죠?"

우재가 은호의 손을 말리기도 전, 그녀는 또다시 술잔을 톡톡 입속으로 털어 넣어 버렸다.

"그러니까……."

그러다 불현듯 은호의 시선이 바닥으로 떨구어지며 이리저리 흔들리고 있었다.

"그렇게 살지 말아요. 무지…… 힘들어 보여요……."

우재의 눈동자가 올곧게 그녀를 응시했다. 예쁘고 작은 입술이 오물오물 움직이며 따뜻한 위로의 말을 읊조렸다.

"좀 쉬기도 하고…… 하고 싶으면 하고. 하기 싫으면 하지 말고…… 기분 좋으면 좀 웃고…… 그렇게 살……아야지…… 사람이…… 하……."

누가 자신에게 이런 말을 했던 적이 있었던가. 언제나…… 잘해야 한다. 열심히 해야 한다. 최고가 돼야 한다는 말을 듣고 자라 왔던 우재였다. 쉬어라. 하고 싶은 걸 해라. 하기 싫음 하지 마라. 기분 좋음 웃어라. 이런 종류의 이야기를 들어 보는 건 정말이지 처음이었다. 복잡하던 우재의 머릿속이 더더욱 실타래처럼 꼬여 갔다.

유은호. 당신이 대체 뭔데. 고작 계약을 맺은 관계일 뿐인 여자가 왜 내게 이런 말을 하는 걸까. 그리고 나는 왜 또, 이 여자의 이런 시답잖은 이야기에 혼란스러워지는 걸까. 우재는 마른침을 삼키며 미간을 찌푸렸다. 점점 사그라드는 목소리와 함께, 그녀의 몸이 살짝 옆으로 기울고 있었다.

우당탕. 플라스틱 테이블 위로 은호의 상체가 기울어 쓰러졌다. 덕분에 숟가락이며 젓가락, 빈 그릇 몇 개가 바닥에 떨어져 나뒹굴었다.

"으이고. 우리 은호가 그동안 시집살이하느라 스트레스 많이 받았는갑네."

지나가던 가게 주인이 우재에게 들으라는 듯 구시렁댔다.

"나가 이런 말까진 안 하려고 했지만서도. 그짝이랑 결혼한다고 할 때 내가 이 결혼 절대 하지 말라고 했었어."
그녀는 빈 병을 치우며 무심하게 말을 이었다.
"아무리 봐도 우리 은호가 행복할 것 같은 결혼이 아닌 걸로 보여서."
그러곤 우재를 보며 혀끝을 쯧쯧 찼다.
"뭐 한대요? 언능 얘 데리고 가지 않고?"
가게 주인은 시크하게, 아니 차갑게 톡 쏘아붙이고 이내 자리를 피해 버렸다. 그럼에도 우재는 계속해서 그런 은호를 멍하니 응시할 뿐이었다. 무슨 꿈을 꾸는지, 고개를 살짝살짝 움직이며 배시시 웃는 얼굴. 혼자 무어라무어라 중얼거리는 작은 목소리들. 우재는 혼란스러운 마음으로 한참이나 그렇게, 그 자리에서 은호를 바라보았다.

* * *

"하……."
우재는 인상을 찌푸리며 가빠 오는 숨을 뱉어냈다. 그도 그럴 것이, 지금 우재의 등에는 온몸을 축 늘어뜨린 채 파닥거리는 은호가 업혀 있었다. 김 기사는 아직도 부친상으로 휴가 중이었고, 하필이면 박 기사도 연락을 받지 않았다. 포장마차에서 박 기사에게 그냥 먼저 들어가라는 톡을 보내는 게 아니었다고, 우재는 뼈저리게 후회를 하는 중이었다.
어느새 땀으로 범벅이 된 셔츠. (게다가 옷깃엔 떡볶이 소스가 묻어 있었다.) 등 뒤에서 밀려드는 강력한 소주 냄새. 이루 말할 수 없는 불쾌한 기분에 우재는 눈을 질끈 감았다.

"흐흐흐…… 우재 씨, 몸이 둥둥 뜨는 것 같아요!"

그건 당신이 내 등 위에서 몸을 흔들어 대니까 그렇겠지.

"와…… 기분 좋아!"

소주 여섯 병. 아마도 그중에서 우재가 마신 건 한 병이 채 안 될 테니 혼자서 다섯 병은 족히 마셨을 테다. 술 잘 마신다며, 자신 있어 하는 그녀의 말을 믿는 게 아니었다.

우재는 아주 근원적인 것부터 후회를 하고 있었다. 왜 나는 오늘 밀린 일을 놔두고 유은호와 점심을 먹기로 했는가. 왜 그녀의 신발을 사 주겠다며 고집을 부렸는가. 그리고 왜, 유은호와 밥을 먹고 술을 마시고, 그녀의 업게 되었는가.

"후."

결국 우재는 급한 대로 큰 대로변까지만 걸어 나가 택시를 잡아 탈 생각이었다.

"우웁!"

그런데 그때. 종알거리던 은호가 등 뒤에서 야릇한 소리를 냈다.

"왜 이럽니까, 유은호 씨."

우재는 저도 모르게 다급하게 물었으나 은호는 아무런 대답도 없이 계속 헛구역질을 해 댔다.

"우웁!"

"설마 지금, 토할 것 같아서 이런……."

"우웁……!"

우재가 뭐라 추가 질문을 다 하기도 전, 뜨겁고 물컹한 것이 우재의 와이셔츠 등으로 스며들었다. 우재는 눈을 질끈 감으며 입술을 꾹 깨물었다. 아까 은호가 신나게 먹던 떡볶이와 순대, 닭똥집을 다시 떠올리게 되는 순간이었다.

Drrrrr.

우재는 거의 포기한 얼굴로 천천히, 얼어붙은 몸을 움직였다. 그러곤 등 뒤에 업힌 은호의 허벅지를 꽉 움켜쥐며, 주머니 속에서 요란하게 울려 대는 핸드폰을 들었다. 정말이지 기적처럼, 박 기사에게 걸려온 전화였다.

"하…… 박 기사님."

난생처음, 박 기사를 가장 애타는 목소리로 불러 본 우재는 저도 모르게 깊은 한숨을 내쉬고 있었다.

* * *

"그만, 가 보세요."

최 팀장이 겨우 침대에 은호를 누이고, 이불을 덮어 주었다. 그런 최 팀장과 옆에 멀뚱히 선 박 기사를 보며 우재가 무심하게 말했다.

"혹시라도 어르신들께는……."

"네, 알고 있습니다. 본부장님."

혹여나 다른 집안사람들 귀에 은호가 만취해서 업혀 들어왔다는 이야기가 나올까 싶어 꺼낸 말이었다. 눈치 빠른 최 팀장과 박 기사는 걱정 말라는 듯 머리를 살포시 숙인 후 침실을 빠르게 걸어 나갔다.

"하."

그제야 우재는 한숨을 내쉬었다. 얼룩덜룩, 더러워진 자신의 셔츠를 내려다보던 그는 거침없이 그것을 던져 버렸다. 당장이라도 샤워실로 뛰어가 몸을 씻고 또 씻어야겠다고 생각했다.

그러나…… 이상하게도 우재의 발걸음은 은호가 잠든 침대로 가까이 다가서고 있었다. 몸이 생각과 다르게 움직였다. 고요하게, 아기처럼 잠든 은호의 얼굴을 내려다보며, 우재는 가만히 숨을 죽였다. 어둠 속에서도 하얗게 빛나는 그녀의 얼굴. 붉은 입술. 그리고 가느다란 목선. 살짝 벌어진 블라우스 사이로 보이는 풍만한 가슴골. 이상하리만큼 심장이 두근댔다. 당장, 저 붉은 입술에 입을 맞추고 싶다는 충동이 강하게 일었다. 우재는 자석에 이끌린 듯, 저도 모르게 은호의 입술을 입에 물고 빨기 시작했다. 허리를 낮추고, 은호의 뺨을 부드럽게 쓰다듬으며 깊은 키스를 했다. 더럽다는 생각도, 냄새가 난다는 생각도 전혀 들지 않을 만큼 달콤한 향내가 입안 가득 퍼졌다.

입술을 강하게 빨며 입속으로 뱀 같은 혀를 밀어 넣는 순간, 번쩍, 하고 은호의 동그란 눈동자가 크게 부풀어 오르며 우재를 올려다보았다. 자고 있던 자신에게 키스를 퍼붓고 있는 차우재라니. 전혀 상상조차 못 해 본 장면이었다. 그럼에도 우재는 멈추지 않고 진한 키스를 퍼부었다. 눈을 살포시 감은 채로, 마치 은호와의 키스에 집중하려는 듯 그녀의 입을 빨고, 또 핥아 댔다.

뺨을 매만지던 우재의 손길은 은호의 가느다란 목선으로 내려갔다. 그리고 그녀의 목까지 덮고 있던 이불을 단번에 툭 쳐 내 버리며 치워 버렸다. 우재의 손은 거침없이 은호의 블라우스 단추를 풀어 내렸다.

우재의 키스에 입을 벌리고, 혓바닥을 움직이고는 있었지만, 은호는 여전히 당황하는 중이었다. 머릿속에선 오만 가지 생각이 다 떠올랐다. 나 술 많이 마셨는데. 술 냄새가 심할 텐데. 은호는 이 당황스럽고도 민망한 상황에, 몸을 살짝 움직거리며 내빼려했다. 그러자 그제야 입술을 떼어 내는가 싶었는데.

"저…… 저기, 저 씨…… 씻어야 하는데……."

민망한 마음에 은호가 작게 목소리를 냈지만, 우재의 귀에는 아무것도 들리지 않는 모양이었다. 잠시 몸을 일으키는가 싶었던 우재가 본격적으로 은호의 허벅지 위에 올라타 앉는 것이었다. 이미 우재의 상체는 구릿빛 피부를 탄탄히 드러낸 상태였다. 우재는 커다란 손가락을 은호의 브래지어 안으로 쑥 밀어 넣었다. 그리곤 은호의 쇄골을 혓바닥으로 빨기 시작했다.

"흣……."

어둠 속에서의 황홀하고 달콤한 애무. 은호의 손가락이 곧게 뻗어 우재의 단단한 어깨를 부여잡았다. 아직 술이 다 깨지 않았다고 생각했는데, 머릿속이 순식간에 또렷해지면서 파밧 전기가 튀는 느낌이었다. 우재는 은호의 허리를 한 손으로 꾹 눌러 내리며 입안 가득 그녀의 몸을 빨고 핥았다.

"우…… 우재 씨……."

"역시. 민감하군요."

우재의 낮은 목소리가 조용히 울려 퍼졌다. 그의 입술이 점점 더 아래로 내려갔다.

"잠시만요, 거…… 거기는……."

놀란 은호가 상체를 일으키며 입술을 깨물었다.

"안 씻었어요, 입으로는 하지 말……."
은호가 다급하게 우재의 어깨를 그러쥐었다.
"우…… 우재 씨……."
"안 씻어도 달아 죽겠으니까 내 이름 그만 좀 부르죠."
은호의 손가락에 힘이 들어갔다.
"유은호 씨도 원하고 있었군요."
우재의 직설적인 목소리에 은호의 얼굴이 또다시 붉어졌다. 이 순간이 지나고 나면 이미 알고 있는 그 짜릿한 쾌락의 순간이 올 거라는 기대가 피어올랐다. 은호는 동그란 눈을 깜빡거리며 입술을 깨물었다. 심장이 미친 듯 뛰고, 우재의 손이 닿는 곳곳이 뜨겁게 달아올랐다.
미치도록 섹시한 이 남자와의 행위에 은호는 심장이 터질 것만 같았다. 은호는 가쁜 숨을 헐떡였고, 우재는 그런 은호를 내려다보는 것을 즐기는 것 같았다. 이미 발그레하게 달아오른 차은호의 몸은 우재를 더 흥분시켰다.
"기대 안 했는데."
우재가 낮게 말했다.
"유은호 씨와의 섹스가 이렇게 만족스러울 거라곤…… 전혀 기대 안 했는데 말이죠."
우재는 은호의 얼굴에서 눈을 떼지 못 했다.
"이상하게, 자꾸 유은호 씨 몸이 나를 흥분시키는 것 같습니다."
그는 거침없이 자신의 바지 버클을 풀어냈다. 은호는 저도 모르게 마른침을 삼켰다.
"오늘은 하기로 한 날이 아니지만……."

은호는 안달이 나기 시작했다. 은호는 스스로도 믿을 수 없을 만큼 점점 더 음란해지는 상상에, 살짝 눈을 감았다. 우재는 아찔한 머릿속에 한 줄기 남아 있던 이성을 간신히 끌어내며 말했다.

"지금 좀 하고 싶은데…… 해도 되겠습니까?"

이런 순간마저도, 역시나 차우재다. 은호는 부끄러움에 붉게 달아오른 얼굴을 얼른 끄덕였다.

"하아……."

시작이나 하질 말든지. 이미 달아오를 대로 다 달아오르게 만지고 빨고 핥아 놓고. 이제 와서…….

"그럼……."

우재의 미간이 찌푸려졌다.

"하겠습니다."

우재의 저도 모르게 인상을 쓰는 얼굴이 섹시하다고 느끼는 순간, 그가 다급하게 몸을 겹쳐왔다. 우재는 저도 모르게 고개를 숙여 은호의 붉은 입술에 제 혀를 쑥 밀어 넣었다. 은호의 입술이 따뜻하게 우재의 혀를 빨아 대며 움직였다. 맞물린 입술이 서로를 탐하고, 핥고, 맛보며 쾌락을 더 고조해 갔다. 살짝 남은 알코올의 기운이 아마도 더 그 쾌감을 증폭하는 듯했다. 그리고 미칠 것 같은 시각적 자극과 귓가를 간지럽히는 색정적 신음 소리까지.

"하아……."

우재는 인생에서 단 한 번도 경험해 보지 못했던 본능적 몸짓으로, 은호의 몸을 탐하고 또 탐하며 쾌락을 느꼈다.

* * *

“미쳤네.”
은호의 이야기를 듣는 선정이 고개를 절레절레 저으며 날카로운 한마디를 던졌다. 은호는 그런 선정의 확인 사실이 괴로운 듯 양손으로 머리칼을 꽉 움켜쥐며 소리 없는 아우성을 쳤다. 대체 왜 그랬을까. 기억이나 나지 않으면 좋으련만, 또렷하게 떠오르는 어젯밤의 기억에 은호는 괴롭고 또 괴로웠다. 어쩌자고 그렇게 술을 취할 때까지 마셔선, 차우재 등에다 잔뜩 구토를 해 버린 걸까. 아니, 그보다. 재수 없는 새끼라는 말은 왜 해 가지고.
“하…….”
은호는 눈을 질끈 감으며 크게 심호흡을 했다.
“미쳤지…… 나 정말 미친 거 맞지…….”
“아니, 차우재.”
은호의 자책하는 말에 선정이 가만히 고개를 좌우로 저었다.
“뭐?”
이건 또 무슨 소리람. 은호는 동그란 눈으로 선정을 응시하며 물었다.
“차우재 미친 거 아니냐고. 그 까칠하신 본부장님께서 술 취한 유은호를 업다가 그 테러를 당했다고? 근데 그래 놓고 씻지도 않고 둘이 잤단 거 아냐.”
“아우, 야. 조…… 조용히 좀 말해.”
물론 은호와 선정만 자주 드나드는 공간이긴 했지만, 은호는 행여나 다른 사람이 듣진 않았는지 주위를 두리번거리며 호들갑을 떨었다.
“아무래도 미친 것 같은데, 우리 본부장님.”

선정은 이상하다는 듯한 표정으로 은호를 바라보았다. 선정의 말을 듣고 보니 은호도 이상한 생각이 드는 건 마찬가지였다.

"평소에 그렇게 깔끔을 떨고, 차갑게 굴던 사람이 술에 취했다고 너를 업어 줘? 영 이상하잖아. 상상이 안 되잖아, 상상이. 차우재 등짝에다 우엑 하는 그림이."

"그…… 그렇긴 하지만 뭐……."

은호는 선정의 말에도 한숨을 내쉬고 있었다. 이상한 건 맞지만, 지금 중요한 건 그게 아니었다. 은호에게 중요한 건 도통 쪽팔려서 도무지 어떻게 해야 할지를 모르겠다는 사실이었다.

새벽녘, 옆자리에 잠든 우재의 팔을 뿌리치고 몰래 도망치듯 나와 버렸다. 술이 다 깐 맨정신으로는 도저히 그의 얼굴을 볼 수 없을 것만 같았기 때문이다. 그래서 무작정 옷만 챙겨 입고 홀로 택시를 타고 회사에 출근을 해 버렸다. 택시에서 두 번이나 전화벨이 울렸지만 은호는 받지 않았다.

"아… 너무 챙피해."

은호는 괴로운 듯 눈을 질끈 감으며 신음 섞인 한탄을 내뱉었다.

"쯧쯧. 유은호 겉만 멀쩡했지, 어디 연애 비슷한 거라도 해 봤어야 말이지."

그런 은호를 보며 선정이 다시 고개를 저었다. 먹고살기 바빠 제대로 된 연애 한 번 못 해 본 친구의 속사정이 안타깝기만 했다.

"그래서. 섹스는 일주일에 정해진 날짜만 한다고?"

선정의 질문에 은호는 그저 무기력하게 고개를 끄덕였다.

"섹스 한 날은, 그런 날도 따로 자?"

"뭐…… 그럴 때도 있고, 어제 같은 경우엔 아니고."

"보통 섹스 하자고 먼저 말하거나 접근하는 건, 차우재?"
"응."
선정은 마치 취조라도 하듯 자세하게 물었다.
"근데 왜 꼭 둘이 자야 하는 건데?"
"뭐?"
그러다 별안간 선정이 미간을 찌푸리며 뜬금없는 질문을 던졌다. 고개를 무릎 사이에 처박고 있던 은호가 천천히 고개를 들어 올렸다.
"그거야…… 애를 낳아야 하는 조건이 우리 계약에……."
"꼭 그걸 해야 애를 낳나?"
"뭐?"
"그잖아. 요즘 시대가 어떤 시댄데. 차우재 정도면, 어디 가서 남 모르게 인공수정 정도는 할 수도 있는 거잖아. 왜 꼭 너랑 섹스를 하면서 번거롭게 애를 만들어야 하는 거냐고."
그러고 보니 그렇다. 굳이 사랑해서 한 결혼도, 마음에 들어서 한 결혼도 아니건만. 왜 복잡한 섹스라는 절차를 통해 아이를 만들길 원하는 걸까. 한 번도 품어 본 적 없던 의문이 들자 은호의 눈동자가 이리저리 흔들렸다.
"뭐지. 그냥 막 본능적으로 몸이 너한테 끌리는 건가?"
골똘히 생각하던 선정이 혼잣말 같은 이야기를 던졌다. 은호는 그녀의 농담 같은 이야기에 피식, 웃음을 터뜨렸다.
"야, 그냥 뭐…… 괜히 다른 사람들한테 소문 돌아 봐야 좋지도 않고. 어차피 그러기로 합의하고 한 결혼이니까 그러는 거겠지 뭐."

은호는 손을 내저으며 아니라는 듯 웃었다. 천하의 차우재가 본능에 몸이 끌려? 본능이 있는 사람이었으면 아마도 이런 어처구니없는 계약 결혼을 제안하지도 않았을 것이다. 은호는 피식거리며 머리를 쓸어 넘겼다.

"막, 차우재가 너를 보는 눈빛이 뜨겁고…… 이글이글 불타고…… 널 갖고 싶다, 안고 싶다. 이런 얼굴로 보지는 않아?"

"야, 장선정."

크큭, 터져 버린 웃음을 참으며 은호가 선정을 말리듯 불렀다.

Drrrrr.

때마침 진동 벨이 울리는 휴대폰 액정을 응시하는 은호의 입가에, 쓰윽 웃음기가 사라졌다. 액정에 뜨는 세 글자.

'차우재.'

은호는 몸을 벌떡 일으키며 선정에게 SOS 눈빛을 보냈다. 그러나 야속한 전화벨은 도통 끊길 줄 모르고 울려 댔다. 보다 못한 선정이 은호의 휴대폰을 빼앗아 통화 버튼을 눌러 버렸다. 은호의 동그란 눈동자가 터질 듯 부풀어 올랐다.

[유은호 씨?]

당황한 은호가 아무런 대답도 하지 않자, 수화기 너머에서 우재의 목소리가 먼저 들려왔다. 은호는 눈을 질끈 감고, 그제야 입술을 움직였다.

"네……."

[어딥니까?]

"잠깐…… 휴게실에……."

[지금 본부장실로 좀 올라오시죠.]

"지금요?"

은호의 눈이 동그래지며 되물었다. 얼핏 시간을 보니 정오가 가까워지고 있었다.

"저기, 점심 먹고……."

은호는 어떻게든 우재와 마주치는 시간을 늦춰 보기 위해 작은 목소리로 말을 이었다.

[점심 같이 먹어야 할 것 같습니다.]

우재의 목소리가 엿듣고 있던 선정에게까지 들렸는지, 그녀는 호들갑을 떨며 은호의 어깨를 꽉 부여잡았다.

[회장님께서 점심 같이 하자고 오셨습니다.]

그럼 그렇지. 은호는 탄식 섞인 대답을 하고 전화를 끊었다. 이상하리만큼 안타까워하는 선정을 보며 은호는 혀끝을 걷어찼다.

"선정이 네가 차우재가 어떤 인간인지 아직 몰라서 그래."

한없이 얼음장같이 차가운 그를, 네가 상상할 수도 없을 만큼 냉정한 차우재 본부장을 몰라서 그런다고. 은호는 고개를 절레절레 저으며 또각또각 걸어갔다.

* * *

"어, 그래 아가. 얼른 와 앉거라."

본부장실에 들어서는 은호를 보며 할아버지는 반가운 표정을 지어 보였다. 어디 밖에 레스토랑이라도 가서 식사를 하자는 뜻인 줄 알았더니 바리바리 싸 온 도시락들이 사무실 테이블 위에 펼쳐졌다.

"도시락……이네요."

은호가 의아한 표정으로 말하자, 회장은 우재에게 손가락질을 하며 쓴웃음을 지었다.

"이놈이, 맨날 일 많다고 밖에 나가서 점심 먹을 시간 없다고 짜증을 부려 대서. 내 이놈하고 점심 먹으려면 이렇게 도시락 싸 들고 와야 한다니까?"

풋. 할아버지 말에 웃음이 터져 버린 은호가 애써 입을 감싸 쥐며 고개를 숙였다. 도시락이라곤 했지만, 집안 내에서도 솜씨 좋기로 유명한 원 실장이 직접 싸 온 도시락이다. 엄청난 가짓수의 도시락들이 먹음직스러운 냄새를 피우며 은호 앞에 펼쳐졌다.

"먹자꾸나."

할아버지가 먼저 수저를 집어 들자, 은호도 조심스레 젓가락을 집었다. 가장 맛있어 보이는 불고기를 한 젓가락 집어 천천히 입속으로 밀어 넣었다. 그런데 그 순간.

"우웁……!"

어젯밤 먹었던 소주의 역한 냄새가 훅, 올라와 버린 것이다. 은호는 저도 모르게 젓가락을 내팽개치고 입을 막았다.

어젯밤 취기가 아직 안 가신 모양이군. 은호를 보며 우재가 고개를 좌우로 작게 저었다. 그러게 아침에 해장이라도 하고 나갈 것이지, 스르륵 귀신처럼 사라져 버려서는. 그러면서도 우재는 하얗게 질린 은호의 얼굴색이 짐짓 걱정스럽기만 했다.

"욱……!"

알코올의 아릿한 냄새에, 은호는 구토감이 다시 밀려왔다. 결국 금방이라도 밀려 올라올 것 같은 위기감에 은호는 벌떡 자리에서 일어나 본부장실 밖으로 뛰쳐나갔다.

그러나 놀란 것은 은호뿐만이 아니었다. 은호의 이런 행동을 지켜보던 회장의 눈이 튀어나올 듯 부풀어 올랐다. 급하게 뛰어나가는 은호의 뒷모습을 응시하던 그가 놀란 손짓으로 우재의 팔을 꾹 잡았다.

"새…… 새아가가 지금……."

그러나 우재는 자신의 할아버지가 지금 무슨 상상을 하는지도 모른 채 태연한 표정으로 고개를 돌렸다.

"어제 저랑 너무 무리를……."

"이거 봐, 원 실장."

우재의 말을 끊고, 할아버지가 별안간 옆에 서 있던 원 실장을 불렀다.

"얼른 새아가 집으로 데려가고, 강 박사 집으로 불러."

"네, 회장님."

우재는 그저 술병이 난 것뿐이라고 말하고 싶었다. 손자가 아픈 것도 아닌데 뭐 이리 손자며느리 술병에 유난을 떠나 싶은 생각이랄까. 그는 천천히 수저를 들어 올려 하얀 밥을 가득 퍼 올렸다. 그러곤 그것을 자신의 입으로 밀어 넣으려는 순간.

"설마, 네놈도 지금 모르고 있는 거냐?"

깨달아 버렸다. 할아버지의 표정이 심상치 않다는 것을.

"할아버지…… 지금 무슨 생각을……."

"하! 드디어 내가 죽기 전에 소원을 이루려는 모양이구먼?"

껄껄 웃는 할아버지의 웃음소리를 들으며, 우재의 미간이 팔자를 그리며 일그러지고 있었다. 잠시 후, 사색이 되어 돌아온 은호가 할아버지를 향해 머리를 숙였다.
“죄송해요, 속이 좀 안 좋아서…….”
간만에 어제 술을 너무 퍼마셔서 그렇다는 말은 차마 할 수가 없었던 은호가 작은 목소리로 변명했다.
“아가, 지금 당장 집으로 가자.”
“네?”
“강 박사 부르라고 해 놨으니.”
아직 무슨 상황인지 파악하지 못한 은호가 손을 내저으며 말했다.
“아, 아니에요. 속이 안 좋은 것뿐인데 뭘 이런 일로 조퇴를…….”
“원, 젊은 남녀가 이렇게 둔해서야.”
은호의 대답에 할아버지가 혀끝을 쯧쯧 걷어찼다. 그 옆자리에 앉은 우재는 아무런 말없이 생수만 들이켜고 있을 뿐이었다. 은호가 눈을 동그랗게 굴리며 여전히 의아해하자, 원 실장이 살짝 다가와 귓속말로 속삭였다.
“아직 임신 검사는 아직 안 받아 보셨지요?”
“네?”
원 실장의 속삭임에 은호가 눈을 더 커다랗게 떴다.
“아…… 아뇨, 임신은 무슨…….”
회장은 당황해서 말을 더듬는 은호를 귀엽다는 듯 보며 웃고 있었다. 부끄러워 금세 귀까지 새빨개진 은호의 모습이 참으로 보기 좋다고 생각했다.
“내 보기엔 100프로지 싶지만, 정확한 검사를 받아 봐야 하니…….”

"하…… 할아버지."
은호가 어색하게 웃으며 회장을 불렀다.
"제가, 제가 이…… 일이 바빠서요. 지금 당장 조퇴하고 집에 들어갈 수 있는 상황이 아니라……. 퇴근하고 병원엘 가보든지, 아님 내일 오전에 따로 시간 내서 병원에 가볼게요."
은호의 다급한 목소리에 회장이 조금 서운한 기색을 보였다. 그러나 곧 수긍하듯 고개를 끄덕였다.
"그래. 뭐…… 정 그렇다면야. 하기야 중요한 소식은 두 사람이 가장 먼저 듣는 게 좋겠지. 그래, 새아가 뜻대로 하려무나."
아무래도 회장은 은호의 임신을 절대적으로 확신하고 있는 듯했다. 입덧이 심해 고생하는 재이 집안 며느리들의 공통적 현상을 또렷이 기억하는 까닭이었다. 회장은 은근하게 웃으며 뿌듯한 얼굴로 은호와 우재를 번갈아 바라보았다.
"할아버지, 임신이 아닐 수도……."
"원 실장."
옆에서 가만히 듣다 못한 우재의 말을 단번에 잘라 내며, 할아버지는 다시금 원 실장을 찾았다.
"우재 어미도 그렇고, 죽은 내 마누라도 그렇고. 임신할 때마다 아무것도 못 먹고 고생한 것 기억하나?"
"네, 회장님."
"원 실장이 강 박사랑 오 셰프랑 잘 상의해서 아가 고생하지 않게 신경 좀 써 주고."
"네, 회장님."
조그마한 의심의 여지도 없는 듯한 회장의 발언에, 결국 우재의 입도 턱 막혀 버리고 말았다. 회장은 싱글벙글한 표정으로 자리에서 일어섰다.

"난 이만 가 보마. 둘이 오붓하게, 편하게 식사들 하고."

은호에게 조금이라도 불편한 상황을 제거해 주기 위한 그의 작은 배려였다.

회장이 나가고, 은호는 안절부절못하는 표정으로 우재를 응시했다. 쿵, 하고 문이 완전히 닫히는 것을 확인하고 나서야 은호는 작은 목소리로 다급하게 속삭였다.

"우재 씨라도 말을 했어야죠, 입덧이 아니라 어제 술을 너무 마셔서 술병 난 거라고."

"그러게요. 직접 말하지 그랬습니까."

"하……."

"검사받아 봐요. 진짜 임신이면 어쩌려고."

"차우재 씨."

우재가 긴 다리를 뻗어 일어나며 무심한 표정으로 툭 말을 던졌다. 은호는 답답하다는 듯이 그를 따라 일어섰지만, 순간적으로 또다시 역한 알코올 냄새가 욱 밀려 올라왔다.

"읍……!"

밀려오는 구토감에 은호가 또다시 두 손으로 제 입을 꾹 틀어막고 다시 사무실을 뛰쳐나갔다. 그런 은호를 보며 고개를 절레절레 젓던 우재가 문득, 열린 문을 다시 돌아보았다.

"그러게 무슨 술을 그렇게 마셔선……."

그러고는 저도 모르게 걱정 섞인 혼잣말을 중얼중얼 내뱉었다.

* * *

식탁 앞에 선 은호의 눈이 금방이라도 튀어 나올 듯했다. 어깨에 메고 있던 핸드백 끈이 톡, 떨어져 내려 팔을 타고 미끄러졌다. 옆에 선 우재도 조금 놀란 듯한 표정으로 눈앞에 펼쳐진 상황을 파악하는 중이었다. 퇴근하면 곧바로 본채로 건너와 간만에 온 식구 다 같이 저녁을 먹자던 회장의 말에 따라, 은호와 우재는 나란히 퇴근하자마자 이곳으로 달려온 상황이었다. 그런 두 사람 앞에 펼쳐진 광경은, 잔칫상을 방불케 하는 화려한 식탁과 2단 케이크. 그리고 식당으로 들어서는 두 사람을 향해 터지는 작은 폭죽들.

"하……."

한참 만에야 은호의 입에서 기막힌 숨이 터져 나왔다. 한쪽 구석에서 흐뭇한 얼굴로 웃고 있던 최 팀장이 다가와 조용히 말을 건넸다.

"임신 축하드려요, 큰 사모님."

"축하드려요."

이 집안 식구들이 한 명도 빠짐없이 모인 것 같은 지금의 상황. 잘못돼도 뭔가 한참이나 잘못됐다는 생각이 들어, 은호는 얼른 제 옆에 선 우재를 올려다보았다. 식탁 정중앙, 의자에 앉아 있던 회장도 함박웃음을 지으며 은호를 기특하다는 듯 응시했다.

"뭐 해. 이리 와, 어서 앉아라."

은호는 우재를 따라 쭈뼛쭈뼛, 회장의 앞자리에 마주 앉았다. 아무래도 지금 이 상황이 자신의 임신을 축하하는 파티 비슷한 개념의 식사임을 깨달은 은호가 목소리를 가다듬으며 입을 열었다.

"할아버지, 그리고 어머님, 아버님."

이 자리에는 물론 차준일 사장과 이희옥 그리고 이복동생 내외도 함께 앉아 있었다. 당연한 일이지만 그들 중 누구도 반가운 표정은 아니었다. 특히나 그중에서도 현정의 표정이 가장 어두웠다. 얼마 전, 자신이 임신했을 때와는 차원이 다른 분위기였기 때문이다. 저가 임신이라는 말엔 별달리 기쁜 내색도 없던 할아버지가, 장손며느리가 임신이라는 말에는 축하 자리까지 만들어 호들갑이었다. 아무리 홀대는 각오하고 들어온 자리라지만 이건 너무하지 않은가. 그래도 버젓이, 새어머니인 희옥이 이 집 안주인 자리를 꿰차고 있는 마당에. 현정은 입술을 꾹 깨물며 말없이 은호를 노려보았다. 은호가 계속 말을 이었다.

"죄송한데, 아직 제가 병원에 가 보지는……."

"그래. 병원은 뭐 천천히 가 보려무나."

또다시 말을 끊는 할아버지가 원망스러웠다. 아무래도 그놈의 술이 웬수다. 술만 아니었어도 입덧 같은 구토는 하지 않았을 텐데. 은호는 손을 뻗어 옆자리에 앉은 우재의 팔을 쿡쿡 찔러 보았다. 정작 우재는 무표정한 얼굴로 태연하게 앉아 있었다. 누구보다 자신이 임신이 아니라는 걸 알면서 왜 할아버지 장단에 같이 맞춰 주고 있는 건지, 은호는 답답하고 황당한 마음을 감출 길이 없었다.

"아…… 아직 확실한 것도 아닌데 이렇게까지……."

은호의 말에 이번에도 할아버지는 고개를 저었다.

"무슨 소리. 다른 것도 아니고 우리 장손며느리 임신인데."

그리고 그가 턱짓을 하자, 원 실장이 준비하고 있던 서류 봉투와 쇼핑백을 은호에게 내밀었다.

"자, 내 드디어 장증손주를 보게 된 선물이다."

"하…… 할아버지……."

"재이바이오랑 재이푸드 지분 조금 넣었다."

"아버님!"

한구석에 앉아 있던 희옥이 기가 막히다는 듯 앙칼진 목소리를 높였다. 가느다란 눈을 뜨고 은호가 받아 든 서류 봉투를 보며 제 옆자리에 앉은 차준일 사장의 옆구리를 찔렀다.

"아버님, 우리 현석이네는요? 현석이는 임신 선물 안 주셨잖아요."

직설적인 희옥의 말에 회장이 혀끝을 끌끌 걷어찼다.

"시어미가 돼서는 그저 애들처럼…… 쯧쯧……."

"아버님."

희옥의 등쌀에 보다 못한 차준일 사장도 한마디를 거들었다. 노골적으로 드러내는 그들의 욕심 섞인 목소리를 들으며, 우재는 저도 모르게 쓰디쓴 웃음을 흘렸다.

이런 사람들이었지. 그간 은호 때문에 잊고 있었던 가족이란 사람들의 욕심이 떠올랐다. 그리고 이 집에서 유일하게 외톨이었던, 홀로 자신의 것을 지켜야 했던 자신의 처지도 함께 떠올랐다. 우재의 손에 다시금 바짝 힘이 들어갔다.

"너희들은 가질 만큼 가지고 있잖니. 내가, 새아가 임신 선물로 내 거 좀 나눠 주겠다는데도 이렇게들 성화할 일이냐?"

"아버님……."

은호는 자기가 지금 받아 든 서류 봉투가 정확히 뭘 의미하는지도 모른 채 그저 동그란 눈을 깜빡이며 안절부절못할 뿐이었다. 주식이고 뭐고 간에 지금 당장 자신이 임신이 아니라는 사실을 말하고 싶었다. 그럼에도 불구하고 대체 차우재는 지금 뭘 하는 건가. 왜 임신이 아니라고 말해 주지 않는 거지. 은호는 답답한 마음에 눈을 깜빡거리며 우재에게 SOS를 보내 보지만, 무슨 생각을 하는지 우재는 굳은 얼굴로 허공을 응시하고 있을 뿐이었다.

"축하하려고 만든 자리에서까지 투덜투덜, 아주 시끄러워 죽겠구나!"

계속되는 희옥의 목소리에 회장이 더는 못 참겠다는 듯 버럭 목소리를 높였다. 그 바람에 싸늘해진 식탁 위 분위기. 은호는 숨이 막혀 죽을 것 같은 기분이었다.

"축하드려요, 형님."

줄곧 은호를 노려보던 현정이 고까운 목소리로 먼저 말을 건넸다. 은호가 입술을 깨물어 어설프게 웃었다.

"오래 걸릴 줄 알았는데. 어떻게 그래도 빨리 생겼네요, 애기가."

그다지 친해 보이지 않는 두 사람. 아무리 차우재가 서둘러 성사된 결혼이라곤 하지만, 도무지 차우재의 눈빛은 사랑에 빠진 남자의 눈빛이 아니라고 생각했던 현정이었다. 분명히 자기가 모르는 무언가가, 두 사람에 있는 게 분명하다고 생각했다. 그렇기에 적어도 당분간은, 은호의 임신을 걱정하지 않아도 될 거라고 안심하고 있었던 것이다. 현정의 날카로운 눈빛이 은호의 비어 있는, 반지 없는 맨 손가락에 가 닿았다.

"아무튼. 어서들 먹자꾸나. 이, 케이크도 좀 자르고."

할아버지의 말에 원 실장을 비롯한 메이드들이 다시 바쁘게 움직이기 시작했다. 은호는 작게 한숨을 내쉬며 식탁 위에 차려진 음식들을 응시했다. 그녀는 지금 이 순간 아무 말도, 아무 반응도 보이지 않는 차우재가 가장 원망스러웠다.

* * *

"하…… 대체 왜 아무 말도 안 했어요?"

어색하고 불편하기 짝이 없는 저녁 식사 자리가 끝나고 안채로 돌아오자마자 은호가 우재에게 다다닥 쏘아붙이기 시작했다. 그러나 우재는 아무런 말도 없이 셔츠 단추를 하나둘 풀 뿐이었다.

"아직 병원도 안 가 봤다고 분명히 말했는데, 다들 지금 내가 임신했다고 생각하고 있잖아요."

"아직 확실한 거 아니라고 말했으면 됐다고 생각합니다만."

"하…… 그래도 나중에 임신 아닌 거 알면 대체 어쩌려고……."

"하면 되잖습니까."

"네?"

"진짜로 임신하면 되지 않냐는 말입니다."

"차우재 씨."

"임신인지 아닌지가 할아버지께 중요하다고 생각합니까?"

"네?"

"할아버지한테는 지금인지, 아님 나중인지가 중요할 뿐이죠."

은호는 우재의 말이 무슨 뜻인지 곰곰이 생각에 빠졌다.

"그거."

기가 막힌 표정으로 자신을 보는 은호를 보며, 우재는 손가락으로 그녀가 쥔 서류 봉투를 가리켰다. 은호는 미간을 움찔거리며 서류 봉투를 양손으로 쥐고 있었다.

"그게 뭐라고 생각합니까?"

"이…… 이거는…… 할아버지께서 주식 선물……."

"네. 그게 유은호 씨가 나랑 결혼한 이유죠."

우재의 냉랭한 목소리에 은호의 손가락에 바짝 힘이 들어갔다.

"내가 왜 결혼을 해야 한다고 했는지, 왜 아이가 필요하다고 했는지 기억합니까?"

당연히 기억한다. 재이그룹의 안정적인 경영 승계. 그걸 위해, 이 냉혈한 같은 남자가 결혼하자며 계약서를 내밀었지.

"어차피 임신을 위해, 아이를 위해 한 결혼입니다. 유은호 씨가 좋든 싫든 빨리 임신을 해야 이 결혼 생활이 서로에게 이득이라는 얘기죠. 진짜로 임신을 하고, 아이를 낳으면 지금 유은호 씨가 할아버지께 받은 이 작은 선물이 전부일 것 같습니까?"

"……."

은호는 입술을 꾹 깨물고 우재의 눈을 살폈다. 어제까지만 해도, 아니 조금 전까지만 해도 어쩌면 이 남자에게 계속 설렐 수 있을지도 모르겠다고 생각했는데. 내가 차우재를 아직도 덜 알았구나.

"왜 그렇게…… 욕심을 부려요?"

은호는 답답한 마음에 말이 앞서고 있었다. 결국, 이 상황에서도 자신의 경영 승계 때문에 임신이 아니라는 사실을 적극적으로 알리지 않았다는 말이지 않느냐고.

"어차피 다 차우재 씨 거잖아요. 아무리 둘째가 있다 해도 회장님께선 차우재 씨를 전적으로……."

"욕심?"

은호의 질문에 우재의 눈이 날카롭게 휘어져 올라갔다. 아니, 날카롭다 못해 싸늘하고 무서운 그 눈빛에 은호는 말문이 막혀 버렸다.

"지금 욕심이라 그랬습니까? 내 걸 내가 지키는 걸 유은호 씨는 욕심이라고 말합니까? 남의 걸 탐내고 뺏기 위해 바둥거리는 저 사람들 행동은 욕심으로 안 보입니까? 네. 이걸 지키기 위해서 우리 어머니가……! 하."

평소답지 않은 우재의 모습이었다. 지나치게 화가 난 그의 얼굴. 상기된 얼굴과 고조된 목소리. 은호는 처음 보는 우재의 분노가 당황스러웠다. 그래서 그녀는 아무런 말도 하지 못하고 얼굴을 감싸 쥐는 그를 그저 지켜만 볼뿐이었다. 그리고 궁금해졌다. 사이보그같이 차갑기만 한 차우재를 이토록 흥분하게 하는, 그 이유가 뭔지.

"그만하죠."

우재는 찌푸렸던 얼굴을 이내 돌리며 서재를 향해 걸어갔다. 덩그러니, 또다시 홀로 남은 은호는 이 복잡한 상황, 복잡한 마음을 어떻게 추슬러야 하는 건지 혼란스럽기만 했다.

* * *

도통 잠이 오질 않았다. 내내 뒤척이다 문득 시계를 보니 자정이 훨씬 넘은 시각. 잠을 청하기 위해 침대에 누워 있던 은호는 몸을 벌떡 일으키며 한숨을 내쉬었다. 병원에 다녀오기 전까지 선물을 받지 않겠다고, 아직 임신은 아니니 다들 진정들 하시라고 그렇게 똑 부러지게 말을 했어야 했다. 차우재가 도와주지 않았더라도 그랬어야만 했다. 한숨을 내쉰 은호는 홀로 있던 침실을 슬그머니 빠져나왔다. 복도 끝, 서재 문에선 희미한 불빛이 새어 나오고 있었다. 아직 우재가 일을 하고 있는 모양이었다.

"나쁜 놈……."

굳게 닫힌 문을 노려보며 은호는 입술을 꾹 깨물었다. 그러곤 식탁 위에 놓인 생수를 컵에 따라 벌컥벌컥 마셨다.

"하……."

임신한 척, 거짓말을 해 놓고 태연하게 일이 손에 잡히나. 은호는 물컵을 탁, 식탁 위에 내려놓았다. 꼬르륵. 불쑥, 그녀의 배 속에서 간절한 소리가 흘러나왔다. 워낙에 살얼음판 같은 식탁에서 제대로 식사조차 못 한 그녀였다. 아무리 잔칫상을 차려 놓으면 뭐 하겠는가. 도통 먹을 수 있는 분위기가 아니었던 것을. 은호는 결국, 다용도실 바구니 한구석에 남아 있던 라면 봉지를 꺼내 들었다.

냄비에 물을 올리고, 스프를 풀었다. 냉장고를 뒤져 달걀과 파도 꺼냈다. 보글보글, 국물 끓는 소리에 절로 침이 넘어갔다. 이게 얼마 만에 먹는 라면이던가. 결혼한 이후엔 처음인 것만 같았다. 이게 뭐라고. 잠 안 오는 출출한 새벽, 라면 하나 끓여 먹을 수 있는 행복이 얼마나 소중한지도 모르는 멍청이. 은호는 다시 한번 닫힌 서재 문을 보며 얼굴을 잔뜩 일그러뜨렸다. 그런데 하필 그 순간, 닫혀 있던 서재문이 끼익 소리를 내며 열리고 불쑥 우재가 걸어 나왔다. 우재는 불이 켜진 주방을 향해 천천히 다가오며 은호를 응시했다.

"배가 고파서……."

우재와 눈이 마주친 은호는 저도 모르게 변명의 말을 늘어놓았다. 보글보글, 국물이 맛있게 끓는 소리에 우재가 힐끗, 인덕션을 쳐다보았다.

"우재 씨도 먹을래요?"

"지금 이 시간에 먹어도 얼굴 안 붓습니까?"

말을 해도 꼭 못된 말만 골라서 하는 차우재. 그의 말에 정곡을 찔린 은호가 짜증난다는 듯 획 돌아서 버렸다.

"왜 안 붓겠어요. 붓겠죠. 아주아주 퉁퉁. 누가 붓는 거 몰라서 밤에 라면 먹나."

은호는 젓가락을 들어 라면을 휘휘 저으며 퉁명스레 읊조렸다. 꼬르륵. 문득 은호의 젓가락질이 허공에 멈춰 섰다. 분명 자신의 배 속에서 나는 소리는 아닌데. 등 뒤에서 나는 소리에 그녀가 휙 뒤를 돌아보자, 우재가 얼른 시선을 피했다. 분명 우재의 배에서 나는 소리였다.

"앉아요. 하나 더 끓일게요. 먹고 싶으면 먹고 싶다고 말하죠? 없어 보이게 먹는 사람 비난하지 말고."

은호는 라면 봉지를 하나 더 뜯으며 냄비에 물을 더 추가해 부었다. 밉기만 한 차우재에게 라면까지 끓여주고 싶진 않았지만, 어쩐 일인지 이미 손이 알아서 움직이고 있었다. 결국 푸짐하게 끓인 라면 냄비를 식탁 위에 턱, 올려놓으며 우재와 은호는 마주 앉았다. 모락모락, 맛있는 냄새가 피어올랐다.

"인스턴트는 웬만하면……."

"웬만하면 안 드시겠지만요, 원래 인스턴트가 더 맛있는 법이거든요. 계속 잔소리하실 거면 가시든가요. 나 라면 두 개도 먹을 수 있는 여잔데."

다다닥. 자신의 말을 막고 쏘아붙이는 그녀에게 우재는 어쩐 일인지 아무런 대꾸도 할 수가 없었다. 괜스레 헛기침을 하며 라면을 한 젓갈 들어 올릴 뿐.

후루룩. 적당히 익은 면발이 탱탱하게 라면 국물을 머금고 있었다. 우재 역시 출출하던 찰나에 들어간 라면인지라 내색하진 않아도 그 맛에 깜짝 놀랐다. 은호 말마따나 원래 인스턴트가 더 맛있는 법인가.

"맛있네요."

우재의 말에 은호가 고개를 살짝 들어올렸다. 그러고는 별다른 잔소리 없이 라면을 먹고 있는 그를 응시했다.

"딴 건 몰라도 라면 하나는 내가 잘 끓여요. 남동생도 맨날 저녁에 오면 나한테 라면 끓여 달라고 그래서 다이어트 하기가 얼마나 힘들었는지……."

문득 자기도 모르게 흘러나온 지난 이야기, 가족 이야기에 은호의 말꼬리가 허공으로 아스라이 흩어져 버렸다. 가난했어도 마음만은 풍요로웠던 그때. 새벽 훈련을 마치고 온 남동생과 오붓이 라면을 끓여 먹으며 낄낄거리고 웃고 떠들었던 날들. 은호는 그 아프지만 소중한 기억들이 떠올랐다. 씁쓸한 미소가 그녀의 입가에 머물렀다.

"미안해요."

은호가 문득 젓가락질을 멈추며 말했다.
"아까, 욕심 많다고 말한 거. 미안해요."
차우재가 그렇게까지 화를 낸 걸 보면, 그에게 해선 안 될 말을 한 게 틀림없었다. 자신이 그의 가장 아픈 부분을 건드렸다는 걸 직감했다. 그렇기에 그녀는 진심을 다해 그에게 사과의 말을 건넸다.
"그치만…… 아무래도 식구들한테 거짓말을 한 게 너무 마음에 걸려서……."
"왜 자꾸 거짓말이라고 하죠?"
"……."
우재의 눈이 동그란 그녀의 눈동자를 오롯이 마주했다.
"이렇게 하죠. 일주일에 세 번, 잠자리하기로 정해 놨던 요일 말고도 앞으론 자주 합시다."
순식간에 은호의 얼굴이 귀 끝까지 새빨개졌다.
"무…… 무슨……."
"자주 하다 보면 실제로 임신할 확률이 높아지겠죠."
태연한 얼굴로 차분하게도 말했다. 그 순간, 은호는 선정의 말이 떠올랐다.
'그잖아. 요즘 시대가 어떤 시댄데. 차우재 정도면, 어디 가서 남모르게 인공수정 정도는 할 수도 할 수도 있는 거잖아. 왜 꼭 너랑 섹스를 하면서 번거롭게 애를 만들어야 하는 거냐고.'
문득 이 남자의 진심이 궁금해졌다. 그럴 리 없다고 속으로 생각하면서도, 이 남자의 올곧은 눈빛에 일말의 기대를 걸게 되는 것이었다.
설레고 싶지 않았지만 이미 설레고 있었다. 흔들리고 싶지 않지만, 이미 차우재 앞에서 휘청거리고 있었다.

드르륵. 불현듯 우재가 식탁에서 벌떡 일어나 마주 앉은 은호에게 가까이 다가왔다. 그러곤 그녀의 손목을 쭉 잡아 일으켰다.

"얼굴 붓는데 그만 먹고 일어나죠."

"네?"

"갑시다."

은호는 동그란 눈을 깜빡이며 우재를 응시했다.

'막, 차우재가 너를 보는 눈빛이 뜨겁고…… 이글이글 불타고…… 널 갖고 싶다, 안고 싶다. 이런 얼굴로 보지는 않아?'

선정이 말한 그 눈빛. 그 얼굴. 혹시나 이런 눈빛과 얼굴을 말하는 건가. 은호는 제 앞에 가까이 다가온 우재의 얼굴을 가만히 살폈다.

"침대로."

은호가 뭐라 대답을 할 새도 없이, 그녀를 번쩍 안아 든 우재는 성큼성큼 침실로 향했다.

"잠…… 잠깐만요……."

"왜요. 유은호 씨는 별로 안 내킵니까."

우재가 눈썹을 찡긋거리며 물었다.

"아…… 아니 그게 아니라……."

"그런 게 아니면 하죠, 지금."

하. 대체 이 남자. 은호는 다급하게 자신의 잠옷을 벗겨 내는 우재의 행동에 당황하며 입술을 깨물었다.

"굳이 섹스가 아니어도……!"

그녀의 목소리에, 가느다란 허리를 끌어안으려던 우재의 손이 멈칫했다.
"굳이 섹스를 하지 않아도 임신할 수 있잖아요. 인공수정이라든가……."
우재의 눈썹이 조금 더 일그러졌다.
"갑자기 왜 이런 질문을 합니까? 나랑 직접 하는 게 싫어서?"
그럴 리가 있겠는가. 차우재 손만 닿아도 온몸이 이렇듯 찌릿찌릿 하는데. 은호는 답답한 듯 입술을 달싹였다. 그러니까 은호가 묻고 싶은 건 하나였다.
"차우재 씨는…… 그러니까……."
은호의 자그마한 손가락이 꼼지락거리며 망설였다.
"그러니까……."
우재도 덩달아 달싹이는 그녀의 작은 입술에 시선을 집중했다.
"나를 안고 싶어서…… 그러니까…… 나랑 하는 게 차우재 씨도 나쁘지 않아서 하는 건지……."
홍당무처럼 달아오른 은호의 얼굴. 우재는 그런 은호를 이해할 수 없다는 듯 무표정한 얼굴로 답했다.
"네. 안고 싶습니다."
그 대답을 듣는 순간, 은호의 심장은 터져 버릴 것처럼 쿵쾅댔다. 고장 나 버린 게 아닌가 싶을 정도로 폭주했다.
"유은호 씨랑 하는 섹스가 점점 더 좋습니다. 당신을 안으면, 유은호 씨랑 하면 미치도록 황홀해집니다. 아니, 좀 더 솔직히 말하면 이렇게까지 나도 내가 흥분하게 될 줄은 몰랐습니다. 당황스럽겠지만 사실입니다. 나도 내가 이렇게 본능에 약한 인간이라는 거에 좀 당황스럽지만."

찡긋, 미간에 힘을 주고 말하는 차우재의 얼굴. 이런 말을 이토록 섹시하게 할 일인가. 은호는 설레는 얼굴로 우재의 눈을 올려다보았다. 냉기 가득한, 시리도록 차가운 무표정함 속에서도 눈빛만은 이글이글 뜨거웠다. 이 잘생긴 눈빛이 자신을 욕망 가득한 시선으로 내려다보고 있다는 사실, 그 사실만으로도 은호는 온몸이 달아오르는 기분이었다.

"내 추측이지만 내 몸이랑 유은호 씨 몸이, 꽤나 잘 맞는 것 같습니다. 그렇지 않고선 딱히 성욕이라는 걸 못 느끼고 살아온 내가 이렇게 흥분할 리 없으니까요."

참으로 통찰력 있는 분석이었지만, 지금 은호의 귀에는 그 어떤 말도 들어오지 않았다. 그저 단 한마디, 자신과 하는 행위가 좋다는 차우재의 한마디만이 그녀의 귓가에 빙빙 맴돌았다.

"유은호 씨는 어떻죠? 이런 질문을 하는 이유는, 그러니까 유은호 씨는 나랑 하는 게 별로라는 뜻입니까?"

은호의 볼 바로 옆에는 단단히 버티고 선 그의 굵은 팔뚝이 검푸른 핏줄을 움찔거렸다. 차우재의 섹시하고 굵은 목선과 뾰족한 콧날, 날렵한 턱선이 은호를 향해 대답을 재촉했다. 은호는 고개를 좌우로 저었다. 아니라고 말하려는 듯.

"다행이군요."

은호의 대답이 떨어지기 무섭게 우재의 몸이 다시 은호에게 달려들었다. 그녀의 잠옷 바지를 단번에 끌어 내리고, 가느다란 허리를 번쩍 안아 올렸다. 그러곤 은호와 자리를 바꾸어 자신이 침대 헤드에 머리를 기댄 채로 앉았다. 은호의 눈이 동그랗게 커졌다. 은호의 새하얀 허벅지가 우재의 허벅지 위에 바짝 밀착된 채로 앉게 되었다.
"그럼 오늘은 유은호 씨가 위에서 해 봐요."
은호의 얼굴이 빨갛게 얼어붙었다. 위에서 해 보다니. 무슨 이토록 야한 말을 이토록 평온한 표정으로 한단 말인가. 은호가 우물쭈물, 얼굴을 붉히고 있자 결국 우재의 입술이 은호의 목덜미에 급하게 와 닿았다. 목덜미를 핥는 우재의 혓바닥이 매끄럽게 움직였다. 은호는 온몸이 저릿할 만큼 흥분하기 시작했다.
"역시. 이렇게 금세 흥분하는데, 나랑 하는 게 싫을 리가 없겠죠."
은호는 이런 우재의 야릇한 말들이 그저 부끄럽고 민망하기만 했다.
"민감하고."
여전히 얼굴을 붉히는 은호를 끌어안으며, 우재가 낮게 속삭였다.
"완전히 흥분시켜 주면, 그땐 유은호 씨가 스스로 해 볼 건가요?"
그의 굵은 손가락 하나만으로도 은호는 몸이 파르르 떨리고 있음을 느꼈다. 은호는 단 한 번도 상상해 본 적이 없었다. 그렇기에 더욱 흥분이 되는 것이었다. 차우재의 말대로, 그와의 행위가 점점 더 좋아지고 있었다.
"하…… 우재 씨……."
은호는 애타는 목소리로 우재의 이름을 불렀다.
"더 흥분됩니까?"
우재의 질문에 은호가 흐느끼듯 대답을 했다.

"유은호 씨."

우재의 낮은 목소리가 은호의 귓가에 은밀하게 울려 퍼졌다.

"야하군요."

그러고는 그녀의 하얀 귓불을 살짝 눌러 깨물었다. 붉은 입술 사이로는 타액이 절로 흘러나왔다. 일순간 머릿속이 황홀하게 블랙아웃 되어 버렸다.

* * *

포근한 기분을 느끼며 먼저 눈을 뜬 건 우재였다. 살짝 젖혀진 커튼 사이로 새벽녘의 빛이 어스름 밀려드는 시간. 우재는 자신의 품속에서 쌔근쌔근 잠든 은호의 얼굴을 가만 내려다보았다. 오밀조밀 모인 눈 코 입과 하얗고 투명한 피부. 어젯밤 섹시한 유은호와는 또 다른 모습이었다. 우재의 손이 절로 움직여 은호의 이마를 보드랍게 쓰다듬었다.

"흐음……."

그 덕에 뒤척거리던 은호가 살포시 눈을 떴다. 눈을 뜨자마자 우재와 눈이 마주친 은호가 얼굴을 붉혔다. 이럴 때 보면 좀 귀여운 것 같기도 하고. 우재가 의아한 얼굴로 더더욱 자세히 은호의 눈을 살폈다. 흐릿하던 눈빛에 당황스러움이 어렸다.

"뭐…… 뭐 해요……?"

잠든 얼굴을 들여다보고 있었던 건가. 뜨거운 우재의 시선에 은호가 말을 더듬으며 시선을 피했다.

"무겁군요."

그제야 은호가 화들짝 놀라며 벌떡, 몸을 일으켰다. 온몸의 무게로 우재의 가슴을 짓누르며 그에게 안겨 있었다. 이렇게 밤새 잠이 들었구나.

"미…… 미안요."

그러나 우재의 커다란 손이 다시 그녀의 어깨를 자신 쪽으로 꾹 짓눌렀다. 다시 순식간에 우재의 품에 안겨 버린 은호. 은호의 귀가 우재의 너른 가슴에 폭 파묻혔다.

"집안 식구들한테는 당분간 유은호 씨 임신 중인 걸로 하죠."

그 너른 가슴이 따뜻하게 울리고 있었다. 우재의 말에 은호가 미간을 설핏 찌푸렸다. 그러나 우재는 태연하게 눈을 감은 채 말을 이어 나갈 뿐이었다.

"어차피 임신이야 곧 하게 될 것 같으니까."

"네? 그게……."

우재의 눈빛이 또다시 욕망에 젖어 은호를 응시해 왔다.

"아직 출근 전까진 시간 충분한 것 같은데."

협탁 위 시계를 힐끗 확인한 우재가 은호의 허리를 다시금 꼭 끌어안았다. 은호는 순식간에 우재의 몸에 짓눌렸다.

"우…… 우재 씨, 지금 또……."

은호가 다급한 목소리로 말을 더듬었다.

"거짓말하기 싫다면서요."

"네?"

"빨리 임신을 해야 거짓말이 아닌 게 될 거 아닙니까."

꽤 말이 되는 것 같은 우재의 논리에 은호는 할 말을 잃었다. 뜨거운 아침이 다시 시작되고 있었다.

6. 신혼여행

은호는 자꾸만 떠오르는 지난밤과 오늘 아침의 끈적한 정사가 민망스럽기만 했다. 일에 집중할 법하면 떠오르고, 또 떠오르고. 차우재와 처음 섹스한 것도 아니건만 오늘따라 왜 이렇게 화끈거리는 거지. 아무래도 점점 더 농밀해지는 수위 때문에 그런 것 같았다. 그 순간의 기분을 떠올리는 것만으로도 야한 기분이 스멀스멀 밀려 올라왔다. 은호는 애써 손부채질을 하며, 모니터 안 결재 서류들의 내용에 집중하려 노력하고 있었다.

"팀장님, 말씀하신 서류들 가져왔습니다."

막내 직원이 웃으며 은호에게 다가와 서류뭉치를 내밀었다.
"고마워요."
은호도 웃으며 그녀에게 고개를 끄덕였다.
"감사해요, 팀장님."
"뭐가요?"
그녀는 쭈뼛쭈뼛하면서도 살포시 고개를 숙이며 은호에게 인사를 건넸다.
"엊그제 그 거래처 남자요. 조언해 주신 대로 대처했더니, 신기하게 더는 트집 안 잡으시더라고요."
"아……."
엊그제 그녀를 찾아와 난동을 부리던 거래처 공장 사람의 일을 말하는 것이었다. 경험이 없어 서툰 그녀와 화가 난 그를 진정시키며 상황을 반전시킨 건 모두 다 은호 덕이었다. 지켜보던 팀원들이며 옆의 팀의 사람들까지, 능숙하게 사람을 상대하는 은호의 모습에 조금씩 동요하는 모습들이었다. 그저 낙하산으로 뚝 떨어진 팀장으로만 생각하진 않아도 될 것 같다며. 특히나 은호 덕에 곤경에서 벗어난 막내 직원은 진심으로 은호에게 감사한 마음을 가지고 있었다.
그동안 이 사무실에서 겪었던 수많은 비슷한 상황들. 그러나 그 많은 상황들 속에서도 그간 그녀를 도와주러 나선 사람은 아무도 없었다. 시끄러운 일이 일어날 때면 직속 사수도, 대리도, 팀장조차도 모두 약속이나 한 듯 모른 척 그녀를 외면했다. 그런 그녀에게 은호의 적극적인 도움이 얼마나 눈물겹게 고마웠을지.
"감사합니다. 도와주셔서."

수줍게 웃는 그녀를 보며 은호는 별일 아니라는 듯 털털하게 웃었다. 그러곤 다시 모니터 화면에 집중하며 눈을 깜빡였다.

어느새 퇴근 무렵. 울리는 핸드폰을 자연스레 확인한 은호의 입가에 희미한 미소가 걸렸다.

—누나, 나 1층 정문 밖에서 기다릴게요.

석현이었다. 오늘은 동생 지호가 선발로 출전하는 경기가 있는 날. 마침 회사 근처인 홈에서 하는 경기인지라, 석현이 은호에게 같이 보러 가자며 약속을 청한 것이다.

6시가 지나자 은호는 급하게 가방을 챙겨 1층으로 내려갔다. 뉘엿뉘엿, 어둠이 내려앉는 시각. 석현이 은호를 향해 한 손을 활짝 흔들고 있었다. 한쪽 팔은 여전히 부목을 대고 붕대를 감은 상태였다. 석현은 당분간 부상 때문에 아무 경기에도 출전하지 못할 것이다. 그런 석현을 보고 있노라니 은호는 어쩐지 마음이 아팠다.

"왜 이렇게 일찍 왔어. 6시 맞춰 오면 되는데."

"그냥. 기다리는 게 좋아서요."

해맑게 웃는 석현의 대답에 은호도 덩달아 웃음이 터져 버렸다.

"빨리 가자. 벌써 경기 시작했던데."

은호가 다급하게 석현을 재촉했다. 석현은 그런 은호를 귀엽다는 듯 바라보았다.

"어, 뭐야. 내가 선물해 준 신발 안 신었네."

그러다 문득, 은호의 발끝을 가리키며 입을 삐죽였다.

"아……."

은호는 그제야 뒷머리를 긁적이며 차우재가 버려 버린 석현의 플랫 슈즈가 떠올랐다. 다음 날 뒤늦게 신발을 찾으러 갔지만, 이미 버려 버렸다는 주인의 말에 어찌할 수가 없었다. 석현은 자신이 사 준 플랫 슈즈 대신 새하얀 운동화를 신은 은호의 발을 들여다보며 씁쓸하게 웃었다.

"담에 나 만날 땐 꼭 그 신발 신고 와요. 알겠죠?"

"그래."

은호가 고개를 끄덕이자, 석현의 얼굴이 그제야 다시 밝아졌다.

"어? 가요, 빨리. 너무 늦겠다."

석현이 손목을 들어 시계의 시간을 확인하고, 놀란 눈으로 그녀의 손목을 꼭 잡아 쥐었다. 그러곤 은호의 손을 잡고 뛰기 시작했다.

"택시!"

은호의 입가에 풋, 하고 웃음이 터졌다. 이럴 때 보면 어린애가 따로 없다는 생각이 들어서였다. 석현이 급하게 잡은 택시에 오르며 은호는 하얗게 웃었다.

한편. 하필이면 출상을 다녀오던 우재의 눈에, 택시를 잡아타는 은호와 석현의 모습이 들어왔다. 하얗고 예쁘게 웃는 은호의 얼굴과, 그런 은호가 사랑스러워 미치겠다는 표정의 석현.

저 어린놈. 우재는 석현을 보며 아무래도 보면 볼수록 눈에 거슬리는 놈이라고 생각했다. 그는 등 뒤에 푹 기대고 있었던 몸을 꼿꼿이 세워 일으키며 낮은 목소리로 말했다.

"잠시만요."

우재의 목소리에 브레이크를 잡은 박 기사가 힐끗 뒤를 돌아 그의 표정을 확인했다. 우재의 시선이 길 건너편 사라져 가는 택시를 줄곧 응시하고 있었다. 영문을 알 리 없는 박 기사가 계속 쭈뼛거려 보았지만, 입을 꾹 다문 채 우재는 한동안 아무런 말도 없이 앉아 있을 뿐이었다.

"본부장님……?"

한참만에야 눈치를 보던 박 기사가 우재를 불렀다.

"혹시 오늘, 재이 마린즈 경기 있나요?"

"네?"

생전 처음 듣는 우재의 질문에, 박 기사가 눈을 동그랗게 뜨고 되물었다.

"아…… 네…… 오늘 경기가 있긴 한데……."

지난 시즌 우승팀이었던 재이 마린즈. 그럼에도 정작 구단주인 차우재는 도통 야구에 관심이 없기로 유명한 인사였다. 그저 시구 때나, 시상식 때나 마지못해 한 번씩 얼굴을 내비치는 정도랄까. 그런 우재가 오늘 경기가 있느냐고 물었으니, 박 기사로서는 놀라지 않을 수 없었다.

"그렇군요."

우재는 혼자 읊조리듯 작게 말하며 휴대폰을 만지작거렸다.

"가죠."

그러고는 아무 일도 없었다는 양, 다시 평온한 목소리로 말했다. 그 말에 박 기사는 핸들을 돌려 회사 지하 주차장으로 차를 몰았다. 그러나 그는 모르고 있었다. 평온한 얼굴, 평온한 목소리와 달리 휴대폰을 만지작대는 손가락의 초조함을. 연방 액정을 켰다 껐다 하며 유은호의 이름을 찾는 눈동자의 움직임을.

달칵. 주차가 끝나기가 무섭게, 우재는 문을 벌컥 열어젖히며 차에서 내렸다. 어딘가 조급하고, 화가 난 듯한 발걸음으로 뚜벅뚜벅 엘리베이터 앞을 향해 걸어갔다.

* * *

"꺄아!"

숨을 죽이고, 동생 지호의 마지막 투구를 기다리던 은호의 입에서 기쁜 함성 소리가 터져 나왔다. 마지막 공까지도 완벽하게 방어에 성공해 내며 재이 마린즈의 3연승을 이끈 활약이었다. 이번 경기에서도 역시 무실점 승리 투수! 은호는 그런 동생 지호가 자랑스럽고 대견해 저도 모르게 두 손을 번쩍 들어 올리며 함박웃음을 지었다. 그러고는 슬쩍 고개를 돌려 옆에 앉아 있던 석현을 바라보았다. 그런데 그 순간 석현이 은호의 어깨를 와락 제 품에 끌어안았다. 재이 마린즈의 승리가 확정되는 순간인지라 주변 관중석의 엄청난 환호 소리와 시끄러운 함성 소리 때문에 귀가 다 먹먹했다. 그 때문에 은호는 이 당황스러운 석현의 포옹에 아무 말도 하지 못하고 그저 얼어붙어 있었을 뿐이었다.

"후…… 신석현 이럴 줄 알았다니까요! 대단한 새끼!"

한참만에야 은호를 품에서 놓아준 석현이 함박웃음을 지으며 흥분한 목소리로 소리를 질렀다. 갑작스러운 스킨십에 은호는 어쩐지 어색함을 느꼈다. 그래 뭐, 워낙에 남동생이나 다름없는 녀석이니까. 그리고 곧 은호도 석현을 따라 한껏 웃었다.

그렇게 경기가 끝나고 수많은 사람들 사이에 휩쓸려 경기장을 빠져나온 은호와 석현은 지하철역 앞에 우뚝 멈춰 섰다. 시간은 어느덧 9시. 석현이 시계를 보는 은호에게 슬며시 말을 걸었다.
“경기 보느라 저녁도 못 먹었는데…… 밥 먹으러 안 갈래요?”
그러나 은호는 시간을 확인하고 조금 곤란한 듯 미간을 찌푸렸다. 아무래도 자신을 예의 주시하고 있는 집안 식구들이 마음에 걸렸다. 얼마 전에도 너무 늦게 들어오는 거 아니냐며 한마디 툭 쏘아붙이던 새어머니의 말도 떠올랐다.
“미안, 석현아. 시간이 너무 늦어서…… 누나 아무래도 집에 가 봐야 할 것 같아.”
석현의 마음이 좋지 않았다. 은호의 말에 석현이 아쉬운 미소를 지었다.
“그럼, 집까지 데려다줄게요.”
“으이구. 아픈 환자가 누굴 데려다주시겠다고. 됐어. 나 혼자도 갈 수 있어.”
“누나 혼자 보냈다고 하면 지호한테 한 소리 들어요.”
자꾸만 자신의 등을 떠밀려는 은호의 손을 불쑥 움켜쥐며, 석현은 지하철 계단을 타닥타닥 밟아 내려갔다. 어쩔 수 없이 석현의 손에 이끌린 은호도 결국 피식 웃음을 지으며 그를 따라 걸었다.

* * *

퇴근해서부터 내내 서재에 처박혀 있던 우재가 신경질적으로 자리를 박차고 일어섰다. 꽤 오랜 시간 저녁도 먹지 않고 한 일이었지만, 도무지 일은 진전이 되지 않고 있었다. 머릿속이 온통 잡다한 생각들로 가득해 일에 집중을 할 수가 없었던 탓이다.

"하……!"

왜 이럴까. 왜 이렇게 머릿속이 복잡할까. 이유는 단 한 가지뿐이었다. 퇴근 시간, 신석현과 웃으며 사라지는 유은호가 지금 이 시간까지도 아무런 연락 없이 돌아오지 않고 있다는 사실 때문이었다. 하필이면 남동생 경기를, 거슬리디 거슬리는 신석현과 함께 보러 갈 게 뭐람. 재이 마린즈의 경기가 약 한 시간 전 종료됐음을 확인한 우재의 마음은 점점 더 초조해졌다. 끝난 지 벌써 한 시간이나 됐는데 왜 오지 않는 걸까. 심지어 밖에는 비가 쏟아지고 있었다. 차도, 우산도 없이 집으로 오고 있을 은호가 걱정되기 시작했다.

* * *

서재를 나온 우재는, 한 손에 우산을 든 채로 밖을 나섰다. 이유 없이 속이 갑갑하고 짜증이 났다. 유은호. 그녀의 존재가 이토록 자신의 정신을 흩트려놓을 줄, 이 결혼을 하기 전엔 미처 알지 못했다. 사람을 들인다는 일이, 누군가를 곁에 두고 함께한다는 일이 이토록 신경 쓰이고 귀찮은 일일 줄은.

"후……."

너른 마당을 지나 커다란 대문을 나섰다. 적막하고 고요한 골목길엔 후드득 비가 쏟아져 내리고 있었다. 주머니에서 휴대폰을 꺼낸 우재가 망설이다가 은호의 번호를 내려다보았다. 어디냐고 전화라도 걸어 볼 작정으로 액정을 터치하려는데, 저 멀리서 키득키득 웃음소리가 들려왔다. 우재의 눈썹이 일그러지며 눈앞의 광경을 응시했다. 골목 끝에서 나타난 건 분명히 은호와 석현이었다. 작은 비닐우산 하나를 두고 실랑이를 하며 웃고 있는 두 사람의 모습. 저도 모르게, 우재의 얼굴이 냉랭히 굳었다.

"우재 씨."

집 앞에 서 있는 우재를 발견한 은호가 눈을 동그랗게 뜨며 그를 불렀다. 싸늘하게 굳은 우재의 눈이 그녀를 마주했다.

"비 오는데, 왜 나와 있어요?"

은호는 홀로 대문 앞에 멀뚱히 서 있던 우재가 의아했다. 은호 옆에 선 석현은 조금 떨떠름한 표정으로 시선을 피했다.

"어디 갔다 옵니까?"

"아…… 문자 보냈는데. 오늘 동생 경기 보고 들어간다고. 못 봤어요?"

나름, 지난번처럼 우재가 또 연락 없이 갔다며 화를 낼까 싶어 미리 문자를 보냈던 은호였다. 우재 또한 당연히 은호의 문자를 보긴 보았지만 대답하지 않았다. 우재의 싸늘한 시선이 은호 옆 석현을 향했다. 은호에게 우산을 다 씌워 주느라 석현의 오른쪽 어깨가 모조리 다 젖어 있었다. 우재의 눈에는 그것마저 거슬렸다.

"들어가죠."

우재는 별다른 말없이 굳은 표정으로 돌아섰고, 은호는 급하게 석현에게 작별 인사를 건넸다. 우재가 따로 은호가 쓸 우산을 주지 않고 돌아서 버렸기에, 석현이 은호의 손에 쥐고 있던 우산을 건넸다.

"야, 너 집에 갈 때 쓰고 가야지. 얼른 가. 어?"

은호는 석현의 우산을 기어코 거부한 채 재빠르게 대문 안으로 뛰어 들어갔다.

쿵. 닫힌 문을 바라보고 선 석현의 표정도 썩 좋지 않았다. 누가 봐도 아내인 은호를 전혀 배려하지 않는 차우재였다. 저토록 싸늘하고, 사무적인 말투로 아내를 대하는 남편이 어디에 있단 말인가. 설마설마했던 마음에 점점 더 깊은 확신이 들었다. 막연히 조건에 의한 결혼이었을 거라 했던 예상들이 맞아들어 가는 느낌이었다. 예쁘고 반짝거리는, 자신이 가장 사랑하는 여자가 원하지 않은 결혼을 어쩔 수 없이 해 버린 상황. 그래서 저렇게도 홀대를 받으며 불행한 결혼 생활을 하고 있음을 확인한 지금. 석현의 주먹에 불끈 힘이 들어갔다.

"하…… 같이 좀 쓰고 가지."

커다란 마당을 지나쳐 안채까지 걸어 들어오는 동안, 비에 흠뻑 젖어 버린 은호가 툴툴거리며 빗물을 털어 냈다. 우재가 우산도 씌워 주지 않고 저 혼자 빠르게 앞장서 걸어가 버린 탓이었다.

진짜 못 돼 가지고. 은호가 입을 삐죽거리며 우재의 뒤통수를 노려보았다.

"왜 자꾸 저놈이랑 붙어 다닙니까?"

그러다 불쑥, 갑작스레 홱 은호를 돌아보며 우재가 물었다.

"네?"

우재의 말을 이해하지 못한 은호가 미간을 찌푸렸다.

"그야, 동생이랑 가장 친한 친구고 또 친동생처럼……."

"누가, 다른 사람이 보고 오해하면 어쩌려고?"

"네? 무슨 오해요?"

"결혼한 유부녀가 다른 남자랑……."

"남자요? 하……."

은호가 헛웃음을 내뱉으며 손을 저었다. 신석현이 남자라니. 은호에겐 말도 안 되는 이야기인지라 어이없다는 표현이었다.

"누가 그렇게 보는데요? 석현이랑 저랑 남자 여자라고……."

"남녀가 그렇게 자주 만나서 붙어 다니는데 혹여나 이상하게 생각하는 사람이 있을 수도 있지 않습니까?"

걱정 말라고, 말도 안 되는 이야기 하지 말라고 대답하려 하지만, 어쩐지 우재의 화난 얼굴에 은호는 아무런 대답도 할 수가 없어졌다. 차우재가 왜 이렇게 화가 난 걸까. 은호는 동그란 눈을 깜빡이며 계속해서 그의 얼굴을 살폈다.

"그것도 이렇게 늦은 시간까지."

"화났어요?"

은호가 되묻자 우재는 정곡을 찔린 기분에 되레 얼굴을 찌푸렸다. 화가 난 것 같은 우재에게 은호는 미안하다 말할 생각이었다. 어쨌든 밤늦게 들어와 그를 신경 쓰이게 한 건 사실이니까. 혹여나 비 오는 밤, 늦은 시각에 혼자 오게 될 자신을 걱정한 건 아닐까 조금은 가슴이 두근대기도 했다.

"화난 게 아니라, 불필요한 오해 사고 싶지 않아 그럽니다. 유은호 씨가 그놈이랑 데이트를 하든 말든 사생활이니 상관하는 건 아니지만 혹시나 다른 사람들 눈에 띄어서 소문이라도 잘못 나게 되면……."

그럼 그렇지.

"뭐라고요?"

그때까지만 해도 가만히 듣고 있던 은호가 별안간 입술을 깨물며 그를 노려보았다.

"아, 그러니까. 혹시나 안 좋은 소문이 나서 차우재 씨 이미지에 안 좋은 영향이 갈까 봐. 그래서 당신 경영권 승계에 문제가 생길까 봐. 그래서 이렇게 짜증을 내는 거예요?"

우재의 말투와 태도에 화가 난 은호가 한숨을 내쉬며 되물었다.

"걱정 마세요. 절대 그런 일로 차우재 씨한테 피해 가는 일은 없게 할 거니까. 그러니까 차우재 씨야말로 내 사생활에 이래라저래라 신경 끄시죠. 내가 밖에서 누굴 만나든, 언제 집에 들어오든 다 내 사생활이니까."

욱한 마음에 다다닥 쏘아붙이고는 얼른 욕실로 향했다. 젖은 은호의 몸에서 뚝뚝, 빗물이 쏟아져 바닥에 흘러내렸다.

추울 텐데. 그녀의 젖은 몸이 안쓰러운 우재의 손이 허공에 멈췄다가 맥없이 툭, 아래로 떨어졌다. 쿵. 거세게 닫혀 버린 욕실 문을 보며 우재는 지끈지끈한 두통을 느꼈다. 무슨 여자가 저렇게 제멋대로일까. 저 여자는 왜 저렇게 매번 보는 사람을 안달 나게 만드는 걸까. 우재는 저도 모르게 앞이마를 짚으며 한숨을 내쉬었다.

욕실에 들어선 은호도 힘없이 욕조에 쪼그리고 앉았다. 오늘 아침까지만 해도 차우재와 한창 관계가 좋아졌다고 생각했는데. 무슨 말을 해도 밉게만 말하는 사람. 어떻게 말해야 상대가 상처받을지, 더 멀게 느낄 수 있을지 생각해서 말하는 것만 같다. 차갑고 또 차가워서 다가갈수록 더 얼어붙어 버릴 것만 같은 기분. 역시나 차우재에게 마음을 기대한 내가 바보다. 남녀 관계도 아닌, 그저 인간 대 인간으로서의 작은 마음도 기대하면 안 될 사람이거늘.

은호는 으슬으슬 떨리는 몸으로 제 무릎을 품에 꼭 감싸 안았다. 문득 서러워졌다. 혼자서만 점점 더 커져 가는 마음이. 밉고 또 원망스러운데도 자꾸 그를 향하는 자신의 심장이 원망스럽기만 했다.

* * *

두 사람은 아침을 먹는 내내 눈도 마주치지 않고, 말도 하지 않았다. 두 사람 사이의 싸늘한 냉기를 느낀 최 팀장이 슬쩍 자리를 비켜 주었지만, 결국 은호는 아침을 먹고 차에 오를 때까지도 우재에게 눈길 한번 주지 않았다.

그런 은호를 보며 속이 타는 건 오히려 우재였다. 애써 태연한 척, 아무렇지 않은 척, 신경 쓰지 않는 척했지만 싸늘한 그녀의 표정과 시선에 가슴이 찌릿찌릿하고 목이 갑갑하기까지 했다. 오롯이 두 사람만의 공간인 차 안. 결국 더 답답했던 쪽인 우재가 힐끗 은호를 보며 먼저 입을 열었다.

"인제까시 그렇게 싸운 티를 낼 겁니까?"

은호는 아무런 대답도 하지 않았다. 싸운 티라니. 또 남들이 보고 뭐라 생각할까 싶어 하는 말이겠지.

"유은호 씨."

"여기 내려 주세요. 커피 한 잔 사서 걸어가게요."

우재의 말을 끊으며, 은호가 회사 앞 횡단보도를 가리켰다. 결국 횡단보도 앞에서 멈춰 선 차에서 내리며, 은호는 뒤도 돌아보지 않고 커피숍을 향해 걸어갔다.

"하……."

은호의 뒷모습을 보며, 우재의 입에서 저도 모르게 한숨이 흘러나왔다. 오히려 화가 난 건 자신인데, 왜 저렇게 은호가 도리어 화를 내는 건지 알 수가 없었다. 우재는 울컥 억울한 마음이 들어 액셀을 깊게 밟았다. 끼익 소리와 함께 급하게 차가 밀려 나갔다.

* * *

"본부장님……?"

김 비서는 당황스러운 표정으로 우재를 부르며 그의 표정을 살폈다. 내일 있을 스케줄과 회의 내용에 대해 미리 보고를 하는 중이었다.

"본…… 본부장님?"

다시 한번 우재를 불러 보지만 역시나 우재는 별다른 변화가 없었다. 잔뜩 굳은 얼굴로 멍하니 허공만 응시하고 있을 뿐이었다. 이런 표정이 오늘 벌써 몇 번째던가. 김 비서는 질끈 눈을 감았다. 지금까지 계속 자기 혼자 떠들고 있었던 이 이야기를 다시 반복해서 해야 한다는 아찔한 생각이 들었다.

"김 비서님."

"네……?"

혹시나 이제 와서 회의 내용을 바꾸자든가, 회의를 전면 취소하자는 말은 하지 않겠지. 그런 말을 하는 날엔 영락없는 야근이었다. 워커홀릭 차우재가 밥 먹듯 잘하는 일이기도 했다. 조금이라도 마음에 들지 않거나 걸리는 일이 있으면 전면 수정, 전면 재검토를 지시하는 악마의 완벽주의자. 김 비서는 긴장한 표정으로 대답했다.

"보통…… 여자들은 화가 나면 말을 잘 안 합니까?"

"네?"

뜬금없는 우재의 질문에 김 비서가 눈을 둥그렇게 뜨고 그를 응시했다. 우재의 표정은 여전히 심각했다. 당황스러웠다. 차우재의 입에서 이런 말도 안 되는 질문이 나오다니. 김 비서는 당황하며 말을 더듬었다.

"아…… 뭐…… 보통 삐친 경우에…… 말을 잘 안 하고, 눈을 잘 안 마주치거나 뭐……."

"왜 삐치죠?"

"네?"

"그러니까 분명히 자기가 삐칠 상황이 아닌데, 왜 삐쳤을까요."

김 비서는 가만히 머리를 굴렸다. 지금 자신의 상관이 말하고 있는 주체는 아무래도 그의 와이프인 것만 같았다. 차우재 주변에 여자라고 해 봐야 유은호뿐이니까. 어젯밤 부부싸움이라도 한 건가.

"아…… 뭐…… 그게 본부장님은 그렇게 생각하셔도 사모님 입장에선 기분이 나쁘거나 화가 날 포인트가 있으셔서……."

"그러니까 그게 뭔지 이해를 할 수가 없습니다."

"아……."

그럼 나는 알겠냐. 되묻고 싶었지만 차분히 되물었다.

"혹시 본부장님께서 사모님께 상처 주는 말을 하셨거나 한 건 아닐까요?"
"상처 주는 말?"
"사모님께 뭐라고 하셨는지……."
김 비서는 어쩐지 조심스럽게 물었다. 평소엔 전혀 사생활 이야기를, 아니, 일 말고는 그 어떤 스몰 토크도 하지 않던 차우재 본부장이다. 그런 그와 이토록 사적인 이야기를 하고 있다니. 혹여나 자기가 실수를 하고 있는 건 아닐까 하는 묘한 불안감이 들었다. 그러나 의외의 반응이었다. 조금 망설이는 듯하더니 우재가 입을 열었다.
"뭘 하든, 당신 사생활이니 상관은 안 하겠지만 혹시라도 다른 사람들에게 이상한 소문이 나서 잘못되기라도 하면 서로 곤란해지니……."
거기까지 듣던 김 비서가 저도 모르게 탄식했다.
"그렇게 말씀하시면 사모님이 상처받을 만하셨겠네요."
그러곤 알겠다는 듯 혀끝을 걷어찼다. 여자라곤 관심도 없던 차우재가 갑자기 웬 결혼인가 싶었더니만, 역시나 와이프한테까지도 형편없이 굴고 있구먼. 김 비서는 고개를 절레절레 저으며 한숨을 쉬었다. 김 비서의 반응에 당황한 우재가 미간을 찌푸리며 상체를 꼿꼿하게 고쳐 앉았다.
"뭐가…… 상처라는 겁니까?"
"우선, 당신 사생활이니 상관은 안 하겠지만. 이렇게 말씀하시면 안 되죠. 사랑하는 여자가 뭘 하든 상관 안 하겠다는 말은 싸우잔 거죠. 그만큼 그 사람한테 관심 없다고 떠벌리는 거밖에 더 되나요?"

"그거야……."

"그리고. 서로 곤란해진다, 어쩐다, 이런 말씀은 또 왜 하셨어요. 넌 나에게 손해가 되는 짓은 하지 마라, 하는 계산적인 발언 아닙니까."

"아니, 그건 유은호 씨한테도 안 좋은……."

"그래도 말이 아 다르고 어 다른데, 그렇게 말씀하시면 사모님 상처받으시죠."

김 비서의 당당한 꾸짖음에 우재는 정작 아무 말도 하지 못했다. 설마, 김 비서가 말한 이유 때문에 화가 났단 말인가. 유은호가 상처받든 말든, 화가 나 있든 말든 대체 내가 무슨 상관이라고 이렇게 짜증이 난단 말인가. 그는 머리가 지끈거려 이마를 짚었다.

"그래서 삐쳤다고……."

그러곤 혼잣말처럼 작게 구시렁거렸다.

"그냥 먼저 사과하세요. 어차피 본부장님이 하게 되실 것 같은데."

심각한 우재에게 김 비서가 진심 어린 조언을 건넸다.

"사과……요?"

아차. 차우재 이 인간이 사과라는 걸 먼저 해 본 적이나 있을까. 애당초 사과할 일은 하지 않는 차우재의 특성상 누구에게 먼저 사과를 한다는 건 그의 인생에선 있을 수 없는 일일 것이다.

"뭐…… 말로 하기 좀 그러시면 꽃이라도 보내시든지요. 제 여자 친구도 이럴 때 꽃 보내면 바로 풀어지던데."

"꽃……?"

"네, 꽃다발."

결국 김 비서는 그 길로 본부장실에서 나가 꽃집에 주문 전화를 걸어야 했다. 지금 당장 고객지원부 '유은호' 씨에게 장미꽃 다발을 보내 달라고.

그리고 두 시간째. 저녁 6시 퇴근 시간이 가까워져 오는 이 순간까지도 우재는 10초에 한 번꼴로 핸드폰을 보며 은호의 연락을 기다리고 있었다. 꽃다발을 받은 은호의 반응이 궁금했던 것이다. 꽃다발을 보냈으니 그래도 '고맙다'라는 문자 정도는 올 거라고 큰소리를 탕탕 치던 김 비서의 말도 떠올랐다. 자신이 뭘 잘못 말해서 그녀가 화가 난 건지는 아직도 정확히 이해되지 않았지만, 어쨌든 이 불편한 상황을 빨리 해소하고 싶은 우재였다. 어젯밤부터 지금까지 유은호 때문에 아무 일도 할 수가 없었다. 빨리 유은호의 일을 해결하고 진짜 자신의 일들을 마무리하고 싶다는 생각이 간절했다.

똑똑. 그때 본부장실을 노크하는 소리가 들리고, 문 앞에 앉아 있던 여자 비서가 들어섰다.

"무슨 일입니까."

"본부장님, 손님이 오셔서 본부장님을 만나고 싶다고 말씀하시는데 선약이 안 된 분이어서……."

"누구죠?"

"여자분이신데, 성함이 이세정 씨라고 합니다."

기계적으로 사인을 반복하던 우재의 손이 덜컥 멈춰 섰다.

'이세정'이라는 이름에 그가 믿을 수 없다는 듯 문 앞에 선 비서를 응시했다.

"뭐……라고요?"

우재는 제 귀를 의심했다. 그래서 그는 혹시나 잘못 들은 건가, 다른 이름을 착각해 들은 건가 하는 표정으로 되물었다.

"이세정 씨가 찾아오셨습니다."

그러나 다시 한번 또박또박 들려오는 그 이름. 우재는 들고 있던 만년필을 내려놓으며 얼굴을 찡그렸다. 평소 표정이 거의 없던 우재의 눈동자가 한없이 흔들렸다.

"어떡할까요. 지금 1층 로비에 계시다고 하시는데……."

이름을 듣고도 한참을 대답이 없는 우재에게 비서가 재촉하듯 다시 한번 물었다. 우재는 심장이 덜컥거리는 기분에 저도 모르게 한숨을 내뱉었다.

"하."

이세정. 이세정이라니. 7년 전 홀연히 사라져 버린 그녀. 차우재의 첫사랑. 그녀가 다시 나타난 것이었다.

"그냥…… 돌아가시라고 할까요."

우재는 마른침을 삼키며 고개를 떨구었다. 그토록 기다리고 그리워하던 시간들이 빛바래 이젠 어느새 희미해져 버린 그녀의 얼굴. 그럼에도 그녀를 떠올리면 아프고 힘들었던 기억들이 생생히 떠올라 완전히 지울 수조차 없는 상처일 뿐이다.

얼마나 사랑했던가. 얼마나 그리워했던가. 우재는 잊고 있던 아픈 기억이 갑자기 튀어 올라, 어쩔 줄 모르고 멍하니 허공을 응시했다.

때마침 잠잠하던 휴대폰이 울리고, 액정에 그토록 기다리던 은호의 이름이 떠올랐다.

–오늘, 저녁 밖에서 먹고 들어갈래요? 내가 쏠게요.

은호의 메시지였다. 기다리고 있던 그녀의 메시지를 보면서도, 우재는 아무런 대답도 할 수가 없었다. 몸이 얼어붙은 것만 같았다. 아니, 머리까지 꽁꽁 얼어붙는 것만 같았다.

* * *

뭐야, 읽었으면서 대답도 없고. 은호는 벌써 30분째 자신의 메시지에 아무런 대답도 없는 우재를 기다리는 중이었다. 분명히 숫자 1이 사라졌으니 읽기는 읽었는데 가타부타 말이 없었다. 저녁을 먹자는 건지, 말자는 건지. 갑자기 바빠서 그러나. 퇴근 시간이긴 하지만 혹시나 우재가 일 때문에 대답을 못 하는 건가 싶어 그녀는 조금 더 기다려보기로 했다.

"아, 꽃다발 진짜 예뻐요, 팀장님."

"본부장님 보기보다 완전 로맨티스트시라니까요. 무슨 날도 아닌데 이렇게 갑자기 꽃다발을 보내는 남자가 어딨어요."

퇴근을 하려던 직원들이 하나둘 은호 곁으로 몰려들었다. 새빨간 장미꽃 한 다발이 덩그러니 놓인 그녀의 책상 위를 보며 저마다 한마디씩을 거들었다. 물론 개중에는 쑥덕거리는 직원들도 있었다. 재이그룹에서 꿔다 놓은 보릿자루 신세인 줄 알았던 유은호가 의외로 차우재에게 사랑받고 있다는 걸 배 아파하는 무리들이었다.

"하하…… 퇴근들 하세요, 저 신경 쓰지 말고."

직원들의 부러움 섞인 목소리에 은호가 어색하게 웃으며 말했다. 은호의 그 말을 기다린 직원들이 하나둘, 사무실을 나섰다. 은호는 가방을 뒤적거리다 아까 낮에 사 온 임신 테스트기를 발견했다. 그럴 리 없다고 생각했지만 혹시나 하는 마음에 여러 번 테스트를 했으나 역시나 임신이 아니었다.

"하……."

어렵다. 차우재 마누라 노릇하기도, 재이그룹 맏며느리 노릇하기도. 차우재에게 말을 하고 어떻게 할지 의논을 해 볼 생각이었다. 우선 할아버지와 가족들에게 사실대로 말하는 게 옳다고 생각하는 그녀였지만, 차우재가 과연 동의할지도 의문스러웠다. 그렇게 이 생각, 저 생각을 하며 또다시 한 시간이 지났다. 텅 빈 사무실에 홀로 남은 은호는 결국 우재에게 전화를 걸어 보았다. 뚜, 뚜, 뚜. 그러나 공허한 신호음만 울릴 뿐, 우재는 은호의 전화를 받지 않았다.

* * *

똑똑. 또 한 번의 노크 소리가 들려왔다. 굳게 닫혀 있던 문이 열리고, 또각또각 그녀의 발소리가 들렸다. 문을 등지고 앉아 있던 우재의 손가락에 바짝 힘이 들어갔다. 그는 눈을 질끈 감았다. 그냥 돌아가라고 해야 하나, 아님 올라오라고 해서 대체 어딜 갔던 거냐고 따지고 화라도 내야 하나. 그 짧은 시간에도 수백 번, 수천 번 고민을 거듭한 우재였다. 언제나 이세정은 이런 식이었다. 가장 중요한 순간에, 우재를 궁지로 몰아넣어 버리는 여자.

또각또각. 다가서는 향기만으로도 이세정, 그녀임을 알 수 있었다. 우재는 간신히 덜컥거리는 심장을 부여잡으며 천천히 몸을 돌려 일으켰다.

"오랜만이야, 오빠."

우재를 보고 환하게 웃으며 다가오는 그녀. 탐스럽게 빛나는 긴 곱슬머리, 세련된 옷차림, 눈에 띄는 미인형의 얼굴. 조금 마른 것만 제외하면 7년 전 모습 그대로였다. 우재는 마른침을 삼키며 무표정으로 그녀를 응시했다.

"한참 기다리게 하길래 혹시 못 만나는 건 아닌가 걱정했는데."

아무 일도 없었다는 양, 어제 만난 사람처럼 세정은 편안하게 웃으며 말을 건네 왔다. 그러나 우재는 그녀에게 아무런 말도, 대꾸도 할 수가 없었다.

"여전히 멋지네, 오빠는."

우재 앞, 바로 한 걸음 앞까지 가까이 다가온 그녀가 웃으며 말했다.

"뭐야, 너."

흔들리는 눈동자로 세정을 응시하던 우재가, 겨우 한마디를 꺼내 물었다. 그 낮고 굵은 목소리에도, 세정은 그저 환하게 웃을 뿐이었다.

"놀랐지?"

그러곤 자연스럽게 소파 쪽으로 다가가 살포시 자리에 앉았다.

"나도 뭐 갑자기 돌아오게 된 거라서. 좀 얼떨떨하고 그렇네."

"네가 어떻게 내 앞에 나타나?"

우재의 표정이 미묘하게 일그러지고 있었다. 화가 났다는 뜻이었다. 갑자기 나타난 이세정, 아니, 이토록 태연한 이세정에게 분노가 치밀었다. 7년 전, 이유도 모른 채 버려져 그녀를 그리워하고, 분노해야 했던 자신을 조롱이라도 하려는 걸까. 지금도 생생한 그때의 고통에, 우재는 두 주먹을 꾹 움켜쥐며 겨우 마음을 추스르고 있었다.

"참. 오빠 결혼했다며."

세정이 눈을 동그랗게 뜨며 화제를 돌렸다. 마치 우재의 말을 전혀 듣지 못했다는 듯이.

"축하해, 난 그런 줄도 모르고 있다가…… 한국 와서야 들었어. 아, 나 한국에 돌아온 지는 이제 일주일 됐어. 일주일 동안 짐 정리하고, 주변 정리하자마자 오빠부터 보러 온 거고. 차우재가 너무너무 보고 싶었거든."

"하."

보고 싶었다는 기막힌 한마디에 우재는 헛웃음을 터뜨리고야 말았다. 7년 전, 연인에게 단 한마디 말도 없이 떠나 버린, 흔적도 없이 사라져 버린 여자가 갑자기 나타나 할 말은 아니지 않은가.

"이세정."

"……."

"고작 그 말 하겠다고 날 보러 왔어?"

우재는 건조한 목소리로 말했다.

"그거 말고 다른 할 말은 없어?"

왜 그렇게 사라져 버렸는지. 아무런 연락도, 흔적도 없이 그렇게 바람처럼 떠나야 했는지. 우재는 그녀가 지난 변명을 하기 위해 갑작스레 자신을 찾아왔다고 생각했다. 그래서 세정을 만나기로 한 것이었고. 그런데 변명은커녕, 어제 헤어진 사람처럼 태연하고 뻔뻔했다.

"어떤 여자야……?"
잠시 침묵을 지키던 세정이 던진 질문이었다.
"어떤 여자길래 차우재가 결혼하겠다고 먼저 선포하고 나섰을까……. 내내 궁금했어. 어떤 여자야?"
세정은 특유의 도도하고 당당한 눈빛으로 우재를 응시했다. 한때는 저 눈빛. 저 매력적인 표정이 우재의 가슴을 설레게 했는지도 모른다. 우재는 눈을 질끈 감았다 뜨며 다시 물었다.
"나한테 더 할 말 없으시다?"
그러곤 재차 확인했다.
"7년 만에 흔적도 없이 사라졌다 갑자기 나타나서 할 수 있는 말이 더는 없으시다?"
"오빠."
"말해, 이세정. 나한테 정말 할 말이 그거뿐이야?"
"……."
우재는 흔들리는 눈으로 겨우 세정을 응시했다. 그럼에도 꾹 다문 세정의 입술은 아무런 움직임도 없었다.
"그럼 가라."
"……."
"다신 찾아오지 마."
우재의 싸늘한 냉대에 세정이 조금 당황한 듯한 눈빛을 보이더니, 곧 쓰게 웃으며 고개를 끄덕였다.
"오빠 많이 화나 있을 거라고 예상은 했는데……."
우재는 세정을 등진 채 멀리, 유리창 밖 화려한 야경을 응시했다. 자신의 표정을 이세정에게 들키고 싶지 않았다. 한없이 흔들리고, 한없이 상처받았던 기억을.

"그래도 이렇게 대놓고 문전박대당하니까 좀 서운하네."

세정은 오히려 저가 더 상처받은 표정으로 천천히 자리에서 일어났다.

"7년 동안, 너무너무 그리웠고, 너무너무 보고 싶었어."

흔들리는 목소리로, 세정이 아련하게 고백해 왔다. 우재는 도무지 이런 그녀를 이해할 수 없었다. 이제 와, 이제야 나타나 이런 말을 하는 이유가 뭘까. 이런 말을 하기 전에 7년 전 일에 대해 변명하고 사과부터 해야 하는 게 맞는 것 아닌가.

"나가."

우재는 더 이상 세정의 말을 듣고 있을 수 없어 다시 한번 단호하게 말했다. 세정은 씁쓸하게 고개를 끄덕였다.

"또 올게."

그러곤 또 온다는 말을 남기고 그렇게 홀연히 사라져 버렸다. 홀로 남은 우재는 눈을 꾹 감으며 참았던 숨을 툭 내뱉었다. 머리가 깨질 듯 아팠다. 갑자기 나타난 이세정이라는 존재에 머릿속이 터질 듯 복잡해졌다.

* * *

혼자 집에서 우재를 기다리고 있던 은호는, 밤늦은 시각에야 들려오는 인기척에 몸을 일으켰다.

"우재 씨?"

은호가 앞치마를 두른 채 나와 자신을 맞았지만, 우재는 넋 나간 표정으로 아무런 대꾸도 하지 않았다.
"뭐예요, 내가 보낸 메시지 봤으면서 왜 대답을 안 해요. 전화도 안 받고. 바빴어요? 우재 씨 연락 기다리느라 사무실에서 나 한 시간이나 혼자 기다렸는데."
또 아무런 목적 없이 사적으로 본부장실에 올라왔다고 타박을 들을까 싶어, 본부장실에 직접 올라가지도 못했던 은호였다. 지금껏 그의 연락을 기다리며 안절부절못하고 있었던 시간들이 어쩐지 억울해졌다. 우재는 아무런 대꾸가 없었다.
"저녁은…… 먹었어요? 우재 씨 기다리느라고 난 아직 안 먹었는데. 우재 씨도 안 먹었으면 지난번처럼 라면 같이 끓여 먹을……."
조잘조잘 떠드는 은호를 지켜만 보고 있던 우재가 불쑥, 그녀의 허리를 한 팔로 끌어당겨 안았다.
"우재 씨."
갑작스러운 우재의 행동에 은호의 눈동자가 동그래졌다. 그에게 폭 안긴 채로, 그녀는 두근거리는 심장 소리를 느끼며 숨을 죽였다.
"아까 장미꽃……."
그러곤 작은 목소리로 속삭였다.
"고마웠어요."
은호의 두 볼이 발그레 달아올랐다. 그토록 짜증나고 서운했던 마음이 우재가 보낸 꽃다발 하나에 눈 녹듯 사라져 버린 게 조금은 억울한 기분이었지만, 그래도 좋았다. 남들에게 보이기 위해, 그저 사무적으로 보낸 꽃이라 해도 은호는 행복했다.

은호의 말이 끝나기가 무섭게 우재는 은호의 가느다란 허리를 더욱 꽉 끌어안았다. 그러곤 그녀의 목덜미에 입술을 깊게 묻으며 거친 호흡을 내뱉었다. 뜨겁고 거친 애무에 은호의 손도 매달리듯 우재의 목을 끌어안았다.

"안고 싶습니다."

나지막이 귓가에 속삭여 오는 우재의 목소리. 그 섹시한 음성에 은호는 허락하듯 그의 어깨를 움켜쥐었다. 그러자 곧, 뜨거운 우재의 키스가 다시 이어졌다.

"하……."

우재의 손이 허리에 묶여 있던 앞치마의 매듭을 풀어내고, 그녀의 윗도리 안으로 침범해 들어왔다. 그 손은 거침없이 그녀의 보드라운 살결을 더듬으며 점점 더 위로, 위로 올라갔다.

우재는 다른 한 손으로 은호의 허벅지를 번쩍 들어 올렸다. 그러곤 그녀를 안아 올린 채 침대 위에 조심스레 누였다. 은호가 눕자마자 우재는 급하게 모든 옷들을 벗어버렸다. 은호는 아직도 우재의 이런 노골적인 시선이 부끄럽고 쑥스럽기만 했다.

"씻고 와서…… 천천히 해도……."

은호는 가슴 가득 차오르는 흥분감과 설렘으로 우재의 머리카락을 꾹 움켜쥐었다.

* * *

"하!"

오늘따라 우재의 행위가 더욱 거칠었다. 어딘가 잔뜩 화가 난 사람처럼 그는 그저 거칠게 은호의 몸을 탐할 뿐이었다. 평소의 그는 물론 사무적인 말투이긴 했어도, 그 손길만은 부드럽고 다정했는데. 아직도 자신에게 다 마음이 풀리지 않은 건지, 은호는 달뜬 쾌감 속에서도 우재에게 자꾸만 신경이 쓰였다.

우재의 호흡도 점차 가빠지고 있었다. 그와 동시에 우재의 몸도 은호에게 푹 고꾸라지듯 쓰러져 내렸다. 은호는 저도 모르게 우재의 몸에 바짝 파고들어 안겼다. 가빴던 호흡이 점점 가라앉았다.

은호는 강렬했던 쾌감의 여운을 느끼며 눈을 감고 나른하게 누워 있었다. 우재는 여전히 은호의 몸 위에 포개어 누운 상태였다.

"밥 먹었어요?"

은호가 다시 한번 부드러운 목소리로 물었다. 그러나 우재는 아무런 대답이 없었다. 민망해진 은호가 살짝 고개를 돌려 우재의 표정을 살피려 하자 우재는 벌떡 몸을 일으키며 돌아섰다.

"먼저 씻겠습니다."

그러곤 또다시 싸늘하게 욕실로 사라져 버렸다.

"하."

은호는 여전히 멋대가리 없고 매너 없는 차우재의 행동에 절로 한숨이 밀려 나왔다. 꼭 값싼 여자가 된 기분이었다. 그의 필요에 의해 몸을 열고, 행위가 끝나고 나면 아무런 배려도 없이 훌쩍 사라져 버려도 아무런 항의를 하지 못하는.

나쁜 놈. 은호는 자리에서 벌떡 일어나 욕실로 향했다. 더 이상은 참지 못하겠다. 아무리 날 사랑하지 않는다 해도, 사랑 없이 하는 섹스라 할지라도 이런 매너 없는 짓은 하지 말아 달라 대놓고 쏘아붙일 작정이었다.

그녀는 욕실 문을 벌컥 열었다. 뿌옇게 흐려진 샤워 부스 안에서 쏴아 하는 샤워기 물소리가 흘러나오고 있었다. 그런데 무슨 일인지 차우재의 움직임이 전혀 없었다. 그저 멍하니 서서 쏟아지는 물줄기를 맞고 있었다. 한 소리 쏘아붙이려던 은호는 당황스러움에 아무런 말도 하지 못하고 그런 우재를 보고만 있었다. 넋 나간 차우재의 표정. 우재는 두 손으로 제 얼굴을 감싸 쥐었다. 그 모습을 지켜보던 은호의 눈이 동그랗게 부풀어 올랐다. 무슨 일일까. 무슨 힘든 일이라도 있는 걸까. 한 번도 본 적 없던 차우재의 감정적인 모습에, 은호는 당황했다.

"무슨 일입니까?"

그러다 문득, 자신을 지켜보는 은호의 시선을 느낀 우재가 인상을 찌푸리며 물었다. 은호는 흠칫 놀라며 시선을 피했다.

"아…… 아니…… 바…… 밥 먹을 건데 같이 먹을래요?"

당황한 나머지 전혀 엉뚱한 소리만 늘어놓았다.

"뭐라고요?"

샤워기 물소리 때문에 은호의 말이 잘 들리지 않는지 우재가 재차 물어 왔다. 은호는 말꼬리를 흐리며 얼른 도망치듯 욕실을 빠져나왔다. 꼭 자기가 우재의 몸을 훔쳐보려 욕실에 들어간 것만 같아 괜스레 얼굴이 화끈거렸다. 은호는 우재가 쓰고 있는 욕실과 다른 쪽 방향의 욕실로 향했다.

빠르게 몸을 씻고 나온 은호는 슬쩍 주방으로 향했다. 찬장을 열어 이리저리 살피니 대충 김치볶음밥을 할 재료들은 모두 있는 듯했다. 우재가 나오기 전에 만들어 놓고 이 핑계를 대야겠다 생각하며 바쁘게 손을 움직였다. 은호는 요즘 오랜만에 마음껏 하는 요리에 신이 난 상태였다. 비록 괴상한 주말 럭셔리 강습 모임 때문에 하고 있는 요리이긴 했지만, 평소 요리하는 걸 잘하고 즐겨 하던 은호에게 가장 신나는 일이었던 것이다.

먹음직스럽게 볶음밥이 완성되고, 그 위에 깨소금을 솔솔 뿌리자 제법 그럴듯해 보였다. 은호의 입가에 절로 작은 미소가 지어졌다.

"어?"

때마침 욕실에서 나온 우재가 머리칼에 물기를 털어 내고 있었다. 은호가 반가운 표정으로 우재를 향해 손짓을 했다.

"이리 와요. 얼른."

진한 신김치 냄새가 집 안 가득 퍼지고 있었다. 우재는 본능적으로 미간을 찌푸리며 천천히 다가왔다.

"뭡니까?"

무뚝뚝하다 못해 냉기가 뚝뚝 떨어지는 말투였다. 은호는 그런 우재가 못마땅한 듯 혀끝을 걷어차며 그의 팔을 잡고 식탁으로 끌고 와 앉혔다.

"저녁 안 먹고 일하다 온 거 다 알아요. 먹어요. 나 먹는 김에 조금 더 만든 거뿐이니까."

"유은호 씨는 주로 새벽에 먹는 걸 즐깁니까? 지난번 라면도 그렇고, 이렇게 자기 직전에 음식을 먹으면 위가……."

"아유, 잔소리 그만하고 먹어요. 또 싸우고 싶지 않으면."

우재의 손에 숟가락을 덥석 쥐여 주며 은호는 저가 먼저 한입 가득 밥을 입에 넣었다. 자신이 만들었지만 역시 매콤 새콤한 볶음밥이 아주 맛있었다.

"근데…… 무슨 일 있어요?"

여전히 볶음밥 먹기를 망설이듯 바라보는 우재에게 은호가 불쑥 질문을 던졌다. 우재의 시선이 그제야 은호를 향했다.

"꼭 무슨 일 있는 사람처럼 보여서요."

정확하게 정곡을 찌르는 은호의 말에 우재는 아무런 말도 하지 못했다.

"신기하네요, 차우재 씨도 감정에 변화가 있을 만큼 놀랍고 심각한 일이 있다는 게."

"그래…… 보입니까?"

우재의 질문에 은호가 가만가만 고개를 끄덕였다.

"무슨 일인데요. 회사 일? 아님 아버님이나 어머님 문제?"

우재는 목구멍이 꺼끌꺼끌한 기분이었다. 아무리 사생활에 쿨하기로 한 계약 부부라지만 어찌 과거 사랑했던 여자에 대해 말을 꺼낼 수 있겠는가.

"말해 봐요, 무슨 일인지. 무슨 일인지 알고 있음 좋잖아요. 어차피 우린 전략적 파트너인데."

전략적 파트너라. 은호가 눈을 동그랗게 휘며 슬며시 눈웃음을 지었다. 마치 우재의 고민을 다 들어 주겠다는 듯이. 은호의 그 예쁜 미소를 보는 순간, 우재는 가슴속 무언가가 덜컥거리는 기분이었다. 심장께 어디가 저릿저릿한 느낌도 들었고. 이 생소하고도 알 수 없는 느낌에 우재는 들고 있던 숟가락을 탁 내려놓고 벌떡 일어섰다.

"역시."

드르륵. 의자 끄는 소리가 요란하게 울렸다.

"저는 안 먹는 게 좋겠습니다."

그러고는 그대로 돌아서 서재를 향해 사라져 버렸다.

"쳇."

그런 우재를 보며 그럴 줄 알았다는 듯 은호는 입을 삐죽거렸다.

그럼 그렇지. 이래야 차우재지. 꽃을 받았을 때 설마설마했던 설렘이 역시나가 되어 돌아오는 기분이랄까. 은호는 볶음밥을 한입 가득 넣고 우물우물 씹으며 사라진 우재를 불쌍하게 생각했다.

"자기 주려고 만든 건데…… 엄청 맛있는데 먹어 보지도 않냐."

당연히 차우재니까, 라고 생각해도 역시 서운한 마음은 어쩔 수가 없다.

"하……."

인정하고 싶지 않았지만, 아무래도 진짜 차우재를 깊이 좋아하게 돼 버린 것 같았다.

* * *

벌써 두 시간째. 자려고 자리에 누웠지만 우재는 잠이 들지 못하는 중이었다. 우재는 깊은 한숨을 내쉬었다. 이마에 올려놓은 자신의 팔목이 무겁게만 느껴졌다. 누군가는 이미 7년 전에 끝난 사랑, 왜 그렇게 아직까지 아파하느냐 물을 수도 있는 일이었다. 그러나 우재에겐 아직 끝나지 않은 일이었다. 아직 끝을 보지 못했는데 어떻게 끝일 수 있겠느냔 말이다. 그렇게 사라졌으면 평생, 영영 나타나지 말 것이지.

이세정, 그녀가 왜 또 자신의 눈앞에 나타났는지 우재는 그 이유를 알고 싶었다. 심지어 자신이 결혼을 했다는 걸 알면서도 세정은 태연했다.

"하……."

저도 모르게 짜증 섞인 한숨이 흘러나왔다. 그때 핸드폰 진동이 울렸다. 반사적으로 핸드폰 액정을 확인한 우재의 미간이 깊게 일그러졌다.

—오빠, 자? 나야, 세정이.

기가 막혔다.

—나는 너무 오랜만에 오빠를 만났더니 설레서 잠이 안 오는데…….

—현석이가 오빠 번호 알려 줬어. 이거 내 번호니까…….

거기까지 읽던 우재는 신경질적으로 핸드폰을 멀리 던져 버렸다. 어떻게 이렇게 태연할 수 있을까. 어떻게 사람이 이토록 잔인할 수 있을까. 마지막 한 줄기, 그녀에게 남아 있던 그리움마저 초라해지는 순간이었다. 우재는 자리를 박차고 일어났다. 밤바람이라도 좀 쐬고 나면 격앙된 마음이 좀 가라앉을까 싶어서였다.

달칵, 서재 문을 열고 넓은 거실을 향해 걸었다. 그런데 거실에 희미한 불빛이 아른거렸다. 익숙한 실루엣, 은호였다. 아직까지도 잠들지 않았던 걸까. 우재는 숨을 죽이고 그녀에게 가까이 다가섰다.

아니다. 은호는 잠들어 있었다. 소파에 기대어 불편한 자세로 잠을 자고 있는 그녀. 조금 추워하는 듯 잔뜩 몸을 웅크린 채였다. 바닥에는 그녀가 읽다 만 수영에 관한 책이 아무렇게나 나뒹굴고 있었다. 우재는 저도 모르게 허리를 굽혀 은호의 몸에 담요를 덮어 주었다.

문득, 흐릿한 불빛에 비친 예쁜 얼굴이 눈에 가깝게 담겼다. 가슴이 쿵, 하고 내려앉으며 아까처럼 어딘가가 덜컥거리는 느낌. 우재는 천천히 손을 뻗어 그녀의 얼굴을 보드랍게 쓸어내렸다. 여전히 마음은 덜컹거렸다.

설마. 내가 유은호를…….

우재는 입술을 꾹 깨물며 계속해서 그녀의 얼굴을 응시했다. 도저히 눈을 뗄 수가 없었다. 너무나 사랑스럽고 또 귀여워서……. 좋아하게 된 걸까. 달이 밝은 밤, 강한 의구심이 우재의 뇌리를 관통했다.

* * *

본채로 건너와 함께 아침식사를 하자는 할아버지의 요청에 우재와 은호는 본채로 향했다. 너른 마당을 걸어가며 은호는 아주 작은 목소리로 우재에게 속삭였다.

"테스트기로 여러 번 테스트 해 봤는데, 역시 임신 아니었어요. 어떻게 할 거예요, 정말?"

혹여나 앞서 걷는 최 팀장에게 말이 들릴까 싶어 그녀는 최대한 작은 목소리로 물었다.

"일단은 좀 더 지켜보죠."

"네? 아니, 뭘 더 지켜보자는……."

우재의 말에 은호가 항의하려는 순간, 본채로 들어서는 문이 열리고 은호는 어쩔 수 없이 입을 다물어야만 했다. 어쩐 일인지 오늘은 시아버지 시어머니도, 이복동생 차현석 실장 내외도 식탁에 보이지 않았다. 할아버지가 굳이 우재 내외만 부른 듯했다.

"새아가, 몸은 좀 어떠니?"

뭐라고 대답을 해야 하나. 할아버지의 질문에 은호는 다소 어색한 미소를 지으며 괜찮다고 얼버무렸다. 대체 우재가 무슨 생각으로 계속 이 거짓말을 이어 나가는 것인지 은호는 답답한 마음이었다. 언제까지 가족들을 속일 수 있을지도 솔직히 장담할 수 없는 일이었고 말이다.

"오늘 내가 우재랑 새아가한테 할 말이 있어 불렀다."

이미 일찌감치 출근 준비를 마치고 온 두 사람이었기에, 두 사람 모두 아침을 먹고 곧바로 출근을 할 생각이었다. 그런데 이른 아침부터 대체 무슨 할 말이 있어 부른 걸까. 우재도, 은호도 조금 의아한 표정으로 차명진 회장을 응시했다.

"언제나 말하지만, 내 소원이 우재 이놈 결혼해서 저 닮은 아이 낳고 잘 사는 거 보는 거. 그거 하나뿐이야. 너희들도 알지?"

"……."

은호는 어쩐지 찔리는 기분에 아무런 대답도 하지 못했다.

"일도 중요하고, 돈도 중요하지만 내가 이 나이까지 살아 보니 말이다. 그 어떤 일이나 돈도 내 가족, 내 사람들만큼 소중한 건 없다는 거지."

무슨 말씀을 하려고 이리도 뜸을 들이시는 걸까. 은호는 가만히 고개를 끄덕이면서도 할아버지의 다음 이야기가 궁금했다.

"내가 새아가 너한테 곧장 일을 준 게 제일 후회가 된다."

"할……아버지……."

은호가 눈을 동그랗게 떴다. 아직 엄청난 성과를 내진 못했어도 그래도 잘 적응해 가고 있다고 생각했는데. 혹여나 자신이 일하는 게 뭔가 마음에 들지 않았던 걸까 싶어 은호는 조금 긴장했다.

"너희들 두 사람, 오늘부터 출근하지 마라."

"네?"

이번엔 은호뿐만 아니라 우재도 놀란 표정으로 할아버지를 응시했다.

"지금 일하는 게 문제니? 남들은 태교 여행이다 뭐다…… 그래, 현석이 놈도 둘째랑 며칠 전에 여행 다녀오는 것 같더구만……. 우재 네놈은 김 비서한테 들어 보니 요즘에도 밤낮없이 사무실에 처박혀서 일만 한다지?"

"하……."

"심지어 너희들 두 사람, 신혼여행도 제대로 안 갔다 오질 않았니? 그때도 바쁘다고 호텔에서 하룻밤 자고 오고 말이야."

"그거는 나중에……."

처음으로 우재가 회장에게 제 목소리를 높였다. 우재는 꽤 당황스러운 듯했다. 마치 마른하늘에 날벼락이라도 맞은 듯한 표정이었다.

"김 비서한테 연락은 해 뒀다. 차우재 본부장이랑, 유은호 팀장 두 사람 다 오늘부터 휴가이니 그런 줄 알라고."

"후…… 회장님."

"새아가 데리고 어디 가까운 데라도 여행 다녀와."

"회장님, 다음 주에 당장 서진제약이 인수 합병 건……."

"인수 합병 담당자 너 아니지 않니."

"그래도 제가 총괄해서 하던 건데 어떻게……."

"네놈 없어도 회사 잘 돌아가. 못 미덥긴 하지만 네 아버지도 있고, 나도 있고."

"할아버지."

점점 더 우재의 목소리가 높아지자 급기야 할아버지의 미간이 무섭게 일그러졌다.

"어허! 이놈이!"

"여행은 주말에 시간 내서 다녀올 수도 있고……."

"네놈이 퍽도! 회사에서도 모자라 집에 와서까지 내내 일거리만 붙잡고 지내는 거 어디 하루 이틀이냐? 아예 일에서 좀 손을 떼고 쉬어야 일 생각을 안 하겠지! 잔말 말고, 쉬어!"

할아버지는 조금 화가 난 듯한 표정으로 우재를 꾸짖었다. 한 번도 할아버지가 이리 화를 내는 것을 본 적 없는 은호도 덩달아 가슴이 쪼그라드는 기분이었다. 은호는 둘 사이의 실랑이에 끼지 못하고 잠자코 제 앞의 밥알만 세고 있을 뿐이었다.

"아가, 왜, 음식이 맛이 없냐?"

그러다 문득 할아버지가 자신에게 말을 걸어오자 화들짝 놀라며 급하게 손을 내저었다.

"하여간, 회사에 네놈 나타났다는 소리 들리면 내 가만 안 두고 볼 테니 그런 줄 알거라. 일 중독도 어지간해야지!"

할아버지는 당혹스러워하는 우재를 보며 혀끝을 쯧쯧 걷어찼다. 아무래도 결혼 후에도 계속되는 우재의 워커홀릭 증상에 대해 아주 자세히 알고 있는 듯했다.

"허튼수작할 생각 말고, 어디로 여행 갈 건지 정해지면 김 비서

통해서 보고해!"

단단히 벼르고 있었던 모양인지, 할아버지도 꽤 화가 난 듯한 얼굴이었다. 우재는 심각한 얼굴로 얼굴을 감싸 쥐었고, 은호는 그런 우재를 보다 할아버지와 눈이 마주쳐 또다시 어색하게 웃어야 했다.

* * *

"하. 미치겠네 정말."

결국 출근하지 못하고 다시 안채로 돌아온 두 사람. 우재는 안채로 들어서자마자 초조한 듯 얼굴을 감싸 쥐며 한숨을 내뱉었다. 그러고는 서재로 향해 급하게 노트북을 켰다. 아무래도 급하게 해야 할 일을 노트북으로라도 처리할 모양인 듯싶었다. 그러나 잠시 뒤, 한 번도 들어 보지 못한 차우재의 비명 소리가 들려왔다. 그의 비명에 놀란 은호가 얼른 서재로 뛰어 들어갔다.

"왜요, 무슨 일이에요?!"

"하……."

노트북을 붙잡은 채, 우재는 절망하듯 책상에 머리를 쥐어박고 있었다. 은호가 다가가 노트북 화면을 보았다. 로그인 실패 화면. 아무래도 회사 내부망에 우재의 접속이 차단된 것 같았다. 머리를 쥐어박고 있던 우재가 문득 핸드폰을 꾹꾹 눌러 댔다. 김 비서에게 전화를 건 것이었다.

"어떻게 된 겁니까, 지금?"

[회장님께서…… 두 분 여행 다녀오실 때까지 내부망 접속 차단

하고, 혹시라도 본부장님 회사 근처에라도 오면 즉시 제보하라고 엄명을 내리셨습니다……. 아무래도…… 당분간 편히 쉬셔야 할 것 같은데요, 본부장님.]

믿을 수 없는 이야기를 전해들은 우재는 눈앞이 하얘지는 충격을 느꼈다. 그러나 옆에서 이 모든 광경을 다 지켜보고 있던 은호는 내심 통쾌했다. 워커홀릭 차우재를 가장 괴롭힐 수 있는 방법은 역시 일을 못 하게 하는 방법이었구나. 숨겨진 꿀팁을 터득한 기분이랄까.

오전 내내 서재에서 절망에 빠져 있던 우재는 정오가 지나서야 슬금슬금 거실로 기어 나왔다. 최 팀장과 함께 점심을 준비하던 은호가 힐끗, 그런 우재를 보며 웃었다.

“어떡할 겁니까, 이제?”

우재는 웃고 있는 은호가 못마땅한 듯 한숨을 내뱉으며 물었다.

“뭘요?”

그러나 은호는 여전히 생글생글 웃기만 했다. 어쩐지 자기를 놀리는 것 같은데, 대놓고 놀리고 있는 건 아니어서 차마 은호에게 화를 낼 수도 없었다. 우재는 억울한 마음을 가라앉히며 최대한 차분한 목소리로 다시 물었다.

“여행 말입니다.”

“오랜만에 최 팀장님이랑 빵 좀 만들어 봤는데, 먹어 볼래요?”

“하…… 유은호 씨.”

우재는 우재의 말에는 관심도 없고 오로지 빵 굽는 일에만 신경을 쏟고 있었다. 그런 은호에게 답답함을 느낀 우재가 가까이 다가왔다. 그러곤 은호의 손목을 살짝 그러쥐더니 그녀를 서재로 끌고 갔다. 은호는 다급하게 최 팀장에게 오븐을 봐 달라며 부탁했다. 서재로 은호를 데려온 우재는 들어서자마자 서재 문을 꽉 눌러 닫았다.

"하필이면 제일 바쁘고 중요한 시기에 여행을 가라니……."

혼잣말처럼 탄식을 내뱉으며 말했다.

"그러게 왜 임신을 했다고 거짓말을 해선…… 사실대로 말했으면 이런 일 없었잖아요."

은호가 우재를 탓하듯 말하자 우재는 기가 막힌 표정이 되었다.

"여행, 어디로 갈 겁니까? 빨리 가죠. 어차피 가야 하는 거면 빨리 가는 게 서로에게 좋을 것 같습니다."

무슨 여행 가자는 말을 이토록 사무적으로 하는지. 은호는 역시나 우재의 차가운 말투가 마음에 들지 않았지만 머리를 굴려 생각해 보았다.

"가고 싶었던 곳 있습니까?"

내가 그동안 어디에 가고 싶었더라.

"아. 제주도."

제주도라는 말에 우재의 눈썹이 찡긋거리며 올라갔다.

"저 제주도 한 번도 못 가 봤거든요. 남들이 다 좋다고 하는데, 전 아직 못 가 봐서…… 언젠가 꼭 한번 가보고 싶었어요."

은호가 해맑게 웃으며 신나는 표정을 지었다. 학교를 다니는 동안엔 알바를 하느라, 졸업을 한 뒤에는 곧바로 취직해서 돈을 버느라 여행다운 여행 한 번 못 가 봤었다. 여행이라니. 유은호 인생에 그런 단어는 사치일 뿐이었다.

그러나 우재는 이해가 가지 않았다. 제주도로 여행을 간다고?

우재에게 제주도는 잦은 출장지 그 이상도, 이하도 아닌 장소였다. 게다가 보통 여행이라 하면 해외의 어느 휴양지를 말하거나, 유명한 관광지를 이야기하지 않나. 예상치 못한 은호의 소박한 여행지 선택이었다.

“바닷물이 그렇게 맑고 예쁘다던데. 너무너무 가고 싶어요, 제주도!”

은호가 목소리를 높이며 새하얗게 웃었다. 그런 은호를 보며 우재는 저도 모르게 픽 웃음이 나왔다. 정말, 뭐지 이 여자, 하는 듯한 표정으로. 그러나 너무나 귀엽고 천진한 은호가 사랑스러워 죽겠다는 표정으로.

* * *

은호는 연방 감탄사를 내뱉으며 차창 밖 이국적인 풍경에 매료되었다. 그녀가 여행지로 ‘제주도’를 선택한 지 24시간도 지나지 않아, 두 사람은 제주도에 도착했다. 두 사람은 김 비서가 미리 준비해 놓은 렌터카를 타고 해안 도로를 달렸다. 에메랄드빛의 바다가 하얀 햇살에 비춰 반짝거리며 빛을 내고 있었다.

“와…… 여긴 진짜 우리나라 안 같고 외국 같네요.”

은호의 말에 우재가 힐끗 그녀를 돌아보며 물었다.

“외국 가 본 적은 있습니까?”

그러자 은호가 입을 삐죽거렸다.

“말이 그렇다는 거죠…… 뭐. 우재 씨는 제주도 많이 와 봤어요?”

"많이는 와 봤는데, 여행으로 온 건 처음입니다."

"여행을 가 본 적은 있으시고요?"

금세 우재에게 복수의 한 방을 날린 은호가 배시시 웃었다.

"근데 우리 지금 어디 가는 거예요?"

"호텔에 체크인 하러 갑니다."

"호텔 말고, 우도부터 가면 안 돼요? 나 우도에 너무너무 가보고 싶은데. 호텔 들어가면 차우재 씨 안 나올 거잖아요, 호텔에서."

은호의 정확한 한마디에 우재는 어쩐지 가슴이 뜨끔한 기분이었다. 얼른 호텔에 가서 김 비서에게 이메일로 받은 결재 파일들을 검토해 볼 생각이었던 것이다.

"그럼 나 선착장 앞에 내려 줘요."

"네?"

"나 혼자라도 갔다 올 테니까 내려 달라고요."

어쩐지 은호의 목소리가 조금 화나 있는 듯했다. 우재는 일단 우도로 가는 배를 탈 선착장으로 핸들을 돌렸다.

선착장에 도착할 때까지도 은호는 별다른 말 없이 그저 차창 밖 풍경만 감상하고 있었다. 차 안에는 적막이 흐르고, 선착장 앞에 우재의 차가 멈춰 섰다.

"그럼, 다녀올게요. 이따 호텔에서 봐요."

선착장 앞에 도착하자 은호는 잔뜩 설레는 표정으로 망설임 없이 차에서 내렸다. 어깨에 멘 에코백에서 라탄 모자를 꺼내어 쓰고, 눈부신 자외선을 막아 줄 선글라스도 꺼내 끼었다. 푸른 바다를 보니 가슴이 확 뚫리고 두근두근했다. 때마침, 곧 우도로 가는 배가 출발한다는 방송이 흘러나왔다. 은호는 급히 승차권을 사고 배에 올랐다. 파랗고 깊은 바다가 눈앞에서 넘실거렸다. 서울과 달리 미세먼지 하나 없는 깨끗한 하늘도 너무나 아름답기만 했다. 처음 경험하는 모든 것에 가슴이 설렌 은호는 파란 바다에서 눈을 떼지 못했다. 이 예쁜 바다를 우재와 함께 봤으면, 하는 마음이 들었지만 뭐. 본인이 딱히 원하지 않는 것 같으니. 강요해도 즐거워할 것 같지 않은 그이기에 차우재 생각은 잠시 버려두기로 했다. 부우우. 경적 소리와 함께 배가 움직이기 시작했다. 더불어 은호의 마음도 두근두근 뛰어댔다.

"설마 배도 처음 타 보는 겁니까?"

그런데 불쑥. 익숙한 목소리가 등 뒤에서 들려왔다. 놀란 은호가 동그란 눈으로 뒤를 돌아보았다. 차우재였다. 어느새 배 난간에 붙어 선 은호 옆으로 다가와 그녀에게 콜라 캔 하나를 쑥 내밀었다.

"날씨는 뭐. 좋네요."

"우재 씨……."

당황한 표정의 은호가 계속해서 우재를 응시했다.

"어차피 뭐. 같이 여행 온 거니까요. 나중에 할아버지가 여행 가서 뭐 했냐고 물어보면 말 맞추기도 힘들 거고……."

우재는 제 발이 저렸는지 주절주절, 이 말 저 말을 늘어놓았다. 사실은 은호 혼자만 배를 태워 보내는 게 마음이 놓이질 않아서였다. 처음 와 보는 곳이라면서 뭘 믿고 저렇게 당당한지. 뒤도 돌아보지 않고 배에 오르는 은호의 모습이 당황스러우면서도 걱정스러웠다. 그래서 결국 우재도 은호를 뒤따라 배에 오른 것이었다. 우재를 쳐다보던 은호의 입꼬리가 씨익 말려 올라갔다. 그 미소가 너무 예쁘고 눈부셔서 우재는 얼른 시선을 피하며 선글라스를 꼈다. 꿀꺽꿀꺽. 애꿎은 콜라만 벌컥벌컥 들이켰다.

"우와!"

우도에 도착한 은호는 무얼 보든 아이처럼 좋아하고 환호했다. 푸른 바다를 볼 때도, 유채꽃이 만발한 초원을 볼 때도, 땅콩 아이스크림을 처음 입에 넣었을 때도. 우재로서는 이런 은호의 모습이 신기하고 놀랍기만 했다. 어떻게 이렇게 별것 아닌 것들에 신날 수 있는지 그 모습이 더 신기했달까.

"그렇게 좋습니까?"

은호는 대답 대신 아이스크림을 입가에 묻힌 채 고개를 끄덕였다. 우재는 피식 웃으며 저도 모르게 손을 뻗었다. 갑작스러운 우재의 손길에 은호가 흠칫, 하며 고개를 뒤로 뺐으나 우재의 손은 이미 은호의 입가를 살짝 훔쳐 내고 있었다. 우재의 손가락이 잠깐 닿았던 입가가 불에 타는 듯이 뜨거웠다. 우재도 민망한 모양이었다. 자기도 모르게 손을 내밀어 은호의 입술을 매만진 것이었으니 말이나.

"우…… 우재 씨도 먹어 볼래요? 이거 되게 맛있는데."

은호는 민망한 마음에 한사코 아이스크림을 거절했던 우재에게 다시 제 아이스크림을 내밀었다. 어쩐 일인지 우재가 덥석 그녀의 아이스크림을 한입 베어 물었다. 은호가 눈을 동그랗게 뜨고 우재의 표정을 살폈다.

"맛있죠?"

"역시…… 너무 다네요."

그러나 은호의 기대와는 달리, 못 먹을 걸 먹은 것처럼 우재는 미간을 잔뜩 찌푸려 댔다. 민망함에 저도 모르게 먹어 버린 아이스크림이 생각보다 너무 달았던 것이었다. 그런 우재를 보며 은호는 웃음이 터져 버렸다.

우재와 은호는 자전거를 빌려 해안 도로를 달리기 시작했다. 우도에서 꼭 자전거를 타고 싶었다던 은호의 성화 덕분이었다. 우재는 자전거를 안 타 본 지 너무나 오래된지라 기우뚱기우뚱하며 겨우 은호의 뒤꽁무니를 좇고 있었고, 은호는 물 만난 고기처럼 쌩쌩 시원하게 내달렸다.

한참을 달리자 우재는 땀이 뻘뻘 났다. 평소 입는 옷이 모조리 다 수트와 와이셔츠들뿐이다 보니, 오늘도 꽤 두툼한 와이셔츠를 입고 온 게 실수였다. 우재는 앞서 달리는 은호의 뒷모습을 보며, 잠시 고민에 빠졌다. 지금 자신이 왜 여기서 이러고 있는지, 혼란스러워진 것이다. 그러면서도 앞에서 신나서 방방거리는 은호의 모습에 자꾸만 웃음이 새어 나왔다. 인정하고 싶지는 않지만 귀여웠다. 아니, 사랑스러웠다. 언제나 밝은 에너지를 뿜어내는, 자신과 너무나 다른 은호의 모습이 신기하고도 사랑스러웠다. 그리고 예뻤다. 땀에 젖은 얼굴로 생글생글 웃는 하얀 얼굴이 눈부시게 예뻤다.

"우와!"

어느 작은 모래사장 앞에 도착한 은호가 자전거에서 내리며 냅다 바다를 향해 뛰었다. 한참을 뛰어가던 은호가 힐끗 뒤를 돌아보며 멍하니 선 우재에게 다시 달려왔다. 우재는 흠칫하며 뒷걸음을 쳤지만, 이미 자기도 모르게 은호의 작은 손에 이끌려 함께 바다를 향해 뛰고 있었다.

"자…… 잠깐만요! 잠깐만요, 유은호 씨……!"

다급한 우재의 외침도 소용이 없었다. 이미 두 사람의 발은 에메랄드빛으로 빛나는 바닷물에 풍덩 들어서 버렸다.

은호는 신난 표정으로 까르르 웃었다. 자신의 젖은 구두를 내려다보며, 우재가 당혹스러운 듯 은호를 쳐다보았다.

"하…… 유은호 씨, 신발 다 젖었……."

"시원하죠? 아, 바다에 이렇게 발 담가 보는 게 진짜 얼마 만인지 모르겠네……. 너무 좋아요. 바다 냄새."

결국, 은호를 원망하려던 우재도 기막힌 표정으로 헛웃음을 흘리고 말았다.

뭘까 이 천진한 여자는. 누가 감히 천하의 차우재를 마구 바다에 빠뜨릴 수 있단 말인가. 두려울 것도, 무서울 것도, 거리낄 것도 없는 신기한 여자, 유은호. 우재는 예쁜 은호의 얼굴을 보며 저도 모르게 그녀를 따라 웃었다.

"어? 차우재 씨 웃을 줄도 아네요?"

문득 은호가 눈을 동그랗게 뜨고 물었다. 그녀에겐 차우재가 웃고 있다는 사실이 신기한 듯했다.

"어이가 없어서 그럽니다."

"우와, 나 차우재 씨 이렇게 자발적으로 웃는 거 처음 보는데."

"유은호 씨 원래 모습이 이렇습니까?"

"뭐가요?"

"원래 이렇게 천방지축에 잘 웃고, 잘 떠들고, 예쁘고……."

쏴아. 밀려드는 파도 소리에 적막이 흘렀다. 우재는 갑작스레 튀어나와 버린 자신의 진심에 스스로 놀란 듯했다. 계속 머릿속을 맴돌던 예쁘다라는 생각이 저도 모르게 입 밖으로 튀어나와 버린 것이다.

"파…… 파도가 좀 세군요. 나가죠."

설마 자신의 말을 다 알아들었을 리 없다고 판단한 우재가 민망함을 떨쳐 내려 은호의 손목을 덥석 잡고 모래밭으로 걸어 나갔다. 우재를 뒤따라 걷는 은호의 볼이 발그레했다. 지금 내가 잘못 들은 건가. 설마 차우재가 그런 닭살 돋는 말을 할 리 없지 않은가.

우재가 털썩, 모래사장에 주저앉았다. 어차피 더러워진 옷이니 에라 모르겠다는 심정인 것이다. 그런 우재의 옆에 은호도 자리를 잡고 앉았다. 두 사람은 함께 바다를 바라보았다. 제주도답게, 꽤 거센 바람이 훅훅 불었다. 바다와 맞닿은 하늘. 그 수평선을 경계로 서서히 하늘이 붉어졌다. 노을이 지고 있었다.

"와…… 예쁘다."

은호는 저도 모르게 탄성을 내질렀다. 붉어진 하늘이 금세 보랏빛으로, 또다시 검붉은 빛으로 시시각각 변해 갔다.

우재는 힐끗, 은호의 표정을 살폈다. 은호는 웃고 있었지만, 울고 있었다. 농그란 눈꼬리 끝에 또르르, 눈물방울이 흘러내렸다. 갑작스러운 은호의 눈물에 당황한 우재가 물었다.

"왜 웁니까?"

우재의 질문에 은호가 웃으며 우재를 바라보았다. 여전히 그녀의 볼엔 눈물이 흘러내리고 있었다.

"엄마랑 같이 왔으면 좋았을 텐데."

은호는 병실에 홀로 누워 있을 엄마를 떠올린 것이었다.

“우리 엄마도 바다 좋아하는데.”

그녀는 울먹울먹한 목소리로 작게 읊조렸다. 은호의 눈물을 보고 있자니 우재는 덩달아 가슴이 먹먹해졌다. 이상했다. 가슴이 아릿하고 욱신거렸다. 붉은 노을 때문일까. 평소와는 다른 공기, 평소와는 다른 공간 때문이었을까. 우재는 저도 모르게 자석에 이끌리듯 그녀의 어깨를 제 쪽으로 끌어안았다. 그러곤 은호의 볼을 부드럽게 쓰다듬어 눈물을 닦아 주었다.

은호의 어깨를 끌어안자, 가슴이 뜨거워졌다. 빠르게 뛰어 대는 심장이 고장 난 듯 폭주하기 시작했다. 은호의 붉은 입술을 내려다보던 우재가 자연스레 그 입술에 입을 맞추었다. 위로하듯 다정하게.

7. 푸른 밤의 고백

우재의 어깨에 기댄 채, 은호는 어느새 설핏 잠이 들어 있었다. 사방에 붉은 노을이 내려앉고, 들려오는 건 파도 소리뿐. 파도 소리를 음악 삼아 고요히 잠이 든 것이었다. 우재의 넓고 단단한 어깨가 포근했다.

우재는 잠든 은호를 내려다보며 점점 더 명확해지는 자신의 감정을 깨닫고 있었다. 언제부터였을까. 이 여자가 마음에 들어와 버린 게. 가랑비에 옷 젖듯 어느새 스며들어 와 버린 유은호라는 여자. 우재는 설레고 또 두근거리는 마음으로 가만히 숨을 죽였다.

"으음……."

이윽고 어둠이 내려앉아 캄캄해진 주위. 잠에서 깬 은호가 눈을 비비며 주위를 두리번거렸다. 은호와 함께 잠깐 졸고 있던 우재도 덩달아 눈을 떴다.

"잠들었었나 봐요. 우리 얼마나 이러고 있었던 거예요?"

은호는 여전히 잠에 취한 목소리로 구시렁거리며 제 핸드폰 시계를 확인했다. 그러다 시간을 확인한 은호의 눈동자가 터질 듯 부풀어 올랐다.

"어떡해! 어떡해요!"

저녁 7시가 넘은 시간이었다. 은호가 벌떡 몸을 일으키며 호들갑을 떨었다. 그 이유를 알 리 없는 우재는 그저 은호를 지켜볼 뿐이었다.

"섬 나가는 마지막 배가 6시 반에 있는데!"

그제야 우재도 상황 파악을 하고 자리에서 벌떡 일어섰다.

"뭐라고요?"

그는 기막힌 표정으로 은호를 응시했다.

"왜 말 안 했습니까, 6시 반까지 가야 한다고."

"그러는 차우재 씨는요. 왜 안 물어봤는데요? 아니, 차우재 씨는 시간 확인도 안 해 봤죠?"

"하……."

"어떡해요?"

당황하는 은호를 보며 우재는 한숨을 내쉬었다. 무인도도 아니고, 당연히 이렇게나 관광객이 많은 섬이니 전혀 배 시간을 생각하지 않았다. 아니, 더 솔직히 말하자면 유은호에게 온통 신경이 쏠려 다른 건 생각할 여력도 없었다고 하는 게 맞는 말이었다.

"일단 주변에 한번 돌아보죠. 관광지라 하룻밤 묵고 갈 만한 곳은 많을 것 같은데."

우재의 말에 은호가 고개를 끄덕이며 그의 손을 꼭 잡았다. 급작스럽게 어두워진 주변 때문에 조금 무서웠기 때문이었다. 자연스러운 은호의 스킨십이 우재도 싫지 않아 그대로 그녀의 손을 잡은 채 걸었다. 타고 온 자전거를 끌고 조금 어둑한 길을 따라 갔다. 북적거리던 한낮의 우도와 달리 밤의 우도는 한적하고 고즈넉했다. 두 사람은 말없이 한참을 걸었다. 어색하거나 할 말이 없어서는 아니었다. 두 사람 사이에 묘한 분위기가 흘렀다.

"검색해 보니까 여기가 제일 가까운 곳 같은데, 들어가 보죠."

얼마나 걸었을까. 꽤 커다란 펜션이 눈에 들어왔다. 밝은 불빛이 새어 나오는 걸로 봐선 영업 중인 게 분명했다. 기대감을 안고 펜션에 들어갔으나 빈방이 없다는 말이 돌아왔다. 우재와 은호는 다시 한참을 걸어야 했다.

"미안해요. 괜히 잠이 들어서."

은호가 사과를 건넸다.

"괜찮습니다. 뭐. 나도 유은호 씨 말대로 시간 확인 안 한 건 마찬가지니까."

"그러게요. 완벽주의자 차우재 씨도 실수를 다 하시네요."

은호가 씨익 웃었다. 그녀는 이제야 우재가 자신과 같은 '사람'임을 느낀 것 같은 기분이었다.

"근데요, 우재 씨."

타박타박 걷던 은호가 문득 우재를 돌아보며 말했다.

"내가 혹시 잘못 들었나 싶어서 그러는데…… 오해하지는 말고요. 내가 궁금한 건 못 참는 성격이라, 너무너무 궁금해서 물어보는 거니까……."

자전거 손잡이를 꽉 잡으며, 은호가 머뭇머뭇했다.

"아까 혹시 저한테 예쁘다고…… 하셨어요?"

은호의 질문에 우재의 손에도 힘이 들어가고 있었다. 잘 못 들었으면 아니었나 보다 하고 넘어갈 일이지 그걸 또다시 캐묻는 이 여자는 정말……. 우재는 민망함에 전방만 주시하며 뚜벅뚜벅 걸었다.

"아니, 뭐…… 제가 잘못 들은 것 같긴 한데…… 혹시……."

"네."

"네……?"

"예쁘다고 했습니다."

예상 밖의 대답에 은호의 얼굴이 붉게 달아올랐다. 더불어 입가에는 미소가 걸렸다. 다른 사람도 아닌, 차우재한테 예쁘단 소리를 듣다니. 그녀의 얼굴이 붉어질 만했다.

"어디가…… 예쁜데요?"

욕심이 난 은호가 더욱 구체적으로 집요하게 질문을 던져 보았다.

"다……."

이 질문에까지 우재가 대답을 하리라고 예상 못 한 그녀는 너무 놀라 우뚝 그 자리에 멈춰 서 버렸다. 은호가 멈추자 우재도 그 옆에 멈춰 선 채로 그녀를 응시했다. 야릇한 분위기에 은호가 헛기침을 하며 다시 걷기 시작했다. 부끄러워하는 은호의 모습이 사랑스러워, 우재는 또다시 그녀의 뒷모습에 웃음을 짓고 말았다.
"엄마야!"
그런데 그 순간, 앞서 걷던 은호가 외마디 비명을 지르며 앞으로 고꾸라져 넘어졌다. 지켜보던 우재도 깜짝 놀라 얼른 은호에게 달려갔다. 바닥에 넘어진 은호가 신음을 내뱉으며 인상을 찌푸렸다.
"아……."
그녀의 매끈한 다리에 피가 흐르고 있었다. 가로등 불빛조차도 어두운 길을 걷다, 길 한복판에 놓여 있던 돌부리에 넘어진 모양이었다.
"괜찮습니까?"
우재가 걱정스러운 얼굴로 그녀의 상처를 살폈다.
"피가 많이 나네요."
까진 무릎에선 계속해서 피가 스며 나오고 있었다. 은호는 상처가 쓰라린지 입술을 꾹 깨물며 신음 소리를 냈다. 그런 은호의 다리를 내려다보던 우재가 별안간 제 셔츠의 손목 단추를 풀었다. 그러곤 순식간에 쭉, 셔츠 소매를 잡아 찢었다. 우재의 행동에 깜짝 놀란 은호가 눈을 동그랗게 뜨고 우재를 응시했다. 그러나 우재는 태연한 표정으로 찢은 셔츠를 은호의 상처 위에 돌돌 말아 꾹꾹 매듭을 지었다.
"우…… 우재 씨."
은호가 마른침을 삼키며 우재를 응시했다.
"길이 어두워서……."
우재는 잠시 주위를 두리번거리더니 바닥에 앉아 있는 은호에게 등을 내밀어 보였다. 그러고는 말하는 것이었다.

"업혀요."
"네?"
우재의 행동에 너무 놀란 은호의 목소리가 한껏 올라갔다.
"어두운데 절뚝대면서 걷다간 또 넘어지기 십상이니까."
우재의 말이 논리적으론 매우 맞는 말이었지만, 차우재의 등에 업힌다는 건 상상조차 못 한 일이었기에 은호는 망설이고 있었다. 망설이는 은호를 힐끗 돌아보며, 우재가 그녀의 손목을 쭉 잡아당겼다. 단번에 은호의 몸이 그의 넓은 등에 업혀 올랐다.
"자…… 자전거는……."
은호가 자전거를 가리켰다. 그럼에도 우재는 쿨하게 자전거 두 대를 길 한쪽에 세워 둔 채 걸었다.
"지금 자전거가 문젭니까. 자전거야 내일 두 대 값 물어 주면 그만인데."
누가 재벌 아니랄까 봐. 은호는 입을 삐죽거리면서도 우재의 등에 폭 기대었다. 넓고 따뜻한 등이 너무나 포근했다. 가슴은 미칠 듯이 뛰었다. 은호는 이 넓은 등을 통해, 맞닿은 가슴의 심장 소리를 들키는 건 아닐까 잠시 걱정이 되기도 했지만 아무래도 좋았다. 이 밤, 파도 소리만 들려오는 우도의 밤. 차우재의 등에 업혀 가만가만 그의 숨소리를 들으며 걸어가는 이 밤. 이 밤이 너무나 좋았다. 어느새 무릎의 쓰라린 상처도 잊은 채 그녀는 우재의 목을 꼭 끌어안았다.
그 덕에 우재도 심장이 터질 지경이었다. 아무 말도 하지 않고 걷기만 하는 건, 혹여나 목소리가 떨릴까 봐. 잔뜩 설레고 있는 자신의 마음이 아까처럼 터져 나올까 봐. 분명 같이 땀을 흘리며 자전거를 타고, 짠 바닷바람을 함께 맞았는데 어째서 등 뒤의 은호에게선 향긋한 꽃내음이 나는 건지……. 머리가 아찔했다. 우재의 발걸음은 점점 더 느려졌다. 계획대로라면 은호를 업고 더 빨리 숙소를 찾아 들어가 그녀의 다리를 치료해 줄 생각이었지만, 어쩐지 서두르고 싶지가 않았다. 은호와 더 오랫동안 이렇게 두근거리는 순간을 함께하고 싶었다.

"안…… 무거워요?"

숨죽인 정적을 깨고, 은호가 먼저 목소리를 냈다.

"밥은 잘 먹는 것 같은데……."

우재의 낮고 굵은 목소리가 울려 퍼졌다. 언뜻언뜻 들려오는 파도 소리와 함께 마치 듣기 좋은 음악 같다고 생각하는 은호였다.

"왜 이렇게 가볍습니까?"

우재의 대답에 은호가 꼬옥, 제 아랫입술을 깨물었다.

"우재 씨."

은호가 우재를 다정하게 불렀다. 그 목소리가 듣기 좋아 우재는 저도 모르게 살포시 눈을 감았다 떴다.

"나 우재 씨 좋아하는 것 같아요."

심장이 미친 듯이 뛰어 댔지만, 은호는 최대한 그 마음을 가라앉히며 담담히 고백했다. 어차피 자신만의 마음일 줄 알고 하는 고백이었지만, 그래도 말해 두어야 할 것만 같았다. 차우재가 계약 위반이라고, 그러니 당장 이 계약을 파기하자고 말한다 해도 은호는 상관없었다. 차우재를 보고 설레는 이 마음만은 진심이니까.

역시나 우재는 아무런 말이 없었다. 타박, 잠시 멈춰 섰던 그의 발걸음이 다시 움직였다. 은호는 마른침을 삼키며 조급한 마음을 달랬다.

"우재 씨가 아무리 나한테 차갑게 대해도, 사무적으로 대해도. 자꾸 차우재 씨한테 마음이 가요. 처음부터 그랬어요. 아마 나는 처음부터…… 우재 씨한테 마음을 뺏겼나 봐요. 미안해요."

은호는 손끝을 꼭 눌러 쥐며 질끈 눈을 감았다. 아…… 마지막에 미안하다는 사과는 하지 말 걸 그랬나. 누굴 좋아하는 게 미안한 일은 아닌데. 너무 저자세였나. 하아…… 너무 쪽팔려. 오만 가지 생각을 다 밀려들었다.

"나도 좋아합니다."

쿵, 심장이 떨어지는 목소리에 은호가 숨을 멈추었다.

"나도 유은호 씨 좋아하는 거 같습니다."

쏴아. 파도 소리가 없었다면 은호는 아마 심장이 멎어 버렸을지도 모르겠다고 생각했다. 은호는 자꾸만 떨리는 입술을 꾹 눌러 깨물며 동그란 눈을 깜빡였다. 두 사람의 동그란 머리 위로 하얀 별들이 쏟아질 듯 빛나고 있었다.

타박.

고백을 내뱉은 우재가 걸음을 멈추고 바닥에 몸을 쪼그려 앉았다. 은호의 발끝이 자연스레 바닥에 닿았고, 우재는 몸을 돌려 멍하니 선 은호를 마주 보았다. 은호는 빨개진 얼굴로 얼떨떨한 표정이었다. 그러다 믿을 수 없다는 듯 미간을 살짝 찡그리며 우재를 올려다 보았다.

"서…… 설마요……."

은호가 살짝 고개를 좌우로 저으며 말했다.

"우…… 우재 씨가 날 좋아한다고요?"

도통 믿을 수 없는 이야기에 은호는 당황한 듯 보였다. 우재는 천천히, 그리고 더욱 가까이 은호에게 다가섰다. 서로의 호흡이 맞닿을 만큼 가까운 거리.

"네. 자꾸 마음이 갑니다, 유은호 씨한테. 자꾸 생각나고, 자꾸 신경 쓰이고. 점점 더 좋아집니다. 아마도 내가 유은호 씨를 많이……."

잠시 우재가 마른침을 삼키며 말을 멈췄다. 정적이 흐르고, 은호의 가느다란 손가락이 파르르 떨렸다.

"사랑하나 봅니다."

사랑.

사랑이라니.

우재는 은호의 양어깨를 꼭 쥐었다. 그러곤 허리를 굽혔다.

점점 더 가까워지는 우재의 얼굴에 은호는 자기도 모르게 눈을 꼬옥 감았다. 곧바로 느껴지는 차우재의 뜨거운 입술. 꿈이라도 해도 좋을 만큼 달콤한 키스에 은호의 손도 서서히 우재의 팔을 그러쥐었다.

따뜻한 공기와 달콤한 향기. 두 사람 모두 처음 겪는 이 로맨틱한 분위기에 흠뻑 젖어 키스에 열중했다. 시간이 가는 줄도 모른 채, 한참만에야 입술을 떼어 낸 우재의 시선이 은호의 얼굴을 부드럽게 훑었다. 은호는 눈을 뜨면 혹여나 꿈이었던 건 아닐까 싶어 여전히 감은 두 눈을 뜨지 못하고 있었다.

"눈 떠 봐요."

그런 은호를 보며, 우재가 부드럽게 말했다.

"나 봐요."
은호는 떨리는 심장을 진정시키고 조심스레 눈꺼풀을 떠올렸다. 우재의 시선이 올곧게도 자신의 눈동자를 응시하고 있었다. 은호도 가만히 그의 눈동자를 들여다보았다. 까맣고도 커다란 눈동자. 보고 있는 것만으로도 은호는 숨이 멎을 것만 같았다.
"이 느낌…… 이 감정. 이런 게 사랑이라면 나 유은호 씨 사랑합니다."
다시 한번 훅 들어온 우재의 고백에 은호는 머릿속이 아찔해졌다.
"그런데 내가 이런…… 감정에 익숙하질 않아서……."
우재도 같은 기분인 걸까. 우재는 평소의 차우재답지 않게 말을 더듬고 있었다.
"그러니까…… 이렇게 설레고…… 가슴 뛰고…… 감정 기복이 심한 상태에 익숙하질 않아서 사실은 좀 많이 힘듭니다, 요즘……."
피식. 어쩐지 고민을 토로하는 듯한 우재의 발언에 기어코 은호의 입가에 웃음기가 어렸다. 많이 혼란스러운 것 같은 차우재의 표정이 꼭 아이처럼 귀여웠다.
"그래서…… 사실 내가 먼저 말하려고 했는데, 이렇게 유은호 씨가 먼저 말을 하는 바람에…… 뭘 어떻게 해야 할지……. 준비를 좀 하고 고백을 하려고 했는데……."
"풉……."
웃음이 터진 은호의 눈꼬리가 예쁘게 반달처럼 휘었다.
"왜…… 왜 웃습니까?"

"무슨 고백을 이렇게 해요?"

"네……?"

"차우재 씨 설마, 지금 회사에서처럼 고백을 하게 된 경위, 고백 준비의 과정…… 이런 거 다 설명하려고 하는 거 아니죠? 푸흡……."

은호가 계속 웃자 우재는 어쩐지 당황스러운 표정이었다. 은호 말대로 고백을 하게 된 경위와 실제 고백을 하려던 과정에 대해 설명하려던 참이었던 것이다. 그런 이야기를 하면 안 되는 건가. 우재의 눈썹이 찡긋찡긋 움직거렸다.

"정말 고백도 차우재 씨답게 하네요."

"나다운 고백이 대체……."

"나도 사랑해요, 차우재 씨."

자신의 말을 끊은 은호의 고백에 우재의 두 눈이 크게 부풀어 올랐다. 우재의 남자다운 목젖이 위아래로 깊게 움직거렸다. 생각했던 것보다 심장이 더 거세게 요동치는 느낌이었다. 실제로 사랑이라는 단어를 입 밖으로 내뱉고, 은호에게서 직접 듣는 느낌이란, 정말이지 미쳐 버릴 것 같은 설렘이랄까. 우재는 고백을 하며 예쁘게 웃는 은호의 뺨을 부드럽게 쓰다듬었다.

예쁘다. 눈이 부실 만큼 예쁘다.

서로의 마음이 처음으로 통해 버린 밤. 우재는 자연스레 손을 뻗어 그녀의 작은 손을 꼭 잡아 쥐었다.

"빨리 들어갈 곳부터 찾죠."

이미 뜨겁게 달아오른 우재의 마음이 조급해지고 있었다.

* * *

무슨 말을 해야 할까. 작은 방에 들어선 은호는 우재의 시선을 피하며 딴청만 하고 있었다. 꽤 오랜 시간을 걸어 또 다른 펜션에 들어온 두 사람은, 예상보다 좁은 방의 크기가 어색하기만 했다. 이렇게 작은 공간에 함께 있어 본 적이 있던가. 좁은 공간에 이렇게 단둘이 있으려니 마치 연애를 처음 시작한 것처럼 어색하고 민망했다.

"안 불편하겠습니까?"

은호의 표정을 살피며 우재가 물었다. 좁고 낡은 이 펜션에서 하룻밤 묵는 것이 안 불편하겠냐 묻는 것이었다. 은호는 고개를 절레절레 저었다.

"다행입니다. 유은호 씨 먼저 씻어요."

"아…… 아뇨, 우재 씨 먼저 씻어요."

어쩐지 밖에 있을 때와는 상황이 역전된 것 같은 건 그저 기분 탓일까. 은호는 우재의 눈치를 보며 민망한 마음을 숨기려 했다.

"유은호 씨 아까 얼른 샤워하고 싶다고 했잖아요. 먼저 씻어요."

"우…… 우재 씨 먼저……."

"하."

아직도 문 앞에서 쭈뼛거리고 선 은호를 보며 우재가 한숨을 내쉬었다. 그러곤 성큼성큼, 은호에게 다가와 그녀의 손목을 덥석 쥐었다.

"그럼 같이 씻죠."

"네……? 네네?"

당황스러운 우재의 행동에 은호가 눈을 동그랗게 뜨고 되물었다. 그러나 이미 우재의 손에 이끌려 욕실로 향하는 중이었다. 우재는 망설임 없이 수도꼭지를 올려 샤워기를 틀었다.

"뭐 해요? 옷 벗어요."

은호는 당황한 표정으로 제 가슴을 꼭 움켜쥐었다.

"안 씻을 겁니까?"

그렇게 계속해서 방어하듯 멀뚱히 서 있는 은호를 보며 우재가 다시 물었다.

"씨…… 씻을 건데 어떻게 같이……."

은호가 채 말을 끝내기도 전, 우재가 자신의 셔츠를 풀어 헤쳤다. 단단한 가슴 근육이 나타나고, 은호는 저도 모르게 우재의 가슴을 훔쳐보다 얼른 시선을 피했다. 솜방망이질을 시작한 심장이 미친 듯이 뛰었다.

"으아……!"

그리고 우재의 손이 은호의 손목을 끌어당겼다. 순식간에 그녀의 윗도리를 벗겨 내고, 스커트 지퍼를 내렸다.

"뭘 이렇게까지 부끄러워합니까? 할 거 다 하고 볼 거 다 본 사이에."

얼굴이 붉어진 은호를 보며 우재가 피식 웃음을 지었다. 은호는 그래도 부끄러운지 입술을 꼭 깨물고 우재를 올려다보았다. 은호의 동그란 두 눈이 귀여워 우재는 저도 모르게 은호에게 입을 맞췄다. 다시 한번 달큼한 향이 퍼져 나갔다. 아니, 이번엔 조금 더 야릇한 향이기도 했다. 우재는 저도 모르게 치솟는 흥분감에, 입술을 점점 더 급하게 움직여 갔다.

"하…… 아…… 우…… 우재 씨."

갑작스러운 스킨십에 뜨거운 열기가 확 올라왔다. 은호는 자기도 모르게 허리를 꺾으며 우재의 목에 매달려 안겼다. 우재에겐 제 품에서 뜨거워진 은호의 몸이 더욱 자극제로 다가왔다.

쏴아. 그때, 우재의 등에 눌린 수도꼭지 덕에 머리 위에서 물줄기가 단번에 쏟아져 내렸다. 우재와 은호는 누가 먼저랄 것도 없이 서로의 몸을 끌어안았다. 온몸을 적시는 뜨거운 물줄기.

"씻…… 씻어요, 얼른."

그러고는 샤워 볼에 거품을 내기 시작했다.

"내가 해 줄게요."

우재는 은호의 손에서 샤워 볼을 빼앗았다. 부드럽고 은은한 비누 향이 퍼져 나갔다. 다정했다. 눈물 나게 다정하고 자상한 얼굴이었다. 차갑고 냉랭하기만 하던 차우재의 얼굴이 어느새 자신의 몸을 부드럽게 쓰다듬는, 세상에서 가장 다정한 얼굴로 바뀌어 있었다. 은호는 눈을 동그랗게 떴고 우재는 다소 재밌다는 표정으로 은호를 올려다보았다.

"말을 하지 그랬습니까?"

"뭐…… 뭘요?"

"이렇게까지 하고 싶었으면 말을 하지……."

"하…… 하고 싶긴 누…… 누가……!"

"이렇게 흥분했는데 왜 자꾸 거짓말하죠?"

"그…… 그거야 차우재 씨가 자꾸 만지니까……."

"그렇군요. 유은호 씨는 별생각 없는데 내가 자꾸 만져서 이렇다?"

은호의 말에 우재가 몸을 벌떡 일으키며 샤워기를 잡았다. 그러곤 아무 일 없다는 듯 은호의 몸을 헹궈 주었다. 그리곤 자신의 몸도 씻기 시작했다.

먼저 몸을 헹군 은호는 어리둥절한 표정으로 수건을 둘러 감았다. 그렇게 은호는 어쩐지 아쉬운 기분으로 욕실을 나와야만 했다. 그럼에도 여전히 야릇한 흥분감이 배꼽 아래에 맴돌고 있었다.

욕실에서 나온 우재가 은호를 침대 한 귀퉁이에 앉혀 놓았다. 우재의 머리칼에선 아직 물기가 맺혀 똑똑, 흘러내렸다. 잘생긴 그의 얼굴이 은호의 무릎을 가만히 내려다보았다. 그 숨 막히는 설렘에 은호도 잠시 숨을 멈추며 그의 머리꼭지를 응시했다.

여전히 우재의 젖은 셔츠가 돌돌 감겨 있는 그녀의 무릎. 우재는 그 앞에 무릎을 꿇고, 은호의 무릎에 조심스레 손을 올렸다.

"봐요. 얼마나 다쳤는지 봐요."

감겨 있던 천을 풀어내자 은호가 쓰라린 듯 미간을 찡긋거리며 신음 소리를 냈다. 우재는 은호를 그 자리에 앉혀 둔 채, 간이 테이블 위에 있던 작은 상자를 들고 돌아왔다. 작은 상자 속에는 소독약과 방수용 밴드, 그리고 붕대가 담겨 있었다.

"그건 어디서 났어요?"

은호가 눈을 동그랗게 뜨며 물었다.

"주인아주머니한테 부탁드렸어요."

언제 이런 걸 부탁한 걸까. 은호는 지금껏 한 번도 보지 못했던 우재의 자상한 모습에 심장이 콩닥거렸다. 원래 이런 사람인데 자신이 몰랐던 것일까. 우재는 은호의 상처에 꼼꼼히 소독약을 바르고 밴드를 붙였다.
"이제 됐군요."
그제서야 안심한 표정을 짓는 차우재. 이 상처 때문에 우재가 욕실에서 스킨십을 하다 말았던 걸지도 모르겠다. 은호는 손끝을 꼭 말아쥐며 가만히 우재를 응시했다.
"뭘 그렇게 쳐다봅니까?"
구급 약통을 정리하며 우재가 힐끗 은호의 시선을 확인했다.
"우재 씨."
은호의 목소리가 조금 떨렸고, 우재는 그제야 고개를 들어 은호의 눈동자를 바로 마주했다. 그녀의 까만 눈동자가 일렁이고 있었다.
"지금…… 나 안아 줄래요?"
우재의 움직임이 멈췄다.
"하고 싶어요, 우재 씨랑."
처음이었다. 은호가 먼저 우재에게 안아 달라고 말한 것이. 아니, 엄밀히 말하면 오롯이 처음인 일은 아니었지만, 그녀의 의지로 말은 한 건 정말이지 처음이었다.
가만히 자신을 응시하는 우재에게, 이번엔 먼저 은호가 키스를 하기 시작했다. 우재의 손도 자연스레 그녀의 허리를 끌어안았다. 침대 위에 쓰러진 은호의 몸을 타고 우재가 그녀의 몸을 가리고 있던 수건을 풀어냈다. 우재는 휘어 있는 은호의 허리 사이에 팔을 넣고 한 손으로 끌어안았다.
"하…… 미안하지만, 유은호 씨. 지금 나도 좀 급한데…… 바로 해도 되겠습니까?"

은호는 우재에게 고개를 끄덕였다. 이미 욕실에서부터, 아니, 고백을 하며 키스를 할 때부터 달아올라 있던 몸은 뜨겁다 못해 타들어 갈 것 같은 상황이었다.

은호가 고개를 끄덕이기 무섭게, 우재는 그녀의 몸 위로 자신을 겹쳐 안았다. 은호가 고통 섞인 신음 소리를 냈다.

"유은호 씨도…… 많이 하고 싶었군요."

"응……!"

"좋습니까?"

"네……."

"나도 미치겠습니다."

"우재 씨……."

예쁜 얼굴로 자신을 부르는 은호의 동그란 눈동자. 우재는 저도 모르게 은호의 입술을 물고 빨다 하얗고 곧은 쇄골을 애무했다.

"예쁩니다."

은호의 말간 얼굴을 내려다보며, 우재가 나지막한 목소리로 속삭였다. 그 따뜻하고 다정한 목소리에 은호는 울컥한 감정이 되어 버렸다. 가슴속 깊은 곳에 감춰 왔던 무언가가 솟아오르는 기분. 은호의 눈동자에 순간 눈물이 어리기 시작했다. 온전히 하나가 되는 느낌. 이런 게 사랑인가.

우재는 혓바닥으로 은호의 흐르는 눈물을 핥아 닦아 주었다. 은호의 속눈썹이 파르르 떨리며 잘생긴 우재의 얼굴을 응시했다.

"사랑해요."

그리고 조금 수줍은 목소리로 다시 한번 고백했다.

"나도 사랑합니다, 유은호 씨."

여전히 차우재다운 그의 고백에 은호는 설핏 웃음이 났다. 이 작고 따뜻한 둘만의 공간에서, 두 사람은 처음으로 서로의 마음을 확인한 뜨거운 섹스를 나누었다. 밤이 새도록.

* * *

다음 날 아침. 아니, 정오가 훌쩍 지난 시각까지도 은호는 침대에서 일어나지 못했다. 덕분에 펜션 체크인 시간이 지나는 바람에 우재가 추가 요금을 더 지불하고 올 때까지도 그녀는 깊은 잠에 빠져 이불 속을 파고들었다. 그런 은호의 잠든 얼굴을 보며, 우재는 자꾸만 절로 웃음이 났다.

"하…… 우재 씨. 지금 몇 시예요?"

결국, 한참만에야 눈을 뜬 은호가 조금 미안한 표정을 지으며 우재에게 물었다.

"1시 20분입니다."

"네?"

오후 한 시가 넘었다는 말에 은호가 벌떡 몸을 일으켰다. 그러나 곧 찌르르한 허리 통증에 그녀는 미간을 찌푸리며 허리를 부여잡았다. 은호의 고통스러워하는 표정을 보며 우재의 눈썹도 찡긋거렸다.

"왜 그럽니까? 어디 아파요?"

믿을 수 없게도 우재와 은호는 오늘 아침 해가 떠오르는 걸 보며 잠이 들었다. 몇 번의 행위에도 지치지 않던 우재의 체력과 욕정. 밤이 새도록 우재는 은호의 몸을 놓아주지 않았다. 은호는 이런 뻔뻔한 우재의 모습에 기막힌 얼굴로 웃음을 지었다. 어떻게 그런 말을 할 수 있냐는 듯이.

"허리 아파 죽겠어요, 우재 씨 때문에."

은호가 허리를 두드리며 볼멘소리로 말하자 우재가 성큼 다가와 그녀의 이불을 쑥 내려 버렸다. 이불 속 은호의 몸은 여전히 하얀 나신의 상태. 갑작스러운 우재의 공격에 놀란 은호의 볼이 또다시 붉어졌다.

"어디 봐요. 어떻게 아픈가."

"우…… 우재 씨……."

은호는 부끄러움에 얼른 이불로 다시 제 몸을 가리기에 바빴다. 은호의 몸을 보자 또다시 우재의 앞이 무거워지고 있었다.

"왜…… 왜 이래요?"

우재가 다시 은호의 이불을 거칠게 들춰냈다. 그러고는 은호의 가느다란 허리를 번쩍 안아 들어 올려 제 무릎 위에 앉혔다. 은호는 우재의 무릎 위에 앉아 있으려니 민망하기 그지없었다.

"왜……."

우재의 낮은 음성이 조용히 울렸다.

"이렇게……."

조금 혼란스러운 것 같은 눈동자로 우재는 은호의 얼굴을 구석구석 훑었다. 적나라한 그의 시선. 은호는 붉어진 얼굴로 그의 목소리에 가만히 귀를 기울였다.

"왜 이렇게 예쁩니까……?"

차우재는 이렇게 낯뜨거운 말도 차우재답게 하는구나. 은호는 민망한 표정을 지으며 우재에게서 벗어나려 해 보지만, 우재의 손이 강하게 그녀의 허리를 감싸 안았다.

"우…… 우재 씨 어제 많이…… 많이 했잖아요……."

은호가 몸을 꼬며 살짝 그의 손길을 거부했다.

"많이……? 유은호 씨는 많이 했습니까? 나는 많이 안 했는데."

늦게 배운 도둑질이 무섭다는 말이 딱 맞는 말이랄까. 은호는 지금 제 눈앞의 남자가 여자든, 섹스든 관심도 생각도 없던 차우재가 맞는지 궁금해졌다.

"우…… 우재 씨……."

벌건 대낮. 한낮의 오후 햇살이 새하얗게 밀려들어 오는 펜션 방에서 은호는 눈뜨자마자 계속되는 자극에 도통 정신을 못 차릴 지경이었다. 입으로는 많이 했다고, 이제 그만하자고 내뱉고 있었지만 이미 은호의 몸도 다시 달아오르고 있었다.

그렇게 내내 침대에서 뒹구느라 또다시 저녁이 돼서야 겨우 우도를 빠져나온 두 사람이었다. 제주도로 향하는 마지막 배를 타고 나오며 우재는 은호의 손을 꼭 맞잡았다. 아직은 어색하기만 한 스킨십에 은호가 눈을 동그랗게 뜨고 그를 올려다보았다. 표정 하나 없던 우재의 입꼬리도 슬며시 말려 올라가고 있었다. 맞잡은 손이 너무 뜨겁고 다정해서 은호는 또다시 왈칵 눈물이 밀려들었다. 이상한 기분이었다. 진심이 통하고, 마음이 통한다는 게 이런 느낌인 걸까. 이토록 감동스럽고 눈물이 날 것 같은 기분인 걸까.

"울어요?"

은호의 뜻밖의 눈물에 우재가 깜짝 놀라 그녀의 얼굴을 살폈다.

"네. 자꾸 눈물이 나요."

"많이…… 아팠습니까?"

다정하고 따뜻하지만 여전히 감정에는 서툰 차우재답게 헛다리를 짚었다. 우재는 다시 은호 앞에 등을 보이며 쪼그려 앉았다. 또 업히라는 듯이. 바로 코앞에 그의 차가 주차되어 있는데도 말이다. 은호는 풋, 하고 웃음이 터져 버렸다.

Drrrrrr.

우재의 주머니에서 휴대폰 진동이 울렸다. 쪼그리고 앉아 있던 우재가 다시 몸을 일으키며 주머니를 뒤적거렸다. 혹여나 회사에서 온 연락은 아닐까 긴장하는 눈빛이었다. 은호는 그런 우재가 편히 통화할 수 있도록 웃으며 자리를 비켜 주었다. 우재의 손에 쥐어져 있던 차 키를 빼앗아 홀로 절뚝절뚝 차를 향해 걸어갔다.

한편, 휴대폰 액정을 보는 우재의 표정이 심상치 않았다. 액정에는 저장되지 않은 번호가 뜨고 있었지만, 어쩐지 상대가 누구인지 알 것만 같은 우재였다. 이 정체 모를 번호는 오늘 아침부터 계속해서 전화를 걸어오는 중이었다. 한참을 망설이던 우재는 결국 통화 버튼을 눌렀다.

[하…… 드디어 받네.]

이세정. 수화기 너머에선 그녀의 익숙한 목소리가 들려왔다. 우재의 미간이 일그러졌다.

[왜 이렇게 전화를 안 받아, 걱정했잖아.]

세정은 조금 상기된 목소리로 말했고, 우재는 제 이마를 짚으며 낮은 음성으로 말했다.

"전화 그만하라고 받은 거야. 바쁘니까 그만 전화해."

[제주도 여행 갔다며? 할아버님 때문에 억지로.]

"끊어."

[그 여자랑 같이 있어?]

우재의 시선이 차 안에서 손바닥을 흔들고 있는 은호에게 향했다. 천진한 표정으로 우재를 기다리고 있는 그녀의 예쁜 얼굴. 우재는 눈을 질끈 감고 전화를 끊어 버렸다. 그리고 종료 버튼을 깊게 눌러 핸드폰을 끄고 은호에게 성큼성큼 걸어갔다. 그럼에도 불구하고 아주 오래전부터 가슴 깊이 숨겨져 있던 감정들이 쿡쿡 그의 마음을 아릿하게 만들었다. 이세정. 그녀는 우재에게 있어 오랜 그리움의 대상이었다.

"회사예요?"

차에 타 운전대를 잡는 우재를 보며 은호가 물었다. 순식간에 딱딱하고 차갑게 굳어 버린 우재의 표정이 신경이 쓰였다. 우재는 아무런 대답도 하지 않고 시동을 걸었다.

꼬르륵. 때마침 은호의 배에서 요란한 소리가 났다. 그도 그럴 것이 지금껏 어제 오후에 먹은 땅콩 아이스크림이 두 사람이 먹은 전부였다. 배고프다고 말할 틈도, 시간도 없을 정도로 둘은 서로에게 집중하고 있었던 것이다.

"배……고픕니까?"

배에서 나는 요란한 소리에 민망해하는 은호에게 우재가 물었다. 은호는 가볍게 고개를 끄덕였다. 우재는 해안 도로 근처에 있는 작은 횟집으로 향했다. 허름한 외관에 기대 없이 들어간 식당이었지만 모든 생선들이 신선하고 맛있는 식당이었다.

우럭 회를 한 입 먹은 은호의 눈동자가 튀어나올 듯 부풀어 올랐다. 그런 은호의 얼굴이 귀여워 우재의 얼굴에도 결국 다시 미소가 슬며시 지어졌다.

* * *

끊긴 전화를 내려다보며 세정이 쓴웃음을 지었다.

"하…… 쉽지 않을 거라고 예상은 했지만……."

그녀 앞에 마주 앉은 사람은 다름 아닌 우재의 새엄마, 희옥이었다. 희옥은 여유로운 표정으로 찻잔을 들이켜며 슬며시 미소를 지었다.

"생각보다 더 힘들 것 같네요."

세정의 한숨에 희옥은 고개를 끄덕였다.

"그렇겠지. 우재 녀석 칼 같은 성격에, 자기 상처 주고 떠난 여자 다시 받아 주는 일이 쉽지는 않겠지."

세정은 긴 머리를 쓸어넘기며 제 입술을 꼭 깨물었다.

"그래도 어머니가 이렇게 제 편이 되어 주셔서 얼마나 힘이 되는지 몰라요."

한국에 돌아오기까지 얼마나 망설였던가. 희옥이 도와주겠노라 나서지 않았더라면 아마 세정은 그 용기를 낼 수 없었을지도 몰랐다.

"임마!"

그때, 커다랗고 화려한 문이 열리고 작은 문틈 새로 꽤 귀여운 여자아이가 세정을 향해 손을 벌리고 뛰어왔다. 이제 막 여섯 살이 된, 세정의 딸 솔이었다.

"솔아, 다른 사람 집에서 이렇게 뛰어다니면 예의 없는 아이라고 했지?"

세정이 솔이의 작은 손을 잡아 쥐며 제법 엄한 목소리로 말하자,

아이는 이내 작게 고개를 끄덕이며 세정의 옆자리에 얌전히 앉았다. 그런 솔이에게서 눈을 떼지 못하는 희옥이었다.

"아이가 불쌍해서, 그래도 지 아빠가 이렇게 멀쩡히 살아 있는데 세정이 너 혼자 그렇게 타지에서 혼자 고생하는 게 안쓰러워서 도와주고 싶었다."

희옥이 선심 쓰는 듯한 얼굴로 솔이의 얼굴을 살폈다. 자신의 얼굴을 뚫어져라 응시하는 낯선 희옥이 조금 무서웠는지, 솔이가 제 엄마 팔 뒤에 얼굴을 숨겼다.

"아이가 우재보다는 너를 더 많이 닮은 것 같긴 하구나."

"아……."

세정이 어색하게 웃으며 고개를 끄덕였다.

"아버지는, 건강하시니?"

희옥이 다시 물었다. 세정의 아버지는 요식업으로 성공 신화를 쓴 해성푸드 이원석 회장이다. 재이그룹 같은 대기업에 재벌까진 아닌 집안이었지만 그래도 꽤 뼈대가 있는 집안이었다.

"저도 잘 몰라요. 아버지가 절 안 만나 주셔서."

"그래. 많이 힘들었겠구나, 너도."

7년 전, 솔이를 임신한 채로 도망치듯 떠난 그날 이후로 세정의 아버지는 지금껏 딸을 외면하며 만나 주지 않았다. 아마도 세정이 끝까지 아이를 포기하지 않겠다며 고집을 부렸기에 화가 난 것일 터다.

"감사해요."

세정이 살짝 고개를 숙이며 희옥에게 감사의 인사를 건넸다. 희옥은 슬며시 입꼬리를 올리며 다리를 꼬아 앉았다.

"이게 다 우재 잘되라고 하는 일인데 뭐. 게다가 우리 아버님 그렇게 장증손주 타령을 하시는데 솔이 보면 얼마나 좋아하실까 도 싶고."

"그래도 걱정이에요, 아무리 솔이가 있다고 해도 이미 오빠는 결혼을 했고……."

세정의 걱정스러운 말이 이어졌지만 희옥은 여전히 태연하게 웃고 있었다.

"듣기론 그 여자도 임신을 했다고 들었는데……."

"그게 무슨 상관이니?"

희옥은 아무 문제없다는 듯 다시 차를 들이켰다.

"민망한 이야기지만…… 나도 세정이 너처럼 이 집에 들어왔어. 그런데 지금 어떻니? 누가 재이그룹 안주인이니?"

"어머님."

"아이도 이제 곧 학교 갈 나이인데, 언제까지 아빠 없는 애로 둘 순 없는 노릇 아니겠니."

"아빠……?"

가만히 이야기를 듣고 있던 솔이 세정을 보며 눈을 동그랗게 떴다. 희옥의 이야기를 알아들은 모양이었다.

"그래, 아빠. 너한테도 아빠가 있단다, 아가."

희옥이 피식 웃으며 솔이를 응시했다. 세정도 그녀의 말에 조금 안심이 된다는 듯 솔이의 머리를 부드럽게 쓰다듬었다.

"엄마, 나도 아빠 만날 수 있어?"

솔이의 질문에 세정은 웃으며 고개를 끄덕였다.

"응. 만날 수 있어. 엄마가 우리 솔이 꼭 아빠 만나게 해 줄게."

아무것도 모르는 천진한 표정의 솔이 함박웃음을 지었다. 그런 세정과 솔을 보며 희옥은 매우 만족스러웠다. 아주 오래전 그날, 자신을 보고 뒷목을 잡던 차명진 회장이 몇십 년 후, 똑같은 이 상황에 무슨 표정을 지을지 아주 궁금해졌다.

이희옥은 아주 오래전, 차준일 사장 그러니까 우재의 아버지였던 그를 계획적으로 유혹했다. 물론 그에게 결혼한 아내와 갓 난 아들이 있다는 것쯤은 이미 알고 있었다. 하지만 상관없었다. 아니, 오히려 더 일이 손쉬울 것 같은 느낌이었다. 수년째 병상에 누워 죽을 날만을 기다리고 있는 아픈 아내만 보다가 매혹적이고 육감적인 여자를 본 남자의 반응은 어떨까. 또 그 여자가 자신을 유혹해 온다면, 남자는 쉽게 그 유혹을 떨쳐 낼 수 있을까.

희옥은 작정을 하고 차준일 사장을 유혹했다. 평소 사리 분별이 흐리고 우유부단하기로 유명했던 그는 희옥의 예상대로 손쉽게 그녀에게 걸려들었다. 매일, 그와 밤을 보낸 결과 희옥은 지금의 현석을 임신할 수 있었고 아이를 무기로 그녀는 당당하게 재이그룹에 발을 디뎠다. 처음엔 말도 안 되는 일이라며 그녀를 창녀 취급하던 차명진 회장도 점차 그녀의 존재를 인정하지 않을 수 없는 듯했다. 바보 같고 답답한 아들 차준일을 대신해 회사 일을 곧잘 처리하는 희옥. 그리고 그런 희옥에게 빠져 외면하던 회사 일에 조금씩 신경을 쓰기 시작한 아들. '이 여자 없인 안 된다'며 울고 불고 난리를 치는 아들의 모습이 한심하면서도, 그런 아들의 여자인 희옥을 더 이상 외면할 수 없었던 것이다.

수년을 앓던 우재의 엄마는 그렇게 희옥이 집에 들어온 지 육 개월 만에 세상을 떠났고, 차준일 사장은 기다렸다는 듯 희옥과 재혼했다. 그렇게 희옥은 자연스럽게 재이그룹 안주인 자리를 꿰찼다. 그렇기에 그녀의 욕심은 점점 더 커져 갔는지도 몰랐다. 어떻게 꿰찬 자리인데. 어떻게 들어온 자리인데. 재이그룹의 안주인이 자신이니, 재이그룹의 후계자 또한 제 아들이 되어야 한다고 생각하는 그녀였다. 그러기 위해선 유일한 눈엣가시인 우재를, 어떻게든 후계 자리에서 치워 내야만 하는 것이었고.

"제 딸을 만난 우재가 어떤 표정일지 궁금하네."

희옥은 날카로운 눈매로 피식 웃으며 아직 식지 않은 차를 들이켰다.

* * *

드디어 두 사람이 원래 묵기로 한 재이호텔의 스위트룸에 도착했다. 차우재 본부장 내외가 여행을 왔다는 소식에 호텔 전체가 들썩거린 건 당연했다. 특히나 깔끔하고 까다롭기로 유명한 차우재의 방문이니 다들 바짝 긴장을 했음은 물론이다.

"와……!"

룸에 들어서자마자 커튼을 열어젖힌 은호가 탄성을 내질렀다. 탁 트인 바다가 한눈에 들어오는 오션 뷰의 룸이었다.

"여기 너무 예뻐요!"

은호가 활짝 웃으며 뒤를 돌아보자, 긴장하고 있던 매니저도 덩달아 웃었다. 웃는 은호를 보며 굳어 있던 우재의 표정도 풀어지고 있었기 때문이다.

"그럼, 편히 쉬십시오."

매니저는 안도의 한숨을 내쉬며 방을 나갔고 또다시 방에는 우재와 은호, 두 사람만이 남겨졌다.

"회사는 어떻대요? 무슨 급한 일 생긴 건 아니죠?"

은호는 아까 차에 타기 전에 우재가 받은 전화를 여전히 회사에서 걸려온 전화라 생각하는 모양이었다. 그도 그럴 것이 우재의 표정이 그 이후부터 썩 좋지 않았다. 걱정스러워하는 것도 같고, 어딘가 불편한 것도 같고.

"네. 괜찮습니다."

우재는 은호의 질문에 짧게 괜찮다고 말하며 시선을 피했다.

"할아버지 말씀대로 여기에 있는 동안은 회사 일 생각하지 마요. 일하는 것도 좋은데 너무 일만 하는 것도 힘들잖아요. 쉴 땐 쉬어야 일을 더 잘하죠."

은호가 천천히 다가와 우재의 손을 맞잡았다. 우재는 애써 웃으며 가만히 고개를 끄덕였다.

"그럼 나가요, 우리."

"어딜 말입니까?"

"밤바다 보러."

"어제 많이 봤잖습니까."

"뭐야. 그럼 여기까지 와서 또 호텔에만 있어요?"

역시나 놀 줄 모르고 즐길 줄 모르는 차우재다운 반응에 은호는 고개를 절레절레 저었다.

"우재 씨는 좋아하는 게 뭐예요?"

"네?"

"일하는 거 말고 다른 좋아하는 게 뭐냐고요."

"왜요, 내가 재미없게 사는 것 같습니까?"
지난번 은호의 말이 떠올랐는지 우재가 웃으며 물었다. 은호는 딱히 부정하지 못하고 고개를 끄덕였다.
"유은호 씨는요? 유은호 씨는 어떤 거 좋아합니까?"
그러고 보니 은호가 뭘 좋아하는지, 어떤 걸 잘하는지 아직 하나도 알지 못했다. 은호에게 관심이 생겼고, 그녀를 좋아하게 됐지만 정작 그녀에 대해 아무것도 모른다는 게 떠오른 것이다. 우재는 은호에 대해 알고 싶어졌다. 누구보다도 더 많이.
"음…… 나는 산책하는 거랑…… 요리하는 거 좋아해요."
샐쭉하게 웃는 은호를 보며 우재는 은호의 라면과 볶음밥을 떠올렸다. 최 팀장도 얼핏 사모님께서 요리를 굉장히 잘하신다는 말을 했던 것 같다.
"무슨 음식을 제일 잘합니까?"
"다 잘하는데, 갈비 제일 자신 있어요. 마카롱 만드는 것도 좋아하고."
"먹어 보고 싶군요."
"해 줄게요. 뭐 먹고 싶은지 생각해 놔요."
우재가 은호의 허리를 꼭 끌어안으며 말했다.
"난 책 읽는 거, 수영하는 거, 조깅 하는 거 좋아합니다."
은호는 부드럽게 우재의 머리칼을 쓰다듬었다.
"다 혼자 하는 것들이네요."
언제나, 늘 혼자였던 우재답게 좋아하는 것들도 혼자서 할 수 있는 것들뿐이었다.
"그리고 하나 더 생긴 것 같습니다."

"뭔데요?"
"유은호 씨랑 같이 할 수 있는 거."
"으앗!"
갑작스레 은호의 허리를 꽉 끌어당긴 우재가 그녀를 침대 위에 쓰러뜨렸다. 그동안 일주일에 세 번만으로 대체 어떻게 참았을까 싶었다. 한번 터진 봇물을 막을 수 없는 것처럼, 한번 터져 버린 그의 욕정이 미친 듯 타올랐다.
"또…… 또 하려고요? 어제도…… 아니, 오늘 낮에도……."
"잊었습니까? 유은호 씨 빨리 아이 가져야 한다는 거."
"그래도 너무 많이 하는데 우리……."
"그래서 싫습니까?"
코앞까지 다가온 우재의 입술. 은호는 이미 스커트 아래로 들어서는 우재의 손길을 느끼며 차마 아무런 대답을 할 수가 없었다. 싫다고 말하기엔 이미 몸이 그의 손길을 느껴 버리기 시작했다.
"공평하게 내가 좋아하는 거부터 하고, 유은호 씨가 좋아하는 걸 하죠."
은호는 두 손으로 제 얼굴을 감쌌다.
"가리지 마요. 예쁜 얼굴 보고 싶으니까."
뜨거운 시선에 은호는 입술을 꾹 깨물었다.
"제발 그렇게 빤히 보지 말아요, 너무 부끄러워서 미칠 것 같으니까."
애원하듯, 은호가 칭얼대 보지만 우재는 전혀 이해할 수 없다는 듯한 표정이었다.
"뭐가 부끄러운지 모르겠군요. 그럼 유은호 씨도 내 거 자세히 봐요. 난 괜찮으니까."

"하…… 정말……."

"예뻐서 그럽니다. 예뻐서."

은호의 타박에 우재가 결국 진심을 털어놓았다. 은호의 얼굴이 더욱더 붉어지기 시작했다.

"얼굴도 예쁘고, 몸도 예쁘고. 어떻게 이렇게 예쁠 수 있나 싶어서, 신기해서 눈을 뗄 수가 없습니다."

뭐 이렇게 닭살 돋는 말을 눈 하나 깜짝 않고 하는지, 은호는 그저 이런 모습의 우재가 당황스러울 뿐이었다.

"그…… 그만 봐요."

은호의 그만 보라는 말에 우재의 입술이 문득 은호의 다리 사이로 파고들었다. 또다시 뜨거운 밤이 시작되었다.

* * *

"어디 갑니까?"

"으으……."

몰래 침대를 빠져나가려다 들킨 은호는 다시 우재에게 허리를 붙잡혀 끌어당겨졌다. 우재의 손이 자연스럽게 그녀의 가슴을 꼭 움켜쥐고, 그녀의 목덜미에 입술을 묻었다. 은호는 포기한 듯 한숨을 내쉬며 다시 우재를 향해 돌아누웠다.

벌써 이틀째 호텔 밖에도 못 나가고 이렇게 침대에서만 뒹굴고 있었다. 은호는 우재가 이렇게 욕정 강한 짐승인 줄 알았더라면 처음부터 호텔에 들어오지 않았을 것이었다. 우재는 마치 평생 할 섹스를 하듯이 이틀 내내 은호를 안은 채 물고 빨았다. 물론 그 수많은 섹스에서 은호도 매번 강렬한 쾌감을 느낀 건 사실이었지만 그녀는 어쩐지 답답하기도 하고 조금 아쉽기도 했다. 그토록 와 보고 싶던 제주도였는데. 첫날 우도 구경한 것을 빼곤 제대로 즐기지 못 했다.

"오늘은 나가서 산책할래요?"

우재의 말에 은호가 눈을 동그랗게 뜨고 몸을 벌떡 일으켰다.

"네! 저 꼭 가보고 싶은 카페가 있어요!"

말 한마디에 이렇게 표정이 바뀌어도 되나. 아이 같기만 한 은호의 반응에 우재는 피식피식 절로 웃음이 새어 나왔다.

"카페? 무슨 카페길래 가보고 싶었습니까? 유명한 바리스타라도 있는 덴가요?"

은호는 고개를 절레절레 저었다.

"나가요, 일단."

그러곤 우재의 손을 두 손으로 잡아 일으켰다.

* * *

한참 짐을 정리하던 세정의 손길이 작은 액자 하나에 오래도록 머물렀다. 마지막으로 우재와 함께 찍은, 7년 전 사진이었다. 사진 속 웃는 자신의 모습과 우재를 바라보며 세정은 가슴이 덜컥거리는 기분이었다.

"엄마, 이 아저씨는 누구야?"

인형을 가지고 놀던 솔이 세정이 응시하고 있는 액자를 가리키며 물었다. 차우재 때문에 떠났던 한국엘, 차우재 때문에 다시 돌아온 지금. 세정의 목표, 세정의 계획은 단 하나였다. 차우재를 다시 되찾는 것.

한국을 떠나 그와 헤어져 있던 7년간, 세정 또한 지옥에 살았다. 아마 딸 솔이 없었더라면 버텨 내지 못했을 만큼 힘들고 고통스러웠던 시간들. 그 시간들을 보상받기 위해서라도 세정은 우재를 되찾고 싶었다.

"우리 솔이 아빠."

"아빠?"

아빠라는 말에 솔의 눈이 동그래졌다.

똑똑똑. 노크 소리가 들렸다. 7년간 본가에 남아 있던 세정의 짐을 가져다주러 온 집사 아저씨였다.

"오랜만이다, 세정아."

그는 세정이 아주 어린 시절부터 세정의 집에서 일을 해 왔던 이였다. 그랬기에 지금 세정의 아버지, 이원석 회장과 세정의 갈등을 누구보다 안타깝게 생각하고 있었다.

세정이 파리로 떠나야 했던 이유 또한 이원석 회장 때문이었다. 스물세 살의 젊은 처녀가 결혼도 하기 전에 임신을 했으니 아버지의 분노는 하늘을 찌를 만했다. 세정은 절대 아이를 지울 수 없다고 버텼고, 아버지는 절대 임신한 딸의 모습을 보고 싶어 하지 않았다. 그래서 한 타협이 한국을 떠나는 것이었다. 그렇게 떠났던 세정이 어느 날 다시 돌아왔다. 여전히 아버지는 그녀를 용서하지 않고 있었고, 여섯 살 된 손녀 또한 보려 하지 않았다. 겨우 작은 오피스텔을 하나 얻을 수 있는 돈만을 던져 줬을 뿐이었다.

“아저씨.”
“너구나, 솔이가?”
그는 솔이를 보며 반가운 얼굴로 웃었다. 솔이도 제 엄마 다리 뒤에 몸을 숨긴 채 작은 고개를 꾸벅 숙였다.
“안녕하세요.”
“엄마를 엄청 닮았네.”
그는 자그마한 솔이가 귀여운 듯 흐뭇한 미소를 지으며 머리를 쓰다듬었다.
“감사합니다, 아저씨.”
한 집사가 가져온 짐들을 보며 세정은 작게 감사 인사를 했다.
“세정아.”
솔이의 머리를 쓰다듬던 한 집사가 천천히 몸을 일으켜 세우며 다시 세정을 마주했다.
“내일 잠깐 회사 앞으로 올 수 있겠니?”
“네?”
“회장님께서 보자고 하신다.”
전혀 예상치 못한 말에 세정의 눈동자가 이리저리 흔들렸다. 드디어 용서를 하시려는 건가 싶은 기대감 때문이었다. 울컥한 그녀의 눈동자에서 후드득 눈물방울이 쏟아져 내렸다.

* * *

푸른 바다가 보이는 언덕 위.
은호가 앞장서 데리고 간 카페는 꽤 분위기 있는, 그러나 손님으로 정신없이 바글거리는 곳이었다. 사람이 너무 많아 정신이 없는 탓에, 우재는 이곳이 왠지 마음에 들지 않았지만 잔뜩 신난 은호의 모습에 아무런 말도 하지 못하고 자리에 앉았다. 주문한 커피와 디저트가 나오고, 은호는 음미하듯 한 모금을 들이켜더니 탄성을 터뜨렸다.

"와…… 맛있어. 먹어 봐요, 우재 씨도."

우재도 은호의 말에 따라 한 모금 들이켰으나 영, 그의 입엔 맞지 않는 향이었다.

"왜 여기 오자고 한 겁니까? 사람만 많고 정신없는 것 같은데……."

결국 참다못한 우재가 한마디를 툭, 던져 물었다. 그러자 은호가 씨익 웃으며 답했다.

"여기, 아이돌 그룹 Y라고 알죠? 거기 멤버가 운영하는 카페래요."

"네?"

전혀 상상치도 못한 은호의 대답에 우재는 기막힌 듯 미간을 찌푸렸다.

"사실…… 저 그 멤버 엄청 좋아하거든요."

"하……."

은호는 얼굴까지 붉히며 말했다. 남편 앞에서 다른 남자를 좋아하고 있다고 말하는 여자라니. 우재의 입장에선 이런 은호의 행동이 도대체가 이해가 안 되는 것이었다. 이제 막 고백하고, 이제 막 사랑을 확인한 시점에서 어떻게 이런 발언을 아무렇지도 않게 할 수가 있는 걸까. 우재는 제 앞에 놓인 커피를 맥주 마시듯 벌컥

벌컥 들이켜 마셨다. 그럼에도 은호는 여기저기 두리번거리며 구경하기에 바빴고, 우재는 자리에서 벌떡 일어나 그런 은호의 손목을 잡아 일으켰다.

"다 마셨는데 가죠."

"네? 저 아직 다 안 마셨는데……."

우재는 당황하는 은호의 손목을 기어코 잡아끌었다. 결국 들어간 지 20분도 안 돼서 다시 밖으로 나온 은호는 입을 삐죽거리며 볼멘소리를 했다.

"뭐예요, 나 아직 다 마시지도 않았는데. 그리고 거기 조금 더 구경하고 싶었단 말이에요."

"거기서 그러고 있으면, 그놈이 와서 손이라도 잡아 준답니까?"

"그럴지도 모르죠. 듣기론 주말에 가끔 와서 얼굴 비치기도 하고 그런대요."

"유은호 씨."

그제야 은호가 우재의 얼굴을 마주했다. 어쩐지 우재의 표정이 잔뜩 굳어 있었다. 무언가 화난 사람처럼, 금방이라도 쏘아붙일 것처럼 그렇게 은호를 보고 있는 것이었다.

"네?"

"내 앞에서 다른 남자 얘기 그만하죠."

은호가 동그란 눈을 깜빡였다. 자그마한 머리통이 그제야 굴러가기 시작한 것이다.

"설마, 차우재 씨……. 지금 질투해요?"

'질투'라는 말에 우재가 화들짝 놀라며 시선을 피했다. 그런 우재의 모습에 은호의 입꼬리가 올라갔다.

"뭐야. 고작 아이돌 연예인 얘기 좀 했다고 지금 질투하는 거예요?"

"하. 지…… 질투는 무슨."

"그럼 뭐예요? 왜 지금 화난 사람처럼 말하는 건데요?"

"화나긴 누가?"

"지금 좀 화난 거 같은데, 우재 씨?"

은호가 쪼르르 발을 움직여 우재의 얼굴을 살폈다. 우재는 또다시 얼른 시선을 피할 뿐이었다.

"맛도 없고, 정신만 없는 델 데려가니 짜증이 나서 그럽니다."

"다른 남자 얘기 하지 말라면서요. 그게 질투하는 게 아니라고?"

은호가 피식 웃으며 우재를 놀려 댔다. 눈앞에서 하얗게 웃으며 향기를 내뿜는 유은호. 그런 은호를 지켜보고 있으려니 우재는 또다시 아랫도리에 힘이 불끈 들어가는 기분이었다. 대체 내가 왜 이럴까, 싶을 정도로 우재는 은호에게 흥분하고 있었다. 아마도 첫날밤부터 쭉 그랬는지도 몰랐다. 지금껏 외면하느라 아닌 척해왔지만 실상 여자에겐 관심도 없는 차우재가 여자와 주기적으로 성관계를 했다는 것 자체가 이미 그 방증이었다.

우재는 예쁘게 웃는 은호의 손목을 덥석 잡고 산책로를 걸었다. 손깍지를 끼고, 터벅터벅. 그의 남자다운 손바닥과 팔등을 내려다보며 은호 또한 심장이 쿵쾅거림을 느꼈다.

"호텔로 다시 가죠."

"벌써요?"

은호가 아쉬운 표정으로 되묻지만 우재는 그저 고개를 끄덕일 뿐이었다.

"유은호 씨 안고 싶어 죽겠습니다."

우재의 고백에 은호의 얼굴이 또다시 붉게 달아올랐다. 그렇게 수없이 해 놓고도 또 안고 싶다니. 고백의 힘, 말의 힘이 이토록 강한 것이었던가. 고백의 밤 이후로 우재는 더욱 거침없이 은호에게 스킨십을 해 왔다. 은호는 부끄러우면서도 욕망 넘치는 우재의 행동이 싫지 않았다. 혼자만의 감정이 아닌, 차우재와 함께 느끼는 감정. 그와 안고, 키스하고, 하나가 되는 일련의 과정들이 너무나 행복하고 가슴 충만했다.

"우재 씨. 잠시만요…… 잠…… 잠시만……."

호텔 룸에 들어서자마자 우재는 그녀를 벽에 밀어붙이며 끌어안았다.

"하…… 미치겠네요, 유은호 씨 때문에."

아마 우재도 자기 자신의 욕망을 스스로 컨트롤하고 있지 못하는 듯했다. 완벽주의자, 무결점의 차우재 본부장에게 절대로 있을 수 없는 일이 일어난 것이었다. 자신의 욕정과 본능을 스스로 컨트롤하지 못하다니. 상상조차도 할 수 없는 일이었다. 그는 다급하게 은호의 목덜미에 입술을 묻으며 속삭였다.

"우리 빨리 아이 만들어야죠."

"하……."

움푹 파인 은호의 쇄골에 혓바닥을 밀어 넣고 빨기 시작했다. 우재는 하얗고 낭창한 은호의 몸을 만지는 것만으로도 피가 아래로 쏠리는 기분이었다. 달콤하고 야릇한 향기가 나는 그녀의 몸. 행위가 거듭될수록 우재의 애무는 점점 더 집요해졌다. 아니, 유은호의 몸을 점점 더 알아 간다고 해야 옳은 표현이려나. 그녀가 어디를 만지면 느끼는지와 좋아하는지. 우재는 세밀하게 은호를 관찰하고 있었다.

"하…… 우재 씨……."

그녀는 우재의 단단한 어깨에 매달려 안겼다. 처음, 남자와의 관계를 어떻게 해야 하는지도 몰랐던 그녀는 이제 제법 우재와의 행위를 즐길 수 있게 된 것이었다. 섹스가 주는 쾌락이 뭔지, 그게 얼마나 황홀한 것인지를 알아 버린 은호 또한 스르륵 눈을 감았다.

"이러면, 기분 좋아요?"

당연한 걸 묻는 우재에게 은호는 조금 곤란한 표정을 지어 보였다. 그럼에도 우재는 정확히 확인해 보고 싶은 듯했다. 그는 은호의 감정과 기분을 알고 싶어 했다. 마치 처음 보는 무언가를 열심히 탐닉하는, 호기심 많은 어린아이처럼.

"하…… 좋아요……."

자신의 애무만으로도 이렇게 흥분하는 은호의 몸이, 우재는 너무나 사랑스러웠다. 그러곤 은호의 엉덩이를 꽉 쥐며 번쩍 그녀의 몸을 안아 올렸다. 순식간에 공중에 들린 은호가 눈을 동그랗게 떴다, 은호는 저도 모르게 손톱을 세우고 우재의 어깨에 박아 넣었다.

우재는 눈앞에 하얀 별이 보이는 기분이었다. 그 순간 미칠 듯한 소유욕이 발현되었다. 아까 전, 다른 남자 이야기를 하며 웃던 은호의 얼굴이 떠올라 엄청난 질투심이 폭발하기 시작한 것이었다.

"유은호 씨, 앞으로 다른 남자 얘기. 내 앞에서 안 하겠다고 약속해요."

"네……?"

흥분감에 벅차 울 것 같은 표정이 된 은호가 다소 당황하며 우재의 얼굴을 살폈다. 미간을 잔뜩 찡그리며 제 몸을 한 팔로 들어 올렸다, 내렸다를 반복하는 차우재.

"말해요."

우재는 제법 단호한 목소리로 속삭였다.

"유은호 씨 안을 수 있는 남자는, 나뿐이라고."

* * *

열흘 가까이 제주도에서 머무는 동안, 두 사람의 몸과 마음은 더욱더 가까워져 있었다. 예정됐던 열흘의 휴가가 끝나고 다시 집으로 돌아온 우재는 완벽히 달라진 모습이었다. 은호는 꼭 꿈만 같은 우재의 변화가 생소하고 어색하기만 했다. 우재는 그렇게 어색한 눈빛으로 자신의 옆얼굴을 힐끗거리는 은호의 손을 덥석 쥐어 잡았다.

"뭘 자꾸 쳐다봅니까?"

우재의 말에 은호가 얼른 시선을 피했다. 공항에서부터 마중을 나와 있던 박 기사의 차를 타고 집으로 향하는 길이었다.

"안…… 안 쳐다봤는데."

당황한 은호가 저도 모르게 거짓말을 늘어놓았다. 이번엔 우재가 은호를 응시해 왔다.

"뭐…… 뭘 봐요……."

"제주도에 며칠 더 있다 올 걸 그랬나 봅니다."

은호의 손등을 만지작만지작 쉬지 않고 매만져 대며 우재가 다정한 목소리로 속삭였다. 앞좌석에서 운전을 하던 박 기사도 조금 당황스러운 눈빛으로 백미러 속 우재의 얼굴을 살폈다. 차우재 본부장이 저런 다정한 목소리를 낼 줄도 아는 사람이었던가. 요즈음의 차우재의 모습이 낯선 건 그 역시도 마찬가지다. 가기 전엔 가기 싫다고 그렇게 성질을 부리던 그 차우재가 맞는 건가. 그의 눈이 끔벅끔벅, 몇 번이고 깜박거렸다.

"제주도 말고, 또 어디 다른 데 가고 싶은 곳은 없습니까?"

"딱히…… 생각 안 해 봤는데……."

백미러를 통해 느껴지는 박 기사의 시선을 느낀 건지, 은호가 얼굴을 붉히며 우재에게 잡힌 손을 빼내어 보려 했다. 그러나 우재는 은호의 손이 빠져나가지 못하도록 더욱 꽉 움켜쥐었다.

"다…… 다 온 것 같아요."

저 멀리 언덕 위로, 집 담벼락의 모습이 눈에 들어왔다. 가장 꼭대기, 거대하고 높은 담벼락의 집. 언덕 아래에서부터 수십 대의 CCTV가 있는 삼엄한 경비의 골목이었다.

"그렇군요."

그제야 우재가 아쉬운 목소리를 내며 차창 너머를 응시했다. 그런 우재의 시야에 익숙한 모습 하나가 눈에 들어왔다. 우재의 집 대문 안에서부터 원 실장의 배웅을 받으며 걸어 나오는 여자의 모습. 믿을 수 없었지만 이세정이었다. 은호의 손을 쥐고 있던 우재의 손에 스르륵, 힘이 풀렸다. 영문을 알지 못하는 은호는 고개를 갸웃거리며 차에서 내렸다. 우재도 그제야 천천히 차에서 내렸다. 세정은 차에서 내리는 우재의 모습을 보며 반갑다는 듯 환한 미소를 짓고 있었다.

"오빠."

세정의 입에서 흘러나온 '오빠'라는 단어. 그 위화감 가득한 단어에 은호는 저도 모르게 꿀꺽, 마른침을 삼켰다. 예쁜 여자다. 누가 봐도 아름답고 우아해 보이는 외모. 고급스러운 차림에, 기품 있는 얼굴. 누굴까, 이 여자. 차에서 내린 은호는 주춤거리며 우재의 뒤에서 서성였다. 세정과 마주한 우재의 얼굴이 급속도로 굳어 가고 있었다.

"우연히 만나니까 더 반갑네. 여기까지 왔는데 오빠 못 보고 가는 건가 싶어서 아쉬웠는데."

"누구……."

뒤에서 서성이던 은호가 먼저 입을 열었다.

"아. 와이프?"

그러자 세정이 뒤에 서 있던 은호를 바라보며 싱긋 웃었다. 우재는 아무런 대답도 없이 입을 꾹 다문 채 그녀를 노려볼 뿐이었다.

"안녕하세요, 이세정이에요."

"아…… 안녕하세요, 유은호입니다."

은호가 어색하게 웃으며 고개를 숙였다.

"듣던 대로 미인이시네요. 오빠가 한눈에 반해서 결혼했다더니, 정말인가 봐요."

"아……."

"아. 오빠랑 저랑은 어릴 때부터 친하게 지내던 사이에요. 뭐, 친남매 같은 사이……라고 해야 하나?"

"아……."

친남매 같은 사이? 대현 씨 말고도 차우재에게 그런 사이의 친구가 또 있는 건가.

〈2권에 계속〉